KB272708

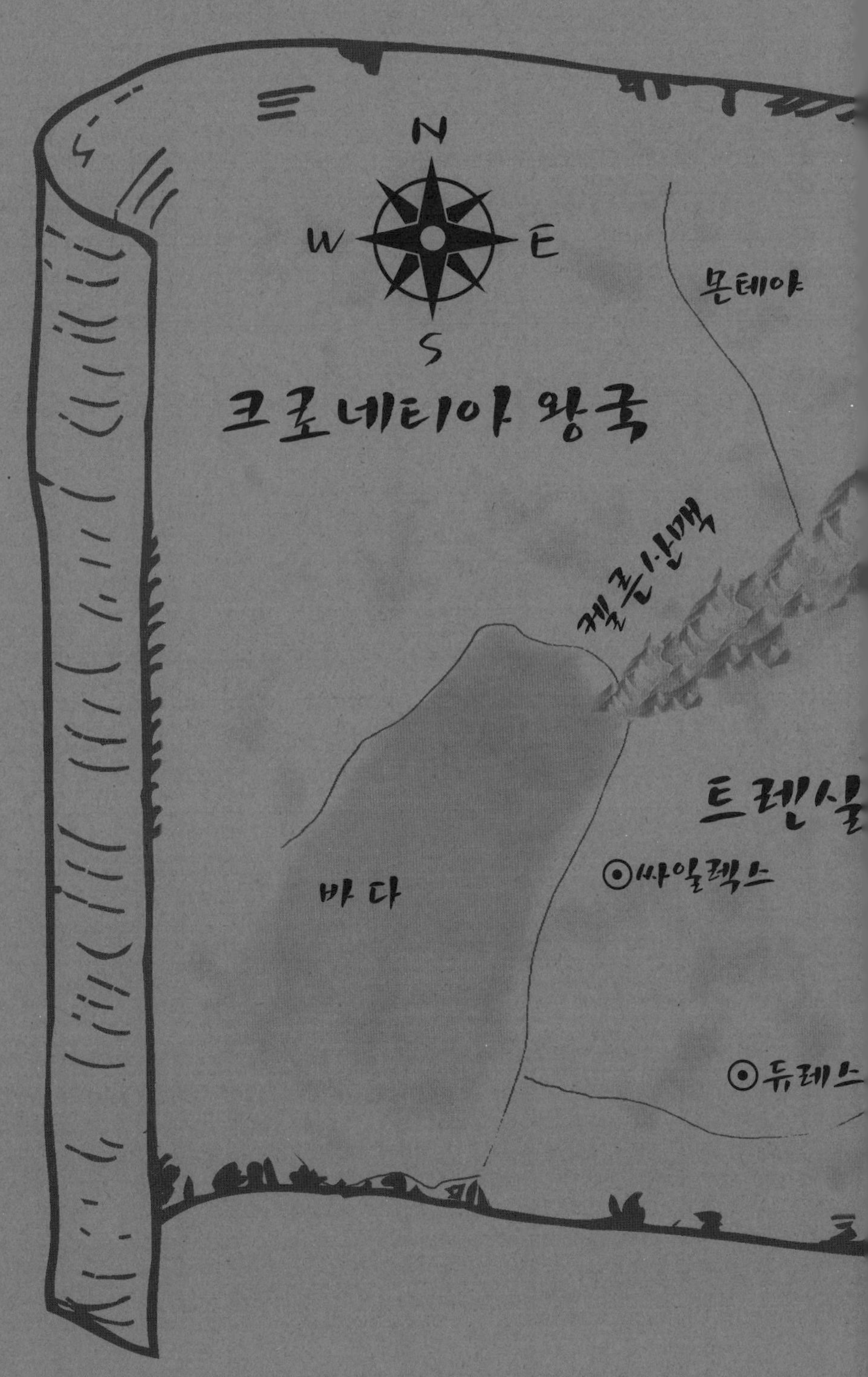

N
W
E
S
크로네티아 왕국
몬테아
겔론 산맥
트렌실
바다
◉ 싸일렉스
◉ 듀레스

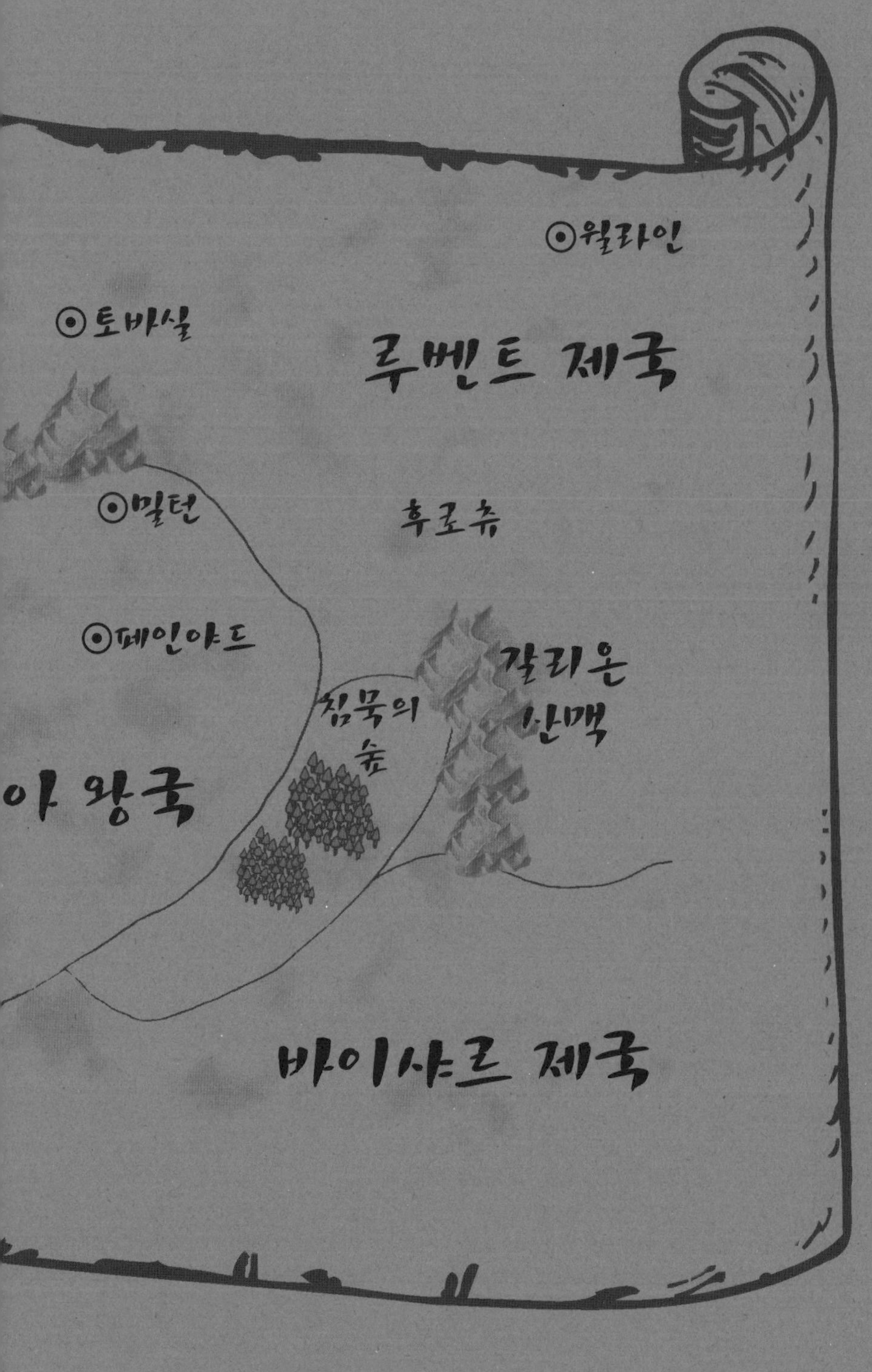

⊙월라인
⊙토바실
루벤트 제국
⊙밀턴
후로슈
⊙페인야드
갈리온 산맥
침묵의 숲
야 왕국
바이샤르 제국

드래곤 체이서

7

드래곤 체이서 7
최영채 판타지 장편 소설

초판 1쇄 찍은 날 § 2001년 5월 30일
초판 1쇄 펴낸 날 § 2001년 6월 10일

지은이 § 최영채
펴낸이 § 서경석
펴낸곳 § 도서출판 청어람
편집 § 문혜영·허경란·박영주·김희정·권민정
마케팅 § 정필·강양원

등록번호 § 제1081-1-89호
등록일자 § 1999. 5. 31
어람번호 § 제1-0109호

주소 § 경기도 부천시 원미구 심곡1동 350-1 남성B/D 3F (우) 420-011
전화 § 032-656-4452   팩스 § 032-656-4453

© 최영채, 2000

값 7,500원

※ 잘못된 책은 바꿔드립니다.
※ 저자와 협의하여 인지를 붙이지 않습니다.

ISBN 89-88818-93-8 (SET) / ISBN 89-5505-0105-0 04810

최영채 판타지 장편 소설

드래곤 체이서

2부
7

이스턴 대륙

도서출판
청어람

목 차

제1장
이스턴 대륙

지독하게 어두웠다.

그저 눈을 뜨고 있는 것만으로도 어둠에 동화되어 버릴 것 같 았다. 주위를 둘러봐도 보이는 것이라곤 아무것도 없었다. 그러나 자신의 몸이 보이지 않는 어떤 절대적인 힘에 의해 빠른 속도로 날아가고 있다는 것만은 확실하게 느낄 수 있었다.

갑자기 눈부시게 밝은 흰 점 하나가 앞쪽에 보였고, 눈 깜짝할 사이에 가까이 다가왔다. 본능적으로 손을 들어 그것을 막으려 했 지만, 흰 점은 어느 순간 하나의 흰 줄로 변하며 자신의 곁을 스 치고 순식간에 사라졌다. 다시 고개를 들어보니 무수히 많은 흰 점이 다가와 자신의 곁을 스치고 지나갔다.

어둠과 밝음이 오랜 시간 깜빡거리자 점점 몽롱한 기분이 들었 다. 그러는 사이 엄청나게 커다란 흰 점 하나가 앞쪽에 보였고, 자 신의 몸이 그곳을 향해 빠르게 날아가는 것을 느꼈다. 이윽고 눈부시게 밝은 그 빛과 자신의 몸이 부딪힌다고 생각하는 순간, 온몸에서 이는 격렬한 통증을 느껴야만 했다.

"크윽!"

순간 자신의 몸이 산산이 부서지는 것이 아닐까 하는 생각이 들 정도로 극심한 고통이었다. 몇 바퀴나 지면을 뒹굴던 데미안은 자신도 모르게 신음을 터뜨렸고, 잠시 시간이 지나서야 천천히 몸을 일으켜 주위를 확인할 수 있었다.

지독하게 넓고 어두운 곳이었다. 데미안이 쓰러져 있던 곳은 짙은 어둠에 둘러싸여 있는 곳의 중앙이었다. 물론 데미안의 능력으로는 주위를 둘러보는 데 아무런 문제가 없었다.

지금 데미안이 앉아 있는 곳은 방원 1킬로미터는 충분히 되어 보이는 거대한 마법진의 외곽이었다. 데미안은 자신이 지금 앉아 있는 곳이 뮤란 대륙인지, 이스턴 대륙인지 전혀 구별할 수가 없었다. 그러나 분명 자신이 출발한 곳이 아닌 것은 확실했다.

천천히 자리에서 일어나던 데미안은 그제야 마법진 주위에 서 있는 사람이 자신뿐이라는 사실을 깨달았다. 뭐가 어떻게 된 일인지는 모르겠지만 데보라나 다른 일행들의 모습은 전혀 찾을 수가 없었다.

재빨리 마나를 끌어올려 몸의 상태를 정상으로 만든 데미안은 더욱 세밀하게 주위를 훑어보았다. 자신과 그리 떨어지지 않은 곳에서 희미하게 빛이 새어 나오는 것을 발견할 수 있었다. 다른 곳도 살펴보았지만 그곳이 유일한 통로였다.

데미안은 이곳에서 일행들을 기다려야 할지, 아니면 일행들을 찾으러 이곳을 떠나야 할지 쉽게 결론을 내릴 수 없었다. 주위를 둘러보던 그의 눈에 이상한 것이 보였다.

마법진의 중앙에 있던 것은 깨어진 물건에서나 볼 수 있는 틈새였다. 주먹 하나는 간단히 들어갈 정도의 크기를 가진 틈새는 길이가 2미터쯤 되어 보였다. 그것이 어떻게 생겼는지, 그리고 왜 마법진의 중앙에 있는 것인지 의문이었지만 지금 데미안의 신경을 지배하는 것은 자신의 곁에 없는 일행들을 찾는 일이었다.

통로에 들어선 데미안은 이상한 기분이 들었다.

뭔가 신경을 자극하는 듯한, 굉장히 불쾌한 기분이 들게 하는 뭔가가 자신의 주위에 있는 듯한 느낌을 받은 것이다. 그러나 아무리 주위를 살펴보아도 그런 것은 찾을 수 없었다.

데미안은 입구를 향해 빠르게 전진했다. 그러면서도 주위를 경계하는 것을 잊지 않았다.

거의 1킬로미터를 전진해서야 동굴의 입구에 도착할 수 있었다. 지체없이 밖으로 나선 데미안은 무엇인가가 자신을 향해 빠르게 날아오는 것을 느끼고는 재빨리 몸을 숙여 회전하면서 공격의 범위에서 빠져나갔다.

파파파— 팍—!

돌 조각을 퉁기며 지면에 박힌 것은 길이가 50센티미터쯤 되는 짧은 화살이었다. 데미안은 화살이 날아온 쪽으로 고개를 돌리다 누군가의 외침을 들었다.

"악마가 나타났다—!"

"어서 공격해라!"

난생처음 들어보는 이상한 말이었다.

그런 데미안 눈에 보인 장면은 어리둥절하게 만들기 충분한 모습이었다. 난생처음 보는 이상한 복장을 한 2, 3백 명의 사람들이 몰려 있었고, 그들 가운데 일부가 자신에게 화살을 쏜 듯 보였다.

처음 화를 내려던 데미안은 곧 그들의 모습이 이상하다는 것을 발견했다. 그들의 머리 위로 검붉은 공 같은 것이 날아다니며 그 사람들을 공격하는 것이 보였다.

공 같은 것을 자세히 살피던 데미안은 그 괴상하게 생긴 모습에 깜짝 놀랐다.

전체적으로 어른 머리를 두 개 정도 합친 크기를 가진 둥근 공과 같은 모습을 하고 있는 '그것'은 입같이 생긴 것을 제외하고는 다른 것—눈이나 몸뚱이—은 전혀 보이지 않았다. 그러나 그 입에는 보기에도 섬뜩해 보이는 날카로운 이빨이 빽빽하게 몇 줄로 겹쳐서 솟아 있었다.

공같이 생긴 '그것'이 사람들의 몸을 스칠 때마다 사람들의 몸에서는 선혈과 찢겨 나간 살들이 사방으로 튀었다. 이미 지면에는 목숨을 잃은 백여 명의 사람들이 쓰러져 있었다. 그러나 어느 누구도 온전한 시신을 남긴 사람이 없었다.

거의 모두 팔다리가 떨어져 나가 있었고, 또 짐승이 뜯어 먹은 듯 신체 곳곳이 움푹 패인 시신들이 대부분이었다. 불어오는 바람에 느껴지는 비릿한 선혈의 내음은 역겨운 생각이 들게 했다.

그런 생각을 하는 동안 사람들을 공격하던 이십여 개의 '그것' 가운데 하나가 데미안의 왼쪽에서 그를 향해 달려들었다. 기척을 느낀 데미안은 거의 무의식적으로 왼손으로 레이피어를 뽑아 그대로 휘둘렀다.

붉은 마나에 싸인 레이피어는 너무도 간단하게 '그것'을 두 쪽으로 갈랐다. 상대가 별것 아니란 생각에 안심하던 데미안은 곧 이상한 느낌을 받았다.

여전히 무엇인가가 자신을 노리고 있다는 것을 느낀 것이다. 고개를 돌리고 보니 '그것'이 두 개로 나뉘어진 채 맹렬한 속도로 재생하고 있었던 것이다.

불과 숨을 서너 번 쉬는 사이 '그것'은 완전한 모습을 한 두 개의 '그것'으로 재생을 마쳤다. 그 모습을 보니 엄청난 재생력을 자랑하는 트롤은 비교조차 안 될 것 같았다. 재생을 마친 '그것'은 다시 데미안을 향해 날아들었다.

재차 레이피어를 뻗으려고 하던 데미안은 레이피어를 거두지 않을 수 없었다. 이런 공격으로는 '그것'을 죽일 수 없을 뿐더러, 오히려 '그것'의 수만 늘린다는 것을 깨달았기 때문이다. 지금 사람들을 공격하고 있는 '그것'의 수가 처음에는 그리 많지 않았을 것이라는 것을 충분히 짐작할 수 있었다.

재빨리 레이피어를 꽂고 데미안은 다시 미디아를 뽑아 들었다. 그리고는 지체없이 '그것'을 향해 휘둘렀다. 빠른 미디아의 움직임에 '그것'은 미처 피하지 못했고, 두 쪽이 날 것 같았던 '그것'은 믿을 수 없게도 그대로 공중에서 폭발했다.

펑펑—!

요란한 소리와 함께 두 개의 '그것'이 폭발하는 것을 보고 데미안은 '그것'이 신성력의 반대되는 힘, 즉 마력을 가진 몬스터라고 생각했다. 그리고 곧 정신을 차린 데미안은 사람들을 공격하는 '그것'들을 향해 달려들었다.

엄청난 재생 능력을 가진 것에 반해 '그것'의 움직임은 그리 빠르지 않아 어느 정도의 시간이 지나자 모두 해치울 수 있었다. 그러나 그러는 동안에도 '그것'들에게 공격을 당했던 사람들의 피해는 엄청나 성한 사람이 거의 없을 정도였다.

사람들의 모습을 살피던 데미안의 눈에 글레이브(그것이 청룡 언월도라는 것을 알게 된 것은 후일의 일이다)와 비슷한 무기를 든 삼십 대 후반이나 사십 대 초반 정도로 보이는 사람이 들어왔다. 그는 두꺼운 가죽에 물고기 비늘 모양을 한 강철 조각이 매달린 스케일 메일Scale mail을 걸치고 있었다.

그는 갑자기 나타나 '그것'들을 모두 해치운 데미안을 잔뜩 경계하는 눈빛을 하면서도 부상당한 사람들을 보살피기 시작했다. 데미안도 눈을 돌리고 보니 바로 앞에 한쪽 팔이 뜯겨 나간 사람 하나가 고통을 참지 못해 신음을 토하고 있는 모습이 보였다. 끔찍한 그 모습에 잠시 눈살을 찌푸리던 데미안은 곧 치유 마법을 캐스팅했다.

"코울션 큐어—!"

환자의 어깨에 댄 데미안의 오른손이 붉은 마나에 휩싸였다고 느끼는 순간 부상당한 사람의 어깨는 지혈이 됨과 동시에 상처가 아물기 시작했다. 그러나 그 고통을 참을 수 없었는지 곧 기절을 하고 말았다.

조금 떨어진 곳에서 데미안의 행동을 지켜보던 사내는 데미안이 부상자에게 손을 대는 것을 처음엔 그저 지켜보기만 했다. 그러나 데미안의 손이 붉게 빛나고 곧 부상자가 머리를 떨구자 데미안이 부상자를 죽였다고 생각했는지 글레이브를 휘두르며 그에게 달려들었다.

막 다른 부상자를 치료하려던 데미안은 사내가 글레이브를 들고 자신을 공격하는 것을 보고도 피할 생각을 하지 않았다. 상대의 실력은 소드 익스퍼트 중급과 상급의 중간 정도였기에 굳이

피할 필요가 없었다.

금방이라도 데미안을 두 쪽 낼 것만 같았던 글레이브가 데미안의 왼손에 너무도 간단히 잡히는 것을 보고 사내의 눈은 휘둥그레졌다.

"공수탈인(空手奪刃)?"

역시나 난생처음 들어보는 언어였다. 데미안은 자신이 이스턴 대륙으로 왔다는 것을 재차 확인하고는 부상자를 다시 치료하기 시작했다. 그제야 사내는 데미안이 부상자들을 치료하고 있다는 것을 깨닫고는 놀라움과 고마움을 감추지 못했다.

글레이브에서 상대의 힘이 빠진 것을 느끼자 데미안은 글레이브를 잡은 손을 놓았고, 사내는 곧 글레이브를 거두더니 가슴 앞에서 오른 주먹을 왼손으로 감싼 이상한 자세를 취하며 고개를 숙였다.

정확한 뜻을 알 수는 없지만 더 이상 공격할 의도가 보이지 않는 것으로 보아 데미안은 상대가 자신에게 사과하는 것이 아닐까 생각하고는 곧 고개를 끄덕인 다음 다시 환자들을 치료하기 시작했다.

붉은 색의 마나에 싸인 데미안의 손이 부상자들의 몸에 닿을 때마다 급속히 피가 멎고 상처가 아물었다. 글레이브를 든 사내는 그런 모습을 난생처음 보았다. 데미안의 주위로 몰려든 사람들은 데미안의 치료하는 모습을 신기한 듯 유심히 바라보았다. 처음엔 그런 사람들의 시선이 부담스러웠지만 데미안은 곧 환자들의 치료에 신경을 썼다.

치유 마법을 좀 더 공부했더라면 훨씬 효율적으로 부상자들을 치료할 수 있었겠지만 지금으로써는 다른 방법이 없었다. 마나의 소모도 훨씬 많고, 치료도 확실하다고 할 수는 없지만 강제 치유 마법을 계속 캐스팅하는 수밖에 없었다.

중간에 한차례 짧은 명상을 통해 마나를 보충한 데미안은 날이 어두워지기 시작했을 때에야 겨우 부상자들의 치료를 마칠 수 있었다.

'그것'의 공격에 살아남은 사람은 겨우 160여 명에 불과했다. 또한 거의 절반이 넘는 숫자가 부상자였다.

비록 말이 통하지는 않았지만 사내의 손짓으로 보아 이곳을 떠나자는 말인 것 같기에 일단은 그들과 동행을 하기로 마음을 정했다. 그곳에서 약 3킬로미터쯤 떨어진 곳에 야영을 준비하는 것을 보던 데미안은 말이 통하지 않아 답답한 마음이 드는 것을 숨길 수 없었다.

地獄二刀流란 책을 보고 자신들이 사용하는 언어와 이들의 언어가 다르다는 것을 알면서도 아무런 준비도 없이 왔다는 것은 누가 봐도 자신의 실수였다. 게다가 더욱 큰 문제인 트레디날 제국의 말보다 훨씬 복잡한 이스턴 대륙의 말을 언제 배워 그들과 대화를 할까 하는 생각이 들자 더욱 가슴이 답답했다.

데미안이 그런 생각을 하는 동안 그들의 인솔자로 보이는 사내가 다가왔다. 그리고는 뭐라고 열심히 이야기를 했지만 데미안은 단 한 마디도 알아들을 수 없었다. 데미안이 자신의 말을 전혀 알아듣지 못하자 사내는 자신의 가슴을 가리키며 뭐라고 말했다.

"황지충(黃志忠)! 황지충!"

"화앙… 지… 추웅?"

데미안이 자신의 말을 어설프게 따라하자 사내는 기쁜 듯 열심히 고개를 끄덕였다. 아마도 그것이 사내의 이름인 것 같았다. 그리고는 데미안을 가리켰다.

"나? 데미안 싸일렉스."

"대(大)··· 미(美)··· 안(顔)··· 사일내수(斜日內秀)······?"

"아니아니, 데미안, 데미안이야."

"대미안(大美顔)?"

상대가 대충 자신의 이름과 비슷하게 발음하자 데미안은 곧 고개를 끄덕였다. 데미안의 이름을 들은 상대, 황지충은 데미안의 얼굴은 보고는 곧 고개를 끄덕였다. 확실히 데미안 정도의 미모(?)를 가졌다면 충분히 그런 이름을 사용할 자격이 있었다.

황지충이 왜 자신의 이름을 듣고, 또 얼굴을 바라보며 고개를 끄덕였는지 그 이유는 알 수 없었지만, 일단 상대와 아주 기본적인 대화나마 나눌 수 있다는 사실에 데미안은 기뻐했다.

데미안이 다른 세계에서 왔다는 뜻으로 '타계(他界)'라는 말을 바닥에 쓰자 황지충의 얼굴에는 놀라움이 가득했다. '타계'라는 말보다 설마 데미안이 자신들이 사용하는 글을 알리라고는 상상도 못했기 때문이다.

무슨 말을 먼저 할까 생각하던 황지충은 먼저 자신이 사는 나라의 이름을 가르쳐 주었다. 데미안은 황지충이 지면에 '태국(泰國)'이라는 이름을 쓰자 그것이 지금 자신이 있는 나라의 이름이라는 것을 깨달았다.

앞에 있는 '태(泰)'라는 글자가 무슨 뜻인지는 모르지만 뒤에 있는 '국(國)'이란 글자가 나라, 혹은 왕국을 뜻하는 말이라는 것이 어렴풋이 기억났다.

그렇다면 이곳은 태(泰)라고 불리는 왕국이 분명할 것이다. 문제는 이스턴 대륙으로 출발한 나머지 일행들을 찾는 일이었다. 그러나 자신이 아는 이스턴 대륙의 말이 너무 적어 제대로 자신의 의사를 상대에게 전할 수 없었다.

데미안이 답답하다는 표정을 짓자 황지충은 상대가 왜 그런 표정을 짓는지 모르겠다는 표정을 지었다.

잠시 후 부하가 들고 온 음식을 전해 받은 황지충은 데미안에게 그것을 먹으라는 손짓을 했다. 천천히 음식 맛을 본 데미안은 수프보다 묽은 국물 속에 든 고기와 야채를 꽤나 맛있게 먹었다.

뜻밖에 상대가 단숨에 식사를 비우자 황지충은 부하에게 다시 음식을 더 가져오라고 손짓했고, 데미안은 다시 가져온 음식마저 깨끗하게 비웠다.

잠시 후 바닥에 몇 겹의 헝겊을 깔아놓은 황지충은 데미안에게 그곳에서 자라는 손짓을 했다. 상대의 호의에 데미안은 고개를 잠시 숙였다가 천천히 자리에 몸을 누였다. 그러나 쉽사리 잠을 이룰 수 없었다.

자신과 헤어진 일행들 때문이었다. 물론 개인적인 능력을 보면 지금 자신의 이런 걱정이 무의미할지도 모르는 일이었지만, 지금 자신의 생각이 맞다면 나머지 일행들도 뿔뿔이 흩어졌을 확률이 높다. 만약 그렇다면 그들은 지금 이 이스턴 대륙의 어느 곳을 헤매고 있을지 아무도 모를 일이었다.

신경이 복잡한 탓인지 잠도 잘 오지 않았다. 결국 데미안은 밤새 이리저리 몸을 뒤척거렸고, 결국엔 한잠도 못 잤다.

새벽에 일어난 데미안은 피곤함을 이기지 못해 자고 있는 사람들의 모습을 잠시 바라보다가 곧 눈을 감고 명상에 빠졌다. 지난 전투에서 벨리스크 후작과의 대결에서 헬 버스트를 사용하고 기절한 이후 몸속에 받아들이는 마나의 양이 급격히 늘었다는 것은 느끼고 있었다.

새벽의 시원한 공기를 받아들인 데미안은 가슴속 깊은 곳에서부터 용솟음치는 생명의 활기를 확실히 느낄 수 있었다. 처음엔 느리게 움직이던 마나가 곧 엄청난 속도로 움직이며 데미안의 몸 속에서 잠자고 있던 모든 근육과 신경들을 맹렬하게 일깨웠다.

데미안이 명상에 잠긴 사이 눈을 뜬 황지충은 데미안이 눈을 감고 있는 모습을 보고 그가 운공(運功) 중이라는 사실을 곧 깨달을 수 있었다.

호기심 어린 눈으로 바라보던 황지충은 데미안의 몸에서 붉은색의 마나가 뿜어져 나오는 것을 보고 눈이 휘둥그레졌다. 육체에서 빠져나온 붉은 기가 공중에 흩어지지 않고 데미안의 몸을 감쌀 정도라면 그의 무공 실력이 엄청나다는 것을 보여주는 단적인 증거였다. 그러나 그뿐이 아니었다.

데미안의 몸을 둘러싼 붉은색의 마나가 더욱 빠르게 회전을 일으키며 그의 몸이 허공에 떠올랐을 때, 황지충의 눈은 찢어질 듯 부릅떠졌다.

"부, 부공삼매(浮空三昧)?"

자신도 모르게 소리를 낸 황지충의 중얼거림을 들었을까?

데미안의 몸을 감싸던 붉은색의 마나는 금세 그의 몸으로 스며들었고, 데미안은 곧 지상으로 내려서며 눈을 떴다.

정신없이 바라보던 황지충은 데미안과 눈이 마주치고서야 자신이 상대의 운공을 방해했다는 사실을 깨달았다. 황급히 상대에게 포권지례(包拳之禮: 왼손으로 오른 주먹을 감싸며 취하는 예)를 하며 고개를 숙였다.

데미안은 잠시 상대의 행동을 이해하지 못하다가, 그가 자신을 유심히 바라보던 조금 전의 모습이 생각나 훔쳐본 것을 사과하는 행동이라는 것을 눈치 챘다. 작은 실수나 잘못에도 꼭꼭 사과하는 상대의 예의 바른 모습에 데미안은 조금 어색한 생각도 들었지만 기분이 나쁘지는 않았다. 아니, 유쾌한 생각마저 들었다.

데미안이 미소를 지으며 고개를 끄덕이자 고개를 든 황지충은 순간적이나마 전신의 맥이 풀리는 것을 느꼈다. 지금 데미안의 얼굴에서는 신관이나 신녀에게서나 느낄 수 있는 그런 신비스러움과 환상적인 아름다움이 느껴졌던 것이다.

조금은 멍한 표정을 짓는 황지충의 모습에 데미안은 쓴웃음을 짓지 않을 수 없었다. 역시나 여기서도 자신의 미모(?)는 여전히 막강한 위력을 발휘한다는 사실을 확인할 수 있었기 때문이다.

잠에서 깬 사람들은 곧 간단히 요기를 한 후 목적지로 향하기 위한 이동 준비를 마쳤다.

그렇게 출발한 데미안은 열흘이 지나서야 태국(泰國)의 수도인 봉안(鳳眼)에 도착할 수 있었다.

데미안은 태국의 수도인 봉안이 자신이 생각했던 모습과는 상당히 다르다는 것을 깨닫고 조금 당황했다. 데미안은 뮤란 대륙의 여러 왕국들의 수도가 대부분 그러하듯 크고, 화려하고, 웅장한 수도의 모습만 생각했다. 그러나 태국의 수도 봉안은 그리 크지 않지만 깨끗하고 조용한 도시였다.

물론 대부분의 수도가 그러하듯 도로에는 많은 사람들이 왕래하고 있었다. 행인들은 자신들과 생김새가 다른 데미안의 모습을 힐끔거리기는 했지만, 데미안 곁에 서서 같이 걸음을 옮기고 있는 황지충이 상당히 두려운 존재인 듯 곧 고개를 돌리고 제 갈 길로 가버렸다.

데미안은 황지충과 함께 커다란 깃발에 이상한 글자가 쓰여진 건물로 들어섰고, 데미안은 그곳이 트레디날 제국에 있던 음식점과 비슷하다는 것을 곧 깨달았다.

음식의 주문은 황지충에게 맡기고 데미안은 곧 건물 안의 여기저기를 훑어보았다(그곳이 주루(酒樓)라고 불리는 곳이라는 것을 안 것은 몇 달 후의 일이다). 많은 사람들이 3층까지 꽉 메우고 있었는데, 그들을 가만히 살펴보니 그들 대부분이 무기를 가지고 있었다. 그러나 황지충이나 그의 부하들이 걸치고 있는 의복과 다른 것을 보면 일정한 단체에 소속된 사람들은 아닌 모양이었다.

곧 이어 나온 음식을 먹기 시작하던 데미안은 시간이 지날수록 주위의 시선이 자신에게 쏠리는 것을 느꼈다. 처음에는 신경을 쓰지 않으려 했지만 그러기에는 데미안의 신경이 너무 예민해져 있어서 참기가 상당히 힘들었다.

그냥 성질 같아선 이곳을 파이어 버스트로 확 날려 버리고 싶었지만 꾹 눌러 참았다. 하지만 이곳 이스턴 대륙에도 자신의 목숨을 가지고 장난을 치려는 사람은 꼭 있는 모양이었다.

2층에 있던 사내 중 하나가 데미안을 발견하고는 당장 눈빛이 게슴츠레해졌다. 경망스럽게 생긴 얼굴에 간사해 보이는 눈을 가진 젊은 청년이었다. 그러나 그의 신분이 보통이 아닌 듯 걸치고 있는 의복은 상당히 호화스러워 보였다. 게다가 데미안을 바라보는 눈초리가 게슴츠레해진 것을 보면 무슨 생각을 하는지 뻔한 일이었다.

2층에서 내려온 청년이 데미안에게 다가가려 하자 그의 앞을 황지충이 가로막았다. 그리고 그에게 무엇인가를 설명하려 했지만 그런 황지충의 행동은 말도 꺼내기 전에 멈춰져야만 했다.

짜악!

날카로운 소리와 갑작스런 사태에 놀란 사람이 한둘이 아니었다. 사람들의 시선이 모두 그들 두 사람에게 쏠리는 순간 다가오던 청년은 더욱 기세 등등해 소리를 지르고 있었다.

데미안은 청년의 모욕스런 행동에도 그저 주먹만 부서져라 움켜쥘 뿐 아무런 말도 하지 못하는 황지충의 모습을 처음엔 이해할 수 없었다. 그러다 혹시 상대의 신분이 황지충보다 높기 때문에 아무런 대꾸도 하지 못하는 것이 아닐까 하는 생각이 문득 들었다.

어차피 두 사람이 나누는 대화는 알아들을 수 없었지만 분함을 억누르는 황지충의 모습에 데미안은 조용히 스펠을 캐스팅했다. 지난 열흘 동안 황지충이 자신에게 보여준 호의를 생각해서라도 그냥 두고 볼 수만은 없는 일이었다.

황지충을 떠밀며 다가온 청년은 자기 딴에는 화사한 웃음을 짓는다고 생각하는 모양이었다. 그러나 데미안에게는 너무도 역겨운 순간이었다. 청년이 떠드는 소리를 들으며 데미안은 조용히 시동어를 외쳤다.

"파이어 볼."

그러자 청년 모르게 그의 등 뒤에 어린아이 주먹만한 십여 개의 아주 작은 불덩이가 생겼다. 음식점에 있던 모든 사람의 눈이 찢어질 듯 커졌지만 청년은 지금 자신의 등 뒤에서 무슨 일이 일어나고 있는지 전혀 깨닫지 못하고 있었다.

청년이 은근한 음성으로 말을 건네는 동안 그의 등 뒤에서는 십여 개의 불덩이들이 일렬로 섰다가, 원형을 그렸다가, 사방으로 날아다니기도 하며 현란하게 움직였다.

데미안이 하는 행동을 지켜보던 황지충도 그런 데미안의 능력에는 그저 입을 쩍 벌리고 멍하니 바라볼 뿐이었다. 세상에 이런 열양공(熱陽功)이 있다는 말은 어디서도 들어본 적이 없었다.

한동안 불덩이로 장난을 치던 데미안은 자신 앞에서 계속해서 떠들어대는 상대의 태도에 짜증이 났다. 테이블 밑에 있던 데미안의 손가락이 미미하게 움직인다고 느끼는 순간 불덩이는 하나만 남겨놓고 모두 사라졌다. 그리고 마지막 남은 불덩이는 소리도 없이 청년에게 접근했다.

그리고 잠시 후.

"으아악—!"

"하하하! 저것 좀 봐."

"그러게나 말이야. 푸하하하!"

비명을 지르며 음식점 밖으로 달려나가는 청년의 엉덩이에는 불이 붙어 있었다. 비명만큼은 뮤란 대륙에 사는 사람이나 이스턴 대륙에 사는 사람이나 똑같은 모양이었다. 음식점 안에서 식사를 하던 사람들은 엉덩이에 불이 붙은 채 도망가는 청년의 모습을 보고 배꼽이 빠져라 통쾌한 웃음을 터뜨렸다. 설마 자신들이 살아가는 동안 아까 그 청년의 이렇게 낭패한 모습을 보게 될 줄은 상상도 못했기 때문이다. 평소 자신이 가진 지위로 거들먹거렸기에 비위가 상했었는데, 조금 전 꽁지가 빠져라 도망치던 모습에 그 통쾌함은 이루 말할 수 없을 지경이었다.

곧 자리로 다가온 황지충은 데미안에게 포권지례를 하고서야 자리에 앉았다.

재빨리 식사를 마친 황지충은 데미안을 데리고 어딘가로 향했다.

　잠시 후 그들이 도착한 곳은 눈이 빙빙 돌 정도로 복잡한 골목 안이었다. 주위를 다시 한 번 살핀 황지충은 데미안과 함께 한 골목으로 향했고, 작은 문 안으로 사라졌다.

　그리고 잠시 후 검은색 천으로 온몸을 휘감은 사람이 문 앞에 내려섰다. 그리곤 잠시 고개를 숙여 뭔가를 곰곰이 생각하던 흑의인(黑衣人)은 곧 그곳을 떠났다.

　몇 개의 작은 문을 통과해 데미안이 도착한 곳은 아담한 정원이 있는 장소였다. 갖가지 화초가 심어진 화단과 꽤나 커다란 연못과 연못 위에 지어진 기이한 건축물이 있었다. 그것의 이름이 '정자(亭子)'라고 불린다는 것은 나중에 알았지만 주위에 있는 나무들과 조화를 이루어 전체적으로 사람의 손길이 거의 닿지 않은 듯 아주 자연스럽게 보였다. 게다가 뮤란 대륙은 한창 눈이 내릴 시기이건만, 이곳의 날씨는 온화한 것이, 어느 계절인지 도무지 짐작할 수가 없었다.

　어디론가 사라져 버린 황지충을 기다리던 데미안은 조금 따분함을 느꼈다. 가볍게 목을 움직이며 전신의 근육을 풀고 있을 때 그에게 다가오는 두 사람이 있었다.

　고개를 돌리고 보니 황지충과 가슴까지 내려오는 검은 수염이 인상적인 노인이었다. 그렇게 긴 수염도 처음 보았지만, 노인처럼 강렬한 눈빛을 가진 사람도 처음이었다. 마치 번갯불이 번쩍이는 듯한 노인의 눈빛에 데미안은 상대가 보통 사람이 아닐 것이란 생각이 들었다. 그러나 노인의 눈빛은 그저 강렬하기만 할 뿐 적의(敵意)는 없어 보였다.

데미안의 모습을 바라보던 노인은 곧 황지충에게 뭔가를 물었고, 황지충은 자신이 아는 사실을 상세하게 설명했다. 한참 동안 설명을 듣던 노인은 데미안의 향해 포권지례를 했다.

"위자헌(慰子軒)."

노인의 모습을 보니 왼손으로 오른 주먹을 감싸는 것이 사과나 고마움을 표시할 때만 사용하는 것이 아니라 상대에게 인사를 하는 데도 사용하는 것 같았다.

눈치라면 남 못지 않은 데미안은 재빨리 같은 자세를 취하며 입을 열었다.

"데미안."

"대미안(大美顔)?"

나직하게 반문하던 위자헌은 곧 고개를 끄덕였다. 데미안은 왜 사람들이 자신의 이름을 들을 때마다 자신의 얼굴을 바라보고, 또 고개를 끄덕이는 것인지 그 이유를 알 수 없었다.

"대장군."

"태… 장군……?"

"대장군."

황지충이 몇 번이나 데미안의 발음을 고쳐 주고서야 겨우 데미안은 대장군이라는 발음을 할 수 있었다. 물론 그것이 무슨 뜻인지 알 리 없는 데미안이었다.

데미안은 그날부터 대장군 위자헌의 집에서 지냈다. 물론 곁에서 황지충이 떠나지 않고 데미안에게 글자와 말을 가르쳐 주었다. 그러나 불과 5일 만에 황지충은 완전히 지쳐 버리고 말았다.

물론 데미안이 알고 있는 글자도 적은 것은 아니었지만 적어도 정상적인 대화를 하기 위해서는 그가 알아야 할 말이나 단어가 너무 많았던 것이다. 남을 가르치는 데 별로 소질이 없던 황지충은 데미안을 가르쳐 보고서야 사람을 가르친다는 것이 얼마나 어려운 일인지 확실히 깨달았다.

결국 황지충은 데미안을 위해 그에게 말을 가르칠 사람을 구하기 시작했고, 과거 이스턴 대륙 전역을 돌아다니며 장사를 한 적이 있었던 중년의 사내를 구할 수 있었다. 그리고 뜻밖의 사실을 알게 되었다.

이스턴 대륙의 남쪽에 위치한 태국과는 달리 북쪽에 위치한 환국(桓國), 수국(洙國), 한국(韓國) 세 나라에서는 지금 자신들이 사용하는 말 이외에도 또 하나의 말을 동시에 사용하고 있다는 것을 알게 된 것이다. 그것은 고대어, 대륙어, 선사어 등으로 불리고 있는 말이었는데, 그것이 바로 뮤란 대륙에서 사용하고 있는 말이었다.

데미안은 새로 자신의 글 선생이 된 사람이 뜻밖에 뮤란 대륙의 말을 사용할 줄 안다는 사실에 깜짝 놀랐다. 설마 이스턴 대륙에서 뮤란 대륙의 언어와 말을 들을 줄은 상상도 못했기 때문이다.

스스로를 엽(葉)이라고 밝힌 상인을 통해서 데미안은 빠르게 이스턴 대륙의 말을 배울 수 있었다. 그리고 약 두 달 정도가 지나자 유창하지는 않지만 겨우 일상적인 대화가 가능해졌다.

데미안이 이스턴 대륙의 말을 배우고 가장 먼저 한 일은 나머지 일행들의 행방을 찾는 일이었다. 그러나 그 일이 생각처럼 간단한 일이 아니라는 것을 곧 알게 되었다. 자신이 현재 있는 태국이 주위의 나라들과 별로 우호적이지 않다는 사실을 엽을 통해서 들었고, 또 이스턴 대륙이 열 개 정도의 나라로 나뉘어져 있다는 것을 알게 되었기 때문이다.

그렇다고 트레디날 제국과 루벤트 제국처럼 서로를 적대시하는 사이는 아니었지만, 국경선을 완전히 개방해 주위의 나라들과 교역을 하는 것도 아니었다. 무엇부터 시작을 해야 좋을지 막막하기만 했다.

그렇게 답답한 생활을 하던 어느 날 데미안은 만나고 싶다는 위자헌의 통지를 받았다.

대리석 테이블을 사이에 두고 마주 앉은 데미안은 위자헌의 얼굴이 조금 어두운 것을 발견했다. 예전 같으면 무슨 일이 있느냐고 당장 상대에게 물었겠지만 일단은 위자헌이 먼저 입을 열기를 기다렸다.

잠시 생각에 빠져 있던 위자헌은 곧 고개를 들어 데미안에게 질문을 했다.

"일전에 황지충에게 이야기를 들으니 귀공께서 마물(魔物)을 퇴치했다고 하던데, 그 말이 사실이오?"

"그렇습니다만……?"

"게다가 무공 실력까지 뛰어나고……."

대체 위자헌이 자신에게 무엇을 물으려고 하는 것인지는 모르겠지만 일단 고개부터 끄덕였다.

"나를 좀 도와주겠소? 아니, 우리 왕국을 좀 도와주시오."

"무슨 말씀이신지?"

"귀공께서도 그동안 이야기를 들어 알고 있겠지만, 지금 우리 왕국은 사방에서 출몰하는 마물들 때문에 상당히 곤란한 입장에 처해 있소이다. 물론 많은 사람들이 그 마물들을 처치하려고 노력을 해보았지만 대부분 실효를 거두지는 못했소. 그러다 얼마 전 황지충이 귀공에 관한 이야기를 해주었소.”

말을 하는 위자헌의 얼굴이 점점 심각해졌다.

“미안한 부탁이지만 마물들에게 시달리는 우리 국민들을 구해 주시오. 그렇게만 해준다면, 귀공이 원하는 것은 그것이 무엇이든 모두 들어드리겠소.”

사례를 하겠다는 위자헌의 말에 처음엔 화를 내려던 데미안은 곧 생각을 달리했다. 자신이 위자헌의 집에 있었던 이유는 이스턴 대륙의 말을 배우려는 생각도 있었지만 헤어진 일행들의 정보를 입수하려는 생각 때문이었다. 그러나 그런 자신의 생각이 잘못되었다고 느낀 것은, 일행들이 자신의 정체를 드러내 놓고 다니지는 않을 것이란 생각이 들었기 때문이다.

“다른 나라의 실정은 어떻습니까?”

“그들도 우리와 다를 것이 없소. 마물들을 처리할 수 있는 사람은 신관과 사제, 그리고 신녀(神女)뿐인데, 그 숫자가 너무나 적소이다.”

“신녀? 신녀는 누굴 가리키는 말입니까?”

“신의 피를 이어받았다고 전해지는 아주 순결한 영혼의 소유자들이오. 신관이나 사제, 그리고 그녀들만이 마물들을 처치할 수 있는데 우리 나라에는 신관이나 신녀의 수가 너무 적기 때문에 전국에서 날뛰는 마물들을 모두 처리하기에는 무리가 아닐 수 없다오. 사정이 이러니 꼭 우리 왕국을 도와주셨으면 고맙겠소.”

데미안은 더 이상 생각할 것도 없이 바로 고개를 끄덕였다. 상대가 너무나 간단하게 응낙을 해버리자 오히려 위자헌이 당황했다. 어쩌면 자신의 목숨을 걸어야 할지도 모르는 일인데 그가 무슨 생각으로 저렇게 간단히 승낙을 한 것인지 아무리 생각해도 이유를 알 수 없었다.

일단 상대의 생각이 변하기 전에 확답을 받으려는 듯 위자헌은 재차 데미안에게 질문을 했다.

"정말 우리를 위해 그 일을 해주시겠단 말이오?"

"그렇습니다. 대장군께서 저에게 베푸신 호의를 조금이라도 갚으려면 그 일이 가장 좋을 듯해서 그런 것입니다만, 혹 곤란한 일이 있는 겁니까?"

"아니오, 아니외다. 귀공의 생각이 그러시다면 지금 즉시 나와 함께 국왕 폐하를 만나 뵙도록 합시다."

"예?"

데미안이 이해를 할 수 없다는 표정을 짓자 위자헌이 그 이유를 설명했다.

"귀공께서 우리 나라 국민들을 위해 어려운 결정을 하셨는데 우리가 도울 수 있는 것이 있다면 도와야 하지 않겠소이까? 국왕 폐하께서 이 사실을 아시면 틀림없이 크게 기뻐하시며 귀공께 높은 벼슬을 내리실 것이오."

위자헌의 말에 데미안의 얼굴이 별로 달갑지 않다는 표정으로 바뀌었다. 조금은 냉랭하게 변한 데미안의 태도에 위자헌은 재빨리 변명이라도 하듯 입을 열었다.

"물론 귀공께서 별로 관직에는 관심이 없다는 것을 모르는 것은 아니지만, 틀림없이 하시는 일에 많은 도움이 될 것이오. 그러니 일단 나와 함께 국왕 폐하를 뵙도록 합시다."

데미안이 하는 수 없이 고개를 끄덕이자 위자헌은 즉시 하인을 불러 왕궁으로 갈 채비를 했다.

잘 포장된 길을 따라 마차가 달린 지 30분 정도가 흐르자 마차
는 웅장한 궁성 앞에 도착했다.

정문에서는 날카로운 창을 든 20여 명의 병사들이 출입하는 사
람들을 일일이 검문하고 있었다. 그들 중 하나가 마차를 발견하고
는 다가왔다. 마차 안에 타고 있는 사람이 위자헌이라는 것을 아
는 순간 그는 가슴에 손을 대고 고개를 숙였다.

"대장군님을 뵙습니다."

"수고한다."

"어서 문을 열어라. 위자헌 대장군님의 행차시다!"

병사의 외침에 곧 성문이 활짝 열렸고, 위자헌이 탄 마차는 곧
궁 안으로 들어섰다.

데미안은 조금 전 검문을 했던 병사의 표정이 위자헌을 발견하
는 순간 조금 놀라기는 했지만 금세 존경심으로 변하는 것을 발
견했다.

물론 장군부에서 이스턴 대륙의 글을 배우면서 대장군이란 직
책이 얼마나 높은 직책인지는 알고 있었다. 트레디날 제국으로 따
지면 거의 공작에 해당되는 계급이었다. 말단 병사가 그런 상대에
게 겁을 먹지 않고 존경심을 나타낼 수 있다는 것이 데미안은 너
무 신기했다. 그러는 동안 마차는 멈춰 섰고, 위자헌과 데미안은
국왕의 집무실인 건청전(乾淸殿)까지 걸어갔다.

태국에서 세 명뿐인 대장군 중 하나인 위자헌이 신원을 알 수
없는 자와 함께 다니는 모습이 사람들의 관심을 끈 모양이었다.
꽤 많은 사람들이 위자헌과 데미안의 모습을 힐끔거리며 지켜봤
다.

데미안은 뒤통수가 뜨끈뜨끈해지는 것을 느꼈지만 그대로 발걸음을 옮기는 수밖에 없었다.

잠시 후 데미안은 엄청나게 크고 화려한 한 채의 건물 앞에 도착했다. 이곳 봉안에 와서 처음 보는 화려한 건물이었다.

몇 사람이 팔을 뻗어도 닿을 것 같지 않은 기둥이 전면에 무려 열두 개나 서 있었고, 하나하나의 기둥마다 드워프의 솜씨인 듯 보이는 정밀하고 섬세한 조각이 새겨져 있었다. 흘깃 기둥을 바라본 데미안은 조각들이 무슨 이야기를 담고 있다는 것을 깨달았다.

데미안이 기둥에 관심을 보이자 위자헌이 설명했다.

"저 열두 개의 기둥은 우리 나라의 건국 신화를 조각한 것으로 우린 저것을 만력십이천주(萬曆十二天柱)라고 부른다오."

고개를 끄덕인 데미안은 곧 위자헌의 뒤를 따라 건청전 안으로 들어섰다. 내부의 화려함 역시 저절로 탄성이 터져 나올 정도였다.

루벤트 제국을 침공하기 전 비상 회의 때문에 몇 번 황제가 있는 황궁에 들려보았지만 이곳의 화려함과는 비교도 할 수 없었다. 색채의 화려함도 있었지만 섬세한 조각들과 모든 물건들의 배치가 완벽한 조화를 이루고 있었다.

엄숙한 기운이 느껴지는 순간 데미안은 자신이 엄청나게 넓은 홀로 들어섰다는 것을 깨달았다.

정면에는 몇 개의 계단으로 이루어진 석단 위에 커다란 자리가 있었고, 화려한 의복에 황금 면류관을 쓴 청년 하나가 근엄한 자세로 앉아 있었다. 그리고 청년이 앉은 의자가 있는 계단 아래 깔려 있는 붉은색 주단을 경계로 사람들이 양편으로 나눠 서 있는 것이 보였다.

한참 따분한 표정을 짓고 있던 청년은 위자헌의 모습을 보고

반색했다.

"아니, 이게 누구요? 대장군이 웬일로 궁엘 다 오셨소?"

"신 백호대장군 위자헌이 국왕 폐하께 인사를 올립니다."

위자헌이 한쪽 무릎을 꿇고 인사를 하자 데미안도 그를 따라 한쪽 무릎을 꿇었다.

"어서 일어서시오. 그런데 저 사람은?"

"예, 대미안이라 합니다. 다른 곳에서 온 분입니다."

"대미안(大美顔)이라고? 정말 이름만큼이나 아름다운 얼굴이군."

젊은 국왕이 자신의 이름을 부르며 관심을 보이자 데미안은 어쩔 수 없이 입을 열었다.

"데미안이라고 합니다, 국왕 폐하."

"만나서 반갑소. 난 태국의 국왕인 봉령왕(鳳玲王)이오. 다른 나라에서 왔다니, 어디서 오셨소?"

봉령왕의 질문에 데미안은 순간 대답이 궁했다. 다른 사람들의 시선이 일제히 그에게 쏠리는 순간 정작 입을 연 사람은 위자헌이었다.

"얼마 전 큰 사고를 당해 지난 기억을 모두 잊어버려 과거의 기억이 하나도 없는 상태입니다."

"호오~ 어쩌다 그런 일을……. 그건 그렇고, 대장군께선 무슨 일로 이렇게 어려운 걸음을 하셨소?"

"다름이 아니라 마물 퇴치에 관한 일 때문이옵니다."

위자헌의 말에 봉령왕의 얼굴도 당장 어두워졌다.

"휴우~ 그렇지 않아도 지금 그것에 대한 보고를 받고 있었소. 세 분 신녀들께서 많은 고생을 하고 계심에도 불구하고 마물들의 숫자는 점점 더 늘어나는 실정이니……"

"폐하, 여기 있는 대미안 공께서 저희 왕국을 위해 마물을 퇴치해 주시겠다고 말씀하셨습니다."

위자헌의 말에 모든 사람의 시선이 데미안에게 향했다. 특히 봉령왕은 위자헌의 말을 도저히 믿을 수 없다는 표정이 역력했다.

"지금 대장군의 말이 사실이오?"

"사실입니다."

"정말 그대에게 마물들을 퇴치할 수 있는 능력이 있단 말이오?"

"정확히 말을 하자면, 제가 아니라 제가 가지고 있는 이 검 때문입니다."

"검?"

봉령왕이 반문을 하자 데미안은 어쩔 수 없이 등에 메고 있던 미디아를 풀어 바닥에 내려놓곤 앞으로 밀었다. 데미안이 고풍스러워 보이는 거검(巨劍)을 내려놓자 내관(內官) 중에 하나가 재빨리 다가와 검을 집어 들었다.

"으악!"

내관은 비명을 지르며 뒤로 물러섰고, 그런 그의 손에서는 검은 연기가 피어 오르고 있었다. 갑작스런 상황에 놀란 사람들은 데미안을 노려보았고, 데미안은 재빨리 비명을 지르는 내관에게 다가갔다. 그리고는 재빨리 스펠을 캐스팅했다.

"코울션 큐어!"

붉은색의 마나가 데미안의 손과 내관의 손을 감쌌다가 곧 사라졌다. 신기하게도 연기가 피어 오르던 내관의 손은 어느새 원래의 모습을 되찾고 있었다.

비명을 지르던 내관은 자신의 손이 믿을 수 없게도 본래의 모

습을 되찾자 멍한 표정을 짓고 있었다. 그렇기는 다른 사람들 역
시 마찬가지였다.

"무공이 극에 달하면 자신의 기(氣)만으로도 다른 사람을 치유
할 수 있다는 말을 들어본 적이 있는데 그대의 능력은 그보다 훨
씬 뛰어난 것 같군. 게다가 저런 신검(神劍)을 가질 수 있을 정도
라면 그 능력이 어떨지는 능히 짐작할 만하오."

봉령왕의 극찬에 데미안은 할 말이 없었다. 한시라도 빨리 이곳
을 벗어나고 싶은 생각뿐이었다.

"폐하, 대미안 공께서는 지금 보신 것처럼 대단한 능력을 가진
분이옵니다. 그러니 이분이 마물을 퇴치하는 일에 작은 도움이라
도 주는 것이 당연하다고 사료되옵니다."

"대장군의 말도 일리가 있소. 그래, 내가 뭘 도와주면 되겠소?
무엇이든 말을 해보시오."

"다른 일은 제가 알아서 하겠습니다. 그러니 태국의 지리에 정
통한 사람을 소개시켜 주시면 감사하겠습니다."

"지리에 정통한 사람이라······."

"폐하, 지리원(地理院)에 있는 주중천(朱仲遷) 부사(府使)를 딸
려 보내심이 어떠하겠사옵니까?"

"주중천 부사?"

"그렇사옵니다. 그는 젊고 학식이 뛰어난 데다 무공 실력도 상
당하지 않사옵니까? 그만한 적임자가 없다고 사료되옵니다."

"경들도 그렇게 생각하오?"

"위자헌 대장군이 현명한 선택을 했다고 사료되옵니다."

"모두들 그렇게 생각을 한다면 좋소. 또 그 외에 필요한 것은
없소?"

"없습니다, 폐하."

데미안의 대답에 위자헌이 다시 입을 열었다.

"폐하, 대미안 공이 마물을 퇴치하는 데 도움이 될 수 있도록 그에게 관직을 내리시는 것이 좋다고 판단되옵니다."

"관직을?"

"그렇사옵니다. 때에 따라서 병사들이나 지방 관리들을 동원해야만 할 일도 있을 것이니, 그때를 위해 대미안 공에게 관직을 내리시는 것이 옳은 일일 것으로 사료되옵니다."

위자헌의 말에 봉령왕은 찬찬히 생각을 해보았다. 확실히 그의 말대로 때에 따라서는 여러 가지 물건이나 사람들의 도움이 필요할 때가 있을 것이 분명했다. 관직이 없다면 난생처음 보는 데미안을 선뜻 믿어줄 사람은 없을 것이다.

위자헌은 바로 그 점을 염려해 관직을 내려 지방 관리들이 그의 명령대로 움직일 수 있게 하려는 것이었다.

봉령왕이 막 입을 열려는 순간 누군가가 먼저 입을 열었다.

"아니 되옵니다, 폐하. 물론 저 사람에게 대단한 능력이 있다는 것을 모르지는 않습니다. 또한 마물 때문에 고통받는 국민들을 위해 스스로 나서준 것에 고마움도 느낍니다. 그렇지만 오늘 처음 보는 사람에게 관직까지 내린다는 것은 너무 과하신 배려라고 생각하옵니다."

입을 연 사람은 고집스런 얼굴을 한 장년의 사내였다.

살이 없어 냉정하게 보이는 얼굴에 카랑카랑한 음성 때문인지 접근하기 어렵게 느껴지는 사람이었다.

"아니오. 내 생각에는 위자헌 대장군의 말처럼 관직을 내리는 것이 좋을 것 같소. 내 대미안 공에게 정3급의 관직인 천주순찰사신(天柱巡察使臣)의 직급을 내리겠소."

"폐하의 성은에 감사드립니다."

데미안은 봉령왕을 향해 고개를 숙였고, 봉령왕은 그런 데미안의 모습이 마음에 드는지 머리를 끄덕였다. 자리에서 일어선 데미안이 막 건청전을 나서려는 순간 누군가가 자신을 노려보는 듯한 시선을 느꼈다. 상대가 눈치 챌 수 없도록 재빨리 뒤를 돌아보았지만 상대를 확인하는 데는 실패했다.

자신을 향한 강렬한 적의(敵意).

온몸이 굳어질 정도로 강렬한 시선이었다. 그러나 상대를 확인할 수 없는 이상 그 자리에 계속 있는다는 것은 자신이 상대의 존재를 알았다는 표시밖에 안 되기에 데미안은 천천히 건청전을 빠져나왔다.

그리고 푸른 하늘을 바라보았다.

제2장

데보라와 로빈

휘이익!

끝도 보이지 않는 무저갱(無底坑)에서 귓전을 자극하는 날카로운 바람 소리가 들렸다. 그와 동시에 소름 끼치게 차갑고, 기분 나쁠 정도로 눅눅한 공기가 동굴 안에서 쏟아져 나왔다.

마치 지옥의 입구라도 되는 듯 짙은 어둠에 싸인 암혈(暗穴)에서는 육안으로 식별하게 힘든 무엇인가가 끊임없이 쏟아져 나오고 있었다.

처음엔 투명한 모습을 하고 있던 '그것'들은 주위의 공기를 빨아들이면서 점차 자신의 모습을 드러내고 있었다. 몇 줄기의 검은색 연기가 회오리처럼 소용돌이를 일으키며 '그것'들의 몸 주위를 돌았고, 시간이 지날수록 '그것'들의 모습은 점점 뚜렷해져 갔다.

대부분 칙칙한 암회색의 몸을 가진 '그것'들은 생긴 모습만큼이나 크기도 제각각이었다. 하지만 아무런 무게도 가지고 있지 않은 듯 공중을 부유하던 '그것'들은 곧 공기의 흐름에 몸을 맡기며 천천히 동굴 밖으로 이동했다.

쾅!

사방 2미터쯤 되는 암혈이 무엇인가와 부딪히며 요란한 소리를 냈다. 금방 무너져 내릴 것처럼 암혈 전체가 흔들렸고, 암혈 주위의 공기는 무섭게 파동을 쳤다. 그러나 암혈 주위의 모습은 변한 것이 없었다.

"크으으, 이미 봉인이 깨졌건만 아직도 차원의 문이 이 정도밖에 열리지 않았다니……. 흐흐흐, 그러나 이제 지상에서 더 이상 신의 힘은 느낄 수 없으니 조금만, 조금만 더 기다리면……. 흐흐흐."

듣고 있는 사람이 스스로 자신의 귀를 후벼파고 싶을 정도로 음산한 음성이었다. 허공을 부유하던 괴상한 형상의 '그것'들도 두려움을 느끼는지 부르르 몸을 떠는 것 같았다.

*　　　*　　　*

쿵!

"윽!"

지면에 세차게 부딪힌 데보라는 낮은 신음을 흘리며 천천히 자리에서 일어났다. 시큰거리는 어깨를 주무르면서 일어선 데보라는 일단 주위부터 살펴보았다.

지금 자신이 서 있는 곳은 숲 속의 작은 공터 같아 보였는데 어디에도 사람들의 모습은 보이지 않았고, 게다가 새소리나 풀벌레의 울음소리도 들리지 않았다.

기이한 정적에 싸여 있는 숲.

데보라는 갑자기 자신이 침묵의 숲으로 다시 되돌아온 것은 아닐까 하는 생각이 들었다. 그와 동시에 자신의 곁에 단 한 사람의 동료도 없다는 사실을 깨달았다. 뭐가 어떻게 된 일인지, 또 자신이 지금 어디에 있는 것인지 하나도 알 수 없었다.

바로 그때, 그녀의 귀에 바람을 타고 익숙한 누군가의 비명이 들려왔다. 그녀는 복잡한 머리를 흔들고는 비명이 들린 곳으로 달려갔다. 그곳에 도착하자 그녀의 눈에 괴상한 모습을 한 몬스터가 보였다.

언젠가 만난 적이 있던 스킬드를 몇 배 확대해서 수십 개를 모아 한곳에 뭉쳐 놓은 듯한 5미터 정도의 크기를 가진 몬스터였다. 사방을 향해 끊임없이 꿈틀거리는 수십 개의 촉수는 뱀을 연상케 했고, 그것이 지나간 자리에는 간간이 인간들의 뼈로 보이는 것이 떨어져 있었다.

너무도 흉측한 모습에 고개를 돌리려던 데보라의 눈에 촉수에 휘감겨 거꾸로 매달려 비명을 지르고 있는 로빈의 모습이 들어왔다. 깜짝 놀란 데보라는 재빨리 자신이 메고 있던 컴포짓 보를 꺼내 몬스터를 겨냥하고는 그대로 발사했다.

핑!

날카로운 소리와 함께 강철 화살은 몸통에 2/3 이상 박혔지만 그 몬스터는 꿈쩍도 하지 않았다. 다급해진 데보라는 컴포짓 보를 버리고 브로드 소드를 휘두르며 달려들었다.

자신을 공격하려는 것을 감지했는지 서너 개의 촉수가 데보라를 향해 날아들었다. 데보라는 황급히 왼쪽으로 피하면서 힘껏 브로드 소드를 휘둘렀다. 그러나 어린아이의 팔 두께만한 촉수는 생긴 모습과는 달리 날렵하게 허공에서 몸을 틀어 데보라의 공격을 가볍게 피했다.

애초 촉수를 잘라 로빈을 구하려던 데보라의 생각은 너무도 상대를 가볍게 여긴 것이었다.

데보라는 다시 자신을 향해 날아드는 촉수를 향해 이번엔 마나를 잔뜩 끌어올려 빠르게 공격을 했다.

채채채챙—!

도저히 검과 꿈틀거리는 촉수가 부딪쳐 나는 소리라고는 볼 수 없는 괴상한 소리가 들렸고, 데보라는 은은하게 손목이 시큰거리는 것을 참아야 했다. 촉수는 생긴 것과는 달리 너무나 단단한 껍질에 싸여 있었다.

데보라는 더 이상 견디지 못하고 뒤로 물러섰고, 그런 그녀의 눈에 십(十)자로 나뉘어진 커다란 입과 촉수에 대롱대롱 매달린 채 금방이라도 삼켜질 것 같은 로빈의 모습이 보였다.

다급해진 데보라는 아로네아를 움켜잡고는 공격 주문을 외치며 그대로 던졌다.

"아쿠아 임펄스Aqua Impulse—!"

핑! 핑!

아로네아는 날카로운 소리와 함께 촉수 덩어리의 입속으로 날아갔고, 곧 요란한 소리와 함께 촉수 덩어리 입의 한 부분이 그대로 터져 나갔다.

"쿠우우—!"

촉수 덩어리는 귀청이 찢어질 듯한 괴성을 지르며 사방을 향해 촉수를 휘둘렀다. 그러는 과정에서 거꾸로 매달려 있던 로빈이 힘없이 지면을 향해 떨어졌다. 데보라는 촉수를 피해 떨어지고 있는 로빈을 잡기 위해 필사적으로 달려갔다. 그리고 몸을 날렸다.

"으윽!"

기절해 있던 로빈은 지면에 부딪치는 충격으로 깨어났다. 그리고 자신을 안고 있는 데보라의 모습을 보고 그녀가 자신을 구했다는 걸 깨달을 수 있었다.

"괜찮아?"

"데보라님께서 절…… 고마워요."

"그것보다 대체 저건 뭐야?"

자리에서 재빨리 일어선 로빈은 치유의 구슬을 앞으로 내밀며 입을 열었다.

"잘은 모르겠지만 아마도 나무에 마력을 지닌 어떤 것이 깃들어 저런 모양으로 변한 것 같습니다."

"나무가 변한 것이라고……? 저게?"

데보라는 기가 막혀 아무 말도 못하고 멍한 시선으로 촉수 덩어리가 꿈틀거리는 것을 지켜보고 있었다. 설마 저런 역겨운 모습을 하고 있는 촉수 덩어리가 봉인에서 빠져나온 어떤 것과 결합한 모습일 줄은 상상도 못했던 것이다.

"간단한 생명체에 악령이 깃든 모습이에요. 등급으로 따지면 최하급 악령인 3급 악령에 불과해요."

"저게 최하급 악령이야? 저렇게 무시무시하게 생겼는데?"

"생긴 것은 저렇게 보여도 사람을 공격할 수 있는 건 저 촉수뿐이에요. 그리고 이동 속도도 너무 느리고요. 포이라처럼 식욕밖에 없는 하급 악령이에요."

아무것도 아니라는 식으로 말하는 로빈의 말에 데보라는 어이가 없었다. 그러나 지금 제일 먼저 할 일은 징그럽게 생긴 저 촉수 덩어리를 없애는 일이었다.

촉수 덩어리의 입 부분은 어느새 원래의 모습으로 재생해 있었다. 그리고 어떻게 로빈과 데보라의 존재를 알았는지 두 사람이 있는 곳을 향해 십여 개의 촉수를 뻗어왔다.

데보라는 재빨리 몸을 피하고는 떨어져 있는 아로네아를 집어 들었다. 그리고는 재빨리 공격 주문을 떠올렸다. 그녀가 막 공격을 하려는 순간 로빈이 외쳤다.

"저건 악령이 깃들어 있기 때문에 아로네아의 파괴력보다는 신성력이 깃들어 있는 공격이 더 효과적이에요."

로빈의 말에 데보라는 고개를 끄덕이고는 힘차게 아로네아로 지면을 찔렀다.

"대지의 미소!"

얼마 지나지 않아 지면에서 물이 솟구치기 시작했다. 그러나 물이 솟구치기 시작한 곳은 오직 촉수 덩어리가 있던 곳뿐이었다.

로빈은 신의 무기를 찾을 때를 떠올리곤 데보라가 왜 이런 공격을 한 것인지 이해하지 못했다. 조금 특이하게 보이는 것은 지면에서 솟구치는 물이 푸른색을 띠고 있다는 것이었다.

처음에는 사방을 향해 촉수를 꿈틀거리던 촉수 덩어리의 움직임에 아무런 변화도 없었다. 다만 촉수 덩어리가 있던 지면이 물에 젖은 탓인지는 모르지만 그 부근만 조금 가라앉은 듯 보였다.

촉수 덩어리가 변화를 보인 것은 그로부터 조금 후였다.

푸른 물에 잠겨 있던 촉수 덩어리의 울긋불긋하던 뿌리 부분부터 서서히 회색으로 변하고 있었다. 꿈틀거리던 촉수의 움직임은 여전했지만 뿌리 부분이 마치 굳어버린 듯 더 이상의 움직임은 없었다.

데보라에게 질문을 하려던 로빈은 촉수 덩어리가 천천히 회색으로 변하는 모습을 지켜보고는 자신도 모르게 환호성을 터뜨렸다.

"야호!"

데보라는 로빈의 환호성에 영문을 몰라 어리둥절한 표정을 지었다. 그러나 잠시 시간이 지난 뒤 촉수 덩어리 전체에 회색이 번져 가며 움직임이 점점 줄어드는 것을 확인할 수 있었다. 결국 촉수 덩어리는 10분도 안 되어 전체가 밝은 회색으로 물들었고, 마치 돌로 깎아 만든 조각상처럼 굳어졌다.

두 사람이 촉수 덩어리로 다가갔지만 촉수 덩어리는 꼼짝도 하지 않았다. 데보라가 신기한 듯 바라보자 로빈이 안도의 한숨을 내쉬었다.

"휴우, 데보라님, 악령이 완전히 소멸된 것 같아요."

"소멸됐다고? 이렇게 쉽게?"

"데보라님, 그렇게 의심스러우면 메고 있는 그 브로드 소드로 한번 내려쳐 보세요."

로빈의 말에 데보라는 의구심이 가득한 얼굴로 브로드 소드를 꺼내 들어 잔뜩 마나를 주입했다. 그리고는 회색 덩어리를 향해 힘차게 내려쳤다.

쾅!

커다란 소리와 함께 회색 조각처럼 우뚝 일어서 있던 촉수 덩어리가 맥없이 무너져 내렸다. 조금 전 촉수 덩어리가 보였던 무시무시했던 모습과는 달리 뿌연 먼지를 흩날리며 너무도 간단하게 산산조각이 났다.

데보라는 설마 이렇게 맥없이 무너져 내릴 줄은 몰랐기에 멍하니 그 자리에 서 있었고, 고스란히 회색 먼지를 뒤집어써야 했다.

"푸하! 젠장, 이게 뭐야? 빌어먹을! 퉤! 퉤!"

데보라는 뒤로 물러서며 연신 침을 뱉었다.

로빈은 그 모습을 보고 피식 미소를 지었다.

사실 전쟁이 시작되기 전부터 데보라와 만나 이야기를 하려고 했지만 시간이 별로 없었다. 게다가 신의 무기를 찾기 시작할 때도 봉인의 위치와 무기를 찾는 데 신경을 썼기 때문에 특별히 그녀와 이야기를 할 새도 없었다.

특히 데보라는 네로브와 함께 지내면서부터 하루가 다르게 여성스러워졌다. 로빈은 그런 데보라의 모습을 보면서 한편으로는 그녀가 행복해지기를 진심으로 바랐지만, 또 한편으로는 자신이 알고 있던 데보라의 모습이 점점 사라지는 것 같아 섭섭한 마음 또한 버릴 수 없었다.

하지만 데보라는 역시 조금도 변하지 않았다.

험한 말투나 사내들조차 피할 상황에서도 두려움없이 덤벼드는 모습을 보면 지난 몇 달 동안 비록 자주 만나지는 못했어도 예전의 모습 그대로였다. 재빨리 데보라 곁으로 다가간 로빈은 그녀의 등과 어깨에 묻은 회색의 재를 털어주었다.

"괜찮아. 근데 왜 이렇게 약해졌지? 아깐 내 브로드 소드가 퉁겨질 정도로 딱딱했었는데……."

"몸을 이루던 핵심인 마력이 아로네아의 신성력에 의해 파괴가 되었기 때문에 아까와 같은 모습으로 변한 거예요. 실질적으로 아까 저건 그저 고목에 악령이 스며든 거라서 약간의 신성력만으로도 마력이 흩어져 버린 거예요."

로빈의 설명을 들으면서도 데보라는 자신의 몸에 묻은 재를 털어 내기에 여념이 없었다.

"봉인에서 빠져나오는 것이 이런 것들이라면 걱정할 필요가 없겠는데……. 그렇지 않아?"

"데보라님은 지금 뭘 착각하고 계신 것 같아요. 이건 단지 가장 하급 악령이 주위의 물건에 스며든 것에 불과해요. 어둠과 저주의 주체라는 악마가 겨우 이 정도일 리 있겠어요? 잘 알고 계시겠지만 악마는 지고 무상한 신들과 대전을 벌였어요. 악마를 너무 우습게 보지 마세요."

"이게 가장 하급 악령이라면……."

"너희들은 누구냐?"

갑자기 들려온 말에 데보라와 로빈의 고개가 뒤로 돌려졌다. 두 사람의 눈이 머문 곳에는 십여 명의 중무장한 사내들이 말을 탄 채 자신들을 경계심 가득한 눈으로 바라보고 있는 모습이 보였다.

"여긴 마수(魔獸)들이 수시로 출몰하는 곳인데 너희들은 대체 여기서 무엇을 하고 있었느냐?"

손에 조금은 짧아 보이는 검을 들고 있는 텁석부리 사내의 말에 데보라와 로빈은 멍한 얼굴로 서로를 쳐다보았다.

난생처음 들어보는 말이었다. 그제야 두 사람은 자신들이 이스턴 대륙의 말을 전혀 모른다는 사실을 깨달았다. 두 사람이 당황하는 모습을 보이자 가장 앞에 선 사람이 다시 입을 열었다.

"여긴 마수들이 있단 말이다. 너희들은 누구냐?"

이번엔 분명히 뮤란 대륙에서 사용하던 말이었다.

"저흰 여행자들입니다."

"여행자? 그럼 너희들은 이 숲이 출입 금지된 곳이라는 것도 모르고 들어왔단 말이냐?”

“출입 금지? 몰랐습니다만……?”

로빈의 반문에 처음 입을 연 텁석부리의 사내는 거만한 표정을 지으며 입을 열었다.

“여긴 마수가 출몰하는 곳이다. 여기서 어슬렁거리다간 너희들의 생명을 보장할 수 없다. 어서 떠나라.”

데보라는 상대의 말에 은근히 열이 올랐다. 상대의 신분이 뭔지는 모르지만 자신들을 무시하는 듯한 말투는 더 이상 참기 힘들었다.

“흥!”

데보라의 싸늘한 콧방귀에 텁석부리 사내는 순간 어이없다는 표정을 짓다가 곧 눈을 부릅떴다.

로빈은 이 자리에 더 있어봐야 좋을 것이 없다고 판단하고는 텁석부리 사내를 향해 입을 열었다.

“알겠습니다. 지금 즉시 숲을 떠나도록 하겠습니다. 죄송하지만 숲을 빠져나가는 길을 좀 가르쳐 주시겠습니까?”

“이 길을 따라 쭉 가다가 갈림길에서 오른쪽 길로 가면 숲을 빠져나갈 수 있다.”

“감사합니다. 그럼 저희는 이만…….”

로빈은 열을 삭이기에 여념이 없는 데보라의 손을 억지로 끌고 그 자리를 떠났다.

그 모습을 보고 있던 사내들 가운데 비교적 젊어 보이는 사내가 자신의 곁에 있던 대머리 사내에게 뭐라고 말을 하자 대머리 사내는 고개를 숙였다가 곧 로빈과 데보라의 뒤를 쫓아 몸을 날렸다.

　　데보라와 로빈은 텁석부리 사내가 가르쳐 준 길을 따라가자 곧 숲을 빠져나올 수 있었다. 그리고 숲에서 그리 떨어지지 않은 곳에 있는 작은 마을을 발견했다.

　　뮤란 대륙에서 보았던 집들과는 조금 다른 모습을 한 집이었지만 아늑해 보이는 것이 당장 들어가서 쉬고 싶은 마음을 들게 했다. 잠시 마을의 모습을 살피던 데보라는 조금은 긴장된 얼굴로 마을을 지켜보았다.

　　"혹시 데미안이나 다른 사람들이 저기 있을까?"

　　"글쎄요? 일단 마을에 가서 알아보도록 하죠."

　　로빈은 앞장서서 마을로 들어섰고, 데보라도 로빈의 뒤를 따라 걸음을 옮겼다. 백여 채의 가옥들이 줄지어 늘어서 있었지만 이상하게 돌아다니는 사람들의 수는 얼마 되지 않았다. 그리고 사람들의 표정은 대부분 어두웠다.

　　데보라와 로빈이 의아한 표정을 짓고 있을 때 자신을 말리는 청년들의 손을 뿌리치고 노인 한 명이 두 사람에게 다가왔다. 그리곤 조심스럽게 입을 열었다.

　　"저어, 실례지만 무극의신(無極醫神)의 사제가 아니십니까?"

　　다행히도 뮤란 대륙어였다. 하지만 노인이 말한 무극의신이 누군지 알 도리가 없었다.

　　"전 무극의신의 사제가 아니라 라페이시스의 사제입니다."

　　"라페이시스? 맞습니다. 그런데 사제가 맞으십니까?"

　　"그렇습니다만……?"

　　"저희 집에 심하게 다친 환자가 있는데… 가셔서 치료를 해주실 수 있겠습니까?"

　로빈은 노인이 왜 그리 조심스럽게 자신을 대하는 것인지 이유를 알 순 없었지만 환자가 있다는 소리에 즉시 고개를 끄덕였다.
　"알겠습니다. 그럼 절 환자에게 안내해 주시겠습니까?"
　"예? 예, 이리로……."
　설마 로빈이 그렇게 간단히 승낙할 줄 몰랐는지 노인은 말을 더듬다가 재빨리 로빈을 자신의 집으로 안내했다. 그런 모습을 지켜보던 마을 사람들의 얼굴에는 여전히 불안한 기색이 어려 있었다.
　노인의 집은 마을 중앙에 있었다. 문을 열고 들어가니 어두운 실내가 먼저 보였고, 그보다 더 어두운 표정을 짓고 있던 부부가 노인을 맞이했다.
　"아버님, 어딜 다녀오세요?"
　"라페이시스의 사제님을 모시고 왔다."
　"예?"
　부부는 그제야 노인의 뒤를 따라 들어온 로빈과 데보라의 모습을 발견했다. 하지만 사제복을 걸치고 있는 사람이 뜻밖에 나이 어린 소년이자 실망감을 감추지 못했다. 소년인 로빈의 실력이 좋아봐야 얼마나 좋겠느냐는 생각 때문이었다.
　그런 부부의 표정을 보지 못한 것은 아니었지만 로빈은 노인의 안내를 받아 환자가 있는 방으로 향했다. 그곳에서 로빈은 침대에 누워 있는 14, 5세쯤의 소녀를 발견했다.
　창백하고 핼쑥한 얼굴만 아니라면 좀처럼 찾아보기 힘들 정도로 아름답게 생긴 소녀였다. 로빈은 소녀의 안색을 살피며 노인에게 물었다.
　"아픈 곳이……."

"얼마 전에 숲에 갔다가 마수에게 당했습니다."

노인이 말과 함께 소녀를 덮고 있는 천을 걷어내자 보기에도 끔찍한 모습이 드러났다.

옆구리와 넓적다리에 주먹 하나는 충분히 들어갈 것 같은 깊은 상처가 나 있었다. 게다가 상처가 생긴 지 꽤 오랜 시간이 지났는지 이미 상처 주위가 곪고 있었다. 특히 넓적다리에 생긴 상처는 다리뼈에 이상이 생긴 듯 허벅지 전체가 퉁퉁 부어 있었다.

일생 중 가장 꿈 많을 시기에 초췌한 모습으로 누워 있는 소녀의 모습은 보기만 해도 저절로 안쓰러운 생각을 들게 했다.

"상처가 생긴 지는 얼마나 됐습니까?"

"한 열흘 정도 되었습니다."

"일단 뜨거운 물부터 준비해 주시겠습니까?"

"예, 금방 준비하겠습니다."

노인이 방을 나가자 로빈은 품에서 휴대용 수술 도구를 꺼내고는 먼저 상처 주위의 옷을 잘라냈다. 그리고는 뜨거운 물을 적신 천으로 상처 주위의 피와 고름을 조심스럽게 닦아냈다. 천이 상처를 건드릴 때마다 소녀는 신음도 내지 못하고 꿈틀거릴 뿐이었다.

"디씬펙션(Disinfection : 소독)! 나르코티즘(Narcotism : 마취)!"

치유의 구슬이 희미하게 푸른빛을 뿌리자 꿈틀거리던 소녀의 몸이 갑자기 멈춰졌다.

노인이 불안한 눈으로 손녀의 모습을 바라볼 때 로빈의 손놀림이 갑자기 분주해졌다. 심하게 화농이 진 부분을 날카로운 나이프로 긁어낸 후 재빨리 상처에 약을 바르고 바늘로 상처를 봉합하기 시작했다.

옆에서 그 모습을 보고 있던 데보라는 기계처럼 정확한 로빈의 솜씨에 감탄하면서도, 마치 동물을 수술하는 사람처럼 아무런 동요도 없이 치료하는 로빈에게 질려 버렸다.

"큐어!"

봉합을 마치고 로빈은 다시 치유의 구슬을 소녀의 상처에 대고 외쳤다. 치유의 구슬에서 상처로 푸른빛이 스며드는 것을 확인한 로빈은 그제야 이마에 맺힌 땀방울을 닦아내며 안도의 한숨을 쉬었다.

"치료가 끝난 거야?"

"내일 상처를 확인하고 한 번 정도만 더 치료를 하면 완전히 나을 것 같아요."

로빈의 대답에 노인은 로빈의 손을 잡으며 감사하다는 인사를 수도 없이 했다. 로빈이 어색한 미소를 짓고 있을 때 노인은 큰 소리로 아들 내외를 불렀다.

방으로 들어온 부부는 편안한 표정으로 잠들어 있는 딸의 모습을 발견하고는 의아함을 감추지 못하면서도 환하게 웃으며 기뻐했다. 그리곤 노인처럼 로빈에게 연신 감사의 인사를 했다.

잠시 후 로빈과 데보라는 노인과 아들 내외가 준비한 저녁을 대접받았다. 저녁 식사를 마치고 한잔의 차를 마시며 로빈은 자신이 궁금하게 생각한 것을 질문했다.

"아까 손녀가 마수에게 당했다고 하셨는데 숲에 그런 마수가 많습니까?"

"여기 숲에 마수가 나타난 것은 일 년 전의 일이지만 저희 나라 전체에 마수들이 모습을 보인 것은 벌써 삼 년 전의 일이랍니다. 생긴 모습도 모습이지만 그것들이 가진 힘이 엄청나 그들에게 잡아 먹혀 유령 마을이 된 곳도 벌써 여러 곳이라고 하더군요."

"그럼, 혹시 이 마을도 마수의 피해를 입으셨나요?"

"예, 마을 사람들 가운데 몇 사람이 숲에 갔다가 손녀를 공격했던 그 마수에게 잡혀 먹히거나 목숨을 잃었습니다. 그래서 마을 청년 몇 명이 복수를 하려고 마수를 찾아갔지만, 그만 그들마저……."

소녀의 아버지는 말을 잇지 못했다.

듣지 않아도 뻔한 일이었다.

마을 사람이 습격을 당했다는 소식에 힘깨나 쓴다는 청년들이 나섰을 것은 뻔한 일이고, 마수를 당하지 못한 그들 역시 허무하게 목숨을 잃었을 것이다. 상대가 악령의 기운이 스민 마수라면 보통 사람이 당해낼 수 있을 리 만무한 일이었다.

로빈이 가볍게 한숨을 쉴 때 데보라가 천천히 자리에서 일어났다. 그리고는 발소리를 죽여 조용히 뒷문을 통해 집을 빠져나갔다. 네 사람은 그런 데보라의 행동을 의아한 얼굴로 바라보았다.

노인의 집에서 빠져나온 데보라는 재빨리 담에 몸을 바싹 붙이고는 조심스럽게 주위를 둘러보았다. 자신의 감각이 누군가 자신과 로빈을 감시하고 있다고 경고를 보낸 것이다.

주위를 둘러보던 데보라의 눈에 나무 위에 몸을 감춘 사내의 모습이 들어왔다. 머리가 대머리인 것을 보면 얼마 전 숲에서 만난 사람이 분명했다.

대머리 사내는 노인의 집을 주시한 채 꼼짝도 하지 않았다. 무슨 이유로 대머리 사내가 자신들을 감시하는지 이유는 알 수 없지만 누군가에게 감시당한다는 것은 불쾌하기 이를 데 없는 일이었다. 천천히 아로네아를 꺼낸 든 데보라는 공격 범위를 대머리 사내가 있는 나무로 한정하고 힘차게 아로네아를 지면에 꽂았다.

"웨이브 어택Wave Attack!"

대머리 사내가 숨어 있던 나무의 지면이 움직인다고 느끼는 순간 십여 개의 물줄기가 솟구쳐 대머리 사내를 직격했다. 대머리 사내는 미처 피할 사이도 없이 서너 개의 물줄기에 맞아 하늘로 퉁겨졌다가 그대로 지면으로 떨어졌다. 충격이 컸는지 대머리 사내가 정신을 차리지 못하고 있을 때 목젖에 와 닿는 차가운 금속이 있었다.

정신을 차리고 보니 데보라가 무지막지한 브로드 소드로 자신의 목을 겨눈 채 싸늘한 미소를 짓고 있는 모습이 보였다.

"네놈은 왜 우리를 감시하는 거지?"

자신 앞에 버티고 서 있는 데보라의 모습에 대머리 사내는 좀 전 자신을 공격한 물줄기가 우연히 일어난 일이 아니라는 것을 확신할 수 있었다. 난생처음으로 당하는 괴상한 공격에 대머리 사내는 데보라에게 심한 두려움을 느꼈다. 신관이나 사제들은 신성력을 이용해 공격을 하지만 직접적으로 물건을 이용하는 경우는 거의 없었다. 지금처럼 물이 사람을 직접 공격하는 모습은 한 번도 본 적이 없었기 때문에 대머리 사내의 공포는 대단한 것이었다.

"너, 넌 서, 설마 마녀(魔女)냐?"

대머리 사내가 워낙 말을 더듬어 그의 말을 알아듣기 힘들었지만 마녀란 단어만큼은 확실히 들을 수 있었다. 그럴 만도 한 것이, 이스턴 대륙에서 마법사가 사라진 것이 벌써 4천 년도 훨씬 지난 일이니 무리도 아니었다.

대머리 사내의 말에 데보라가 막 화를 내려는 순간 집 안에 있던 로빈이 나왔다.

“데보라님, 무슨 일이세요?”

“이 빌어먹을 자식이 날 마녀라고 하잖아!”

데보라의 말에 로빈의 뒤를 따라 나온 노인이 대머리 사내에게 입을 열었다.

“아닙니다. 이분은 라페이시스의 사제이십니다. 그런 분의 동행이 마녀일 리 있겠습니까? 오해이십니다.”

“라페이시스? 그럼 무극의신(無極醫神)의 사제란 말이냐?”

“틀림없습니다. 이분이 다 죽어가던 제 손녀를 살리셨습니다. 이 늙은 것의 목숨을 걸 수도 있습니다.”

노인이 자신의 목숨까지 건다는 말을 하자 대머리 사내의 눈빛이 잠시 흔들렸다.

그렇다고 데보라의 화까지 풀린 것은 아니었다. 아까 숲에서도 자신을 못마땅한 눈초리로 봤던 일행들의 거만한 태도에 은근히 열이 올랐던 그녀였다.

“이것 봐, 아직 내 질문에 대답 안 했어. 어서 대답해.”

대머리 사내는 데보라가 자신의 뺨을 무식한 브로드 소드로 툭툭 치자 눈을 치켜떴다. 마음 같으면 당장이라도 일어나 데보라를 한 방에 누이고 싶었다.

“내가 대답해도 되겠소? 그리고 또 그대들에게 묻고 싶은 것도 있소.”

갑자기 들린 음성에 돌아서고 보니 숲에서 만났던 사내들이었다. 데보라의 눈이 가늘어지는 것을 발견한 로빈은 그녀가 또 사고를 칠 것 같은 생각에 얼른 입을 열었다.

“다시 만나뵙게 됐군요. 전 라페이시스의 사제인 로빈이라고 합니다. 그리고 이분은 아마조네스의 족장이신 데보라 칸이란 분이십니다."

"아마조네스? 정말 전설의 여인 전사 집단인 여인족(女人族)의 족장이란 말이오?"

말을 건넨 젊은 사내뿐만이 아니라 주위에 있던 사람들의 눈까지 휘둥그레졌다. 데보라는 사람들이 자신의 정체를 의심하는 눈초리를 발견하자 그대로 폭발했다.

"빌어먹을, 사람의 말을 믿을 것도 아니면서 뭐 때문에 물어?! 퉤!"

"닥쳐라!"

"너야말로 닥쳐! 아까부터 마음에 들지 않았는데, 어디 덤벼봐. 덤벼보란 말이야!"

데보라의 도발적인 말에 텁석부리 사내는 어이가 없는지 한동안 그녀를 바라보기만 했다. 하지만 그동안에도 데보라의 험악한 말은 끊이지 않았다. 텁석부리 사내는 더 이상 참지 못하고 곁눈으로 처음 말을 건넸던 젊은 사내의 눈치를 보았지만 웬일인지 젊은 사내는 말릴 생각이 없는 듯 보였다.

텁석부리 사내는 허리에 차고 있던 장검을 뽑아 들며 말 위에서 몸을 날렸다. 우람한 덩치에는 어울리지 않을 정도로 가벼운 몸놀림이었다. 그러나 데보라 역시 사내의 공격을 기다리고 있었기에 브로드 소드를 들어 간단히 텁석부리 사내의 공격을 막았다.

챙—!

날카로운 금속 음이 들리고 두 사람의 검이 허공에서 멈춰졌다. 텁석부리 장한은 데보라가 자신의 공격을 이렇게 쉽게 막아내리라고는 생각하지 않았는지 눈이 휘둥그레졌다. 그러나 그렇기는 데보라 역시 마찬가지였다. 설마 비만하게 생긴 상대가 저렇듯 날렵하게 움직일 줄은 몰랐기에 그녀 또한 놀랐다.

팽팽하게 맞서던 두 사람은 재빨리 뒤로 물러서더니 다시 자신의 검을 고쳐 잡았다. 그리고는 곧 서로를 향해 검을 휘두르며 달려들었다.

수십 번도 넘게 서로 위치를 바꾸었고, 수백 번도 넘게 검끼리 부딪쳤다. 비슷한 실력의 소유자로 보이던 두 사람이 차이를 보인 것은 대결을 시작한 지 30분이 지나면서부터였다.

텁석부리 장한은 조금씩 지쳐 가는 반면 데보라는 신이 난 듯 엄청나게 커다란 브로드 소드를 마구 휘두르고 있었다.

사실 그동안 데보라는 상당히 심한 스트레스를 받고 있었다. 물론 이유는 데미안 때문이었다.

처음엔 자신보다 실력이 모자랐던 데미안이 이미 소드 마스터가 된 지 오래였고, 일행들 가운데 그녀보다 검술 실력이 떨어지는 사람은 한 사람도 없었기 때문이다.

로빈은 사제고, 차이렌이 마법사인 것을 생각하면 사실상 데보라의 실력이 가장 떨어졌던 것이 사실이다. 물론 아무 생각 없이 사는 레오가 열외인 것은 두말할 나위도 없었다.

데보라의 검술 실력도 데미안 일행들과 여행을 하면서 위험스런 상황을 많이 겪어 이전보다 상당히 강해져 있었다. 다만 데보라가 그런 사실을 미처 모르고 있을 뿐이었다. 이제야 겨우 만만한 상대를 만난 것이기에 데보라가 신이 난 것은 당연한 일이었다.

그렇지만 텁석부리 사내의 일행들은 텁석부리 사내가 여자인 데보라에게 점차 밀리자 모두들 눈이 휘둥그레졌다. 비록 텁석부리 사내의 직위가 그리 높지 않다고는 하지만 그의 무술 실력만큼은 왕국 내에서 누구든 인정하고 있던 터였다. 그런 그가 여자 한 명을 이기지 못하고 뒤로 밀리다니…….

텁석부리 사내의 얼굴에서는 땀이 비 오듯 흘러내리고 있었고, 숨이 턱까지 차 도저히 검을 휘두를 만한 체력이 남아 있지 않았다. 하지만 사내로서의 자존심 때문에 차마 항복을 하지 않고 있었는데 그것이 데보라로서는 더욱 가소로웠다.

"헤이, 털보, 계속 놀아볼까?"

데보라의 싸늘한 웃음에 텁석부리 사내는 오기를 부려서라도 검을 들고 싶었지만 이미 숨이 턱에 차 주저앉지 않은 것만으로도 다행이었다.

"내가 대신 사과하겠소. 우리의 무례를 용서하시오."

가장 먼저 입을 열었던 젊은 사내의 사과에도 데보라의 얼굴은 계속해서 싸늘하게 굳어 있었다.

"당신은 뭔데 아까부터 계속 끼어들지?"

"실례했소이다. 본인의 이름은 단(丹)이라고 하오. 한단(韓丹), 이것이 내 이름이오."

사내의 말에 그제야 데보라는 사내의 얼굴을 확인했다.

어깨까지 드리워진 짙은 갈색의 머리카락, 서글서글해 보이는 눈, 고집스러워 보이는 짙은 눈썹이나 입술에선 사내의 고집을 느끼게 하기에 충분해 보였다. 구릿빛으로 탄 그의 얼굴이 그를 더욱 강해 보이게 했다.

"실례가 되지 않는다면 숲에서 있었던 일을 묻고 싶소."

"숲에서 있었던 일?"

"그렇소. 내 예상이 틀리지 않다면 당신들 두 사람이 이 숲에 있던 마수를 처치한 것 같은데, 내 말이 맞소?"

사내, 단의 말에 데보라는 그를 다시 보지 않을 수 없었다. 이미 마수는 한 줌의 재가 돼서 날아가 버렸을 텐데 어떻게 자신들이 마수를 처치했다는 것을 알았을까? 아니, 그보다는 그가 왜 자신을 감시하도록 시킨 것인지 그것이 더 궁금했다.

"왜 이 작자에게 우리를 감시하도록 시킨 거지?"

"그대들의 도움이 필요하기 때문이오."

"도움이라니? 무엇 때문에?"

"지금 우리 왕국엔 그대들 같은 능력을 가진 사람이 필요하오. 나를, 아니, 우리 왕국을 도와주시오."

단은 직설적으로 입을 열었다.

"당신들이 원하는 것은 마수를 퇴치할 수 있는 능력인가? 그렇지 않으면 우리인가?"

"솔직히 말해서 지금 우리 왕국은 귀하들이 가지고 있는 그런 능력을 절실히 필요로 하오. 귀하들이 원하는 것은 그것이 무엇이든 들어주겠소. 부디 우리 왕국을 도와주시오."

"우리가 원하는 것을 뭐든지 들어주겠다고? 당신에게 그럴 능력이 있어?"

"닥쳐라! 이분은……!"

"너, 나한테 이겨? 나한테도 진 자식이 까불기는."

데보라의 빈정거리는 말에 텁석부리 사내는 얼굴만 붉힐 뿐 아무런 말도 하지 못했다. 단이 먼저 입을 열었다.

"본인은 이 나라 한국(韓國)의 둘째 왕자 신분이오. 내가 한 말은 책임을 지겠소."

상대의 신분이 왕자란 것을 알고 데보라는 조금은 의외란 생각이 들었다. 일반적으로 왕자의 신분이라면 위험한 일에 직접 나서

는 경우가 드문데 이런 곳까지 직접 왔다는 것에 적지 않은 호감
이 생기는 그녀였다.

처음엔 그의 부탁을 거절하려던 데보라는 그가 왕자라는 말을
들은 후 그가 가진 힘을 이용해 나머지 일행들을 찾아야겠다는
생각을 했다. 자신의 생각을 로빈에게 말하자 그 역시 찬성을 했
다.

"좋아, 당신의 제의를 받아들이지."

데보라의 대답에 단을 제외한 나머지 사람들은 못마땅하다는
기색이 역력했다. 그러나 단은 환한 미소를 지었다.

"고맙소이다. 이곳에서 멀지 않은 곳에 내 궁(宮)이 있소. 일단
오늘 저녁은 그곳에 쉴 곳을 마련하겠소. 이분들께 말을 내드리도
록 해라. 그리고 그대는 먼저 궁으로 돌아가 이분들을 맞을 준비
를 하도록 전하라."

"알겠습니다, 왕자님."

부하 가운데 한 명이 대답을 하고는 먼저 말을 몰아 궁으로 향
했다.

"전 여기 남아 있도록 하겠습니다. 아직 환자의 치료가 다 끝나
지 않았거든요."

"아니오, 같이 가도록 합시다. 이곳엔 내일 다시 오면 될 것이오.
내일 내가 마차를 내드리겠소."

단이 그렇게까지 이야기하니 로빈은 더 이상 사양할 수 없었다.
하는 수 없이 고개를 끄덕이자 단의 부하들 가운데 한 명이 말에
서 내려 두 사람에게 말고삐를 넘겼다.

데보라의 뒤에 탄 로빈은 노인에게 입을 열었다.

"내일 아침에 다시 오겠습니다. 아마 오늘 저녁은 깨지 않고 푹

잘 겁니다."

"알겠습니다, 사제님."

단과 일행들은 곧 그곳을 떠났고, 노인은 그들의 뒤를 향해 한없이 고개 숙여 절을 했다.

*　　　*　　　*

"이곳이 어디요?"

"예, 이곳은 익주(翼州)라고 불리는 곳입니다. 주위에 산들이 많아 농사보다는 상업에 종사하는 사람이 많습니다."

"그럼 사람들의 이동도 많겠구려."

"그렇습니다, 사신 대인."

데미안은 주중천의 깍듯한 예의가 부담스러웠다. 삼십 대 중반으로 보이는 주중천은 처음 만났을 때부터 지나치게 예의를 차렸고, 데미안은 그런 주중천의 태도가 너무나 신경 쓰였다. 앞으로 여행을 계속하려면 자신을 대하는 주중천의 태도를 고쳐야 할 것 같았다.

"주 부사, 할 말이 있소."

"말씀하십시오, 사신 대인."

"다른 사람들에게 정체를 들킬 염려가 있으니 앞으로는 그렇게 호칭하지 마시오."

"그럼 뭐라고 호칭하면 되겠습니까?"

"그냥 일상적으로 부르는 호칭은 뭐가 있소?"

"무인인 경우는 보통 대협이라고 부르고, 대인처럼 관직을 가지고 계신 분은 대인이라고 부르는 것이 보통입니다."

"그럼 앞으로 대인이라고 부르시오."

"알겠습니다, 대인."

"그대는 어떻게 부르면 좋겠소?"

"이름을 불러주십시오."

"알겠소. 앞으로는 그대의 이름을 부르도록 하겠소."

두 사람은 대화를 나누는 동안 도시의 외곽에 도착할 수 있었다. 견고해 보이는 성벽을 통과하고 보니 뮤란 대륙의 건물만큼 높은 건물은 보이지 않았지만 넓은 대로(大路) 주위로 수백 개의 상점 등이 줄지어 있는 것이 보였다. 그리고 그곳은 물건을 팔려는 사람과 사려는 사람들로 소란스럽기 그지없었다.

사람들의 표정을 보니 어디에서도 마물에게 시달린 흔적은 찾기 힘들었다. 자신이 들었던 이야기로는 인명 피해도 상당했다고 들었는데 사람들의 표정만 보아선 그런 기색을 찾아보기 힘들었다.

주중천도 그런 느낌을 받았는지 데미안의 얼굴을 잠시 바라보다가 다시 사람들에게로 시선을 돌렸다.

잠시 후 그들은 요기를 하기 위해 음식점을 찾았다. 2층으로 만들어진 식당은 많은 사람들로 북적이고 있었다. 식당 안에 들어선 데미안과 주중천은 1층 구석에 자리를 잡고는 몇 가지 요리를 주문했다.

곧 이어 나온 음식을 먹으면서 음식점 내부의 사람들을 살펴보았다. 대부분 상인들로 보였지만 무인들의 수도 적지 않았다. 마침 옆 좌석에서 무인들로 보이는 사람들이 술과 음식을 먹고 마시며 떠들어대는 소리가 들렸다.

"얼마 전까지만 하더라도 그놈의 마수 때문에 대낮에도 다니기가 겁이 났는데, 천우신검(天宇神劍) 강찬휘(姜燦輝) 대협 덕분에 이렇게 맘 편하게 다닐 수 있게 되어 얼마나 다행인지 몰라."

"이렇게 선행을 베푸시니 틀림없이 복받으실 거야."

"그럼그럼."

"자, 우리 모두 강 대협을 위해 건배하자고."

"건배!"

"건배!"

그들이 귀가 따가울 정도로 커다랗게 건배를 외쳤음에도 어느 누구 하나 눈살을 찌푸리는 사람이 없었다. 오히려 그들의 외침에 고개를 끄덕이는 사람까지 있었다.

그 모습에 데미안이 주중천에게 물었다.

"천우신검 강찬휘란 사람을 아시오?"

"예, 천우신검은 원래 환국(桓國) 사람입니다만, 그의 부모가 억울한 누명을 써서 참수형을 당한 후 환국을 떠난 절정의 무인입니다. 어려서부터 전대 고인인 창천신검(蒼天神劍) 이무결(李無缺)의 문하로 들어가 검술을 연마해 십대 후반에 이미 상당한 검술을 연마해 후기지수(後起之秀) 중 제일로 손꼽히는 사람으로, 서른이 지난 지금 그의 적수가 될 사람은 거의 없다고 알려질 정도로 강한 무인입니다."

주중천의 자세한 설명에 데미안은 그에게 강한 호기심이 일었다. 삼십 중반의 나이에 자신의 적수가 될 사람이 거의 없다고 알려질 정도라니, 그를 만나 그의 검술 실력이 얼마나 되는지 직접 겨루고 싶다는 생각이 들었다. 게다가 마물을 퇴치할 수 있을 정도로 강하다면 자신들이 하려는 일에 상당한 도움이 될 수 있을 것 같았다. 생각이 거기에 미치자 그를 직접 만나고 싶다는 생각이 더욱 깊어졌다.

"이곳의 일은 해결이 된 것 같으니 오늘은 이곳에서 쉬고 내일 다른 곳으로 이동합시다."

"알겠습니다. 그럼, 오늘 쉬실 곳을 알아보도록 하겠습니다."

주중천은 대답을 하고는 곧 객잔(客棧)을 알아보러 식당을 빠져나갔다.

데미안은 주중천이 마련한 객잔에 누워 있었다. 그리고는 어딘가에 있을 일행들을 생각했다.

대체 무슨 이유로 자신만 혼자 떨어지게 된 것인지는 모르지만 다른 일행들은 서로 헤어지지 않았는지, 또 어디에 있는 것인지, 혹시 위험한 상황에 빠지지는 않았는지 그 모든 것이 궁금했다.

이미 밤이 늦었건만 좀처럼 잠을 이룰 수 없었다.

전전반측(輾轉反側)을 거듭하고 있을 때 데미안의 귓가에 무엇인가 음산한 울음소리가 들렸다.

"아~ 우우우~!"

왠지 소름 끼치게 공포스러우면서도, 사람의 영혼을 끌어당기는 기이한 힘을 지닌 처절한 울부짖음이었다.

"중천, 따라오시오!"

자리에서 벌떡 일어난 데미안은 미디아를 움켜잡고는 객잔을 빠져나왔다.

제3장

魔獸와의 血戰

객잔에서 빠져나온 데미안은 울음소리가 들린 곳을 향해 몸을 날렸다. 시동어를 외치지 않았음에도 자연스럽게 비행 마법이 펼쳐졌다. 데미안의 몸은 십여 미터 상공으로 치솟아 한곳을 향해 빠르게 날아갔다.

데미안이 도착한 곳은 익주 현(縣)의 성 외곽에 위치한 숲이었다. 천공에 뜬 달 때문에 주위 사물을 확인하는 데는 무리가 없었다. 그런 데미안의 눈에 이상한 모습이 보였다.

짙은 어둠에 싸인 숲을 향해 흐느적거리며 걸음을 옮기는 30여 명의 사람들이 있었다. 마치 영혼이 빠져나간 듯 힘없이 걷는 사람들의 모습을 데미안은 높은 나무 위에서 바라보고 있었다. 그리고 그 곁에 벌게진 얼굴로 땀을 닦고 있는 주중천이 있었다.

위자헌에게 데미안의 무공 실력이 상당하다는 말을 들었기에 자신보다 뛰어나리라고는 생각했지만 이렇게 빠른 경공을 펼칠

줄은 상상도 못했다. 게다가 지면을 한 번도 밟지 않는 경공이라
니……. 듣지도 보지도 못한 아주 특이한 경공이었다. 정체 모를
울음소리를 따라오지 않았다면 데미안의 모습을 찾지도 못했을
것이다.

"중천이 보기에 저 사람들의 모습이 이상하지 않소?"

"그렇군요. 영혼이 빠져나간 실혼인(失魂人)들 같군요."

"저 울음소리에는 듣는 사람의 정신을 흩뜨리는 기이한 마력이
있소. 어느 정도 정신력이 강한 사람이 아니라면 이 울음소리를
듣는 순간 아마 정신을 잃게 될 것이오."

"그럼, 저 사람들이 저런 모습으로 흐느적거리고 있는 것이 지
금 들려오는 울음소리 때문이란 겁니까?"

"내 생각으로는 그렇소."

데미안의 설명에 주중천은 다시 흐느적거리며 숲으로 향하는
마을 사람들의 모습을 보았다.

"무슨 일이 있을지 모르니 무기를 꺼내시오."

데미안의 말에 주중천은 자신의 허리에 요대(腰帶) 대신 차고
있던 은편검(隱片劍)을 꺼내 들었다. 기이할 정도로 얇아 휘청거
리는 모양을 한 은편검에 데미안은 잠시 관심을 보이다가 곧 숲
으로 이동했다.

숲은 짙은 어둠에 싸여 있었지만 울음소리를 따라온 마을 사람
들은 마치 잘 알고 있는 길을 가듯 흐느적거리며 걸음을 옮겼다.
그들의 뒤를 따라가던 데미안은 자신 이외에도 마을 사람들의 뒤
를 따르고 있는 사람들의 수가 적지 않다는 것을 느낄 수 있었다.
그들의 모습을 찾아보려고 했지만 그들이 어느 곳에 있는지 찾는
것은 쉽지 않았다.

그러는 사이 마을 사람들은 다 허물어져 가는 낡은 건물로 들어서고 있었다. 재빨리 근처 나무 위로 올라간 데미안과 주중천은 마을 사람들의 모습을 살폈다.

멍한 표정으로 두 팔을 늘어뜨리고 있는 마을 사람들이 서 있는 곳은 허물어진 건물의 정원으로 보이는 장소였다. 허물어진 건물의 잔해 사이로 어른의 키만한 잡초가 사방에서 어지럽게 자라 있어 을씨년스럽게 보이는 모습이었다. 달빛에 길게 그림자를 드리운 건물의 잔해에서는 음산함마저 풍기고 있었다.

마을 사람들의 모습과 주위를 훑어본 주중천이 전음(傳音)으로 입을 열었다.

"대인, 저 사람들은 뭘 기다리고 있는 걸까요?"

"글쎄, 일단은 좀 더 두고 보도록 합시다. 우리 말고도 많은 사람들이 저 건물을 주시하고 있으니 말이오."

데미안의 말에 주중천은 주위를 둘러보았지만 좀처럼 은신하고 있는 사람들의 모습을 찾을 수 없었다.

"우~!"

다시 낮고 음울한 울음소리가 들려왔다. 그러자 멍한 표정으로 서 있던 마을 사람들이 그 자리에 주저앉았다. 마치 절대적이고 신성한 어떤 존재를 맞이하는 듯 그 자리에 주저앉아 머리를 지면에 붙인 모습이 마치 절을 하는 것처럼 보였다.

데미안과 주중천이 긴장하는 사이, 어둡고 사악한 무엇인가가 폐가를 향해 빠른 속도로 다가오는 것이 느껴졌다. 육체적으로 느껴지는 것이 아니라 심령적으로 느껴지는 불쾌한 감정이었다. 그러나 결코 눈을 떼지 못하게 만드는 기이한 마력도 있었다.

"조심하시오. 뭔가가 빠른 속도로 다가오고 있소."

데미안의 말이 끝나기도 전 대청이 있던 곳에 검은색 기류가 모여들기 시작했고, 기류는 소용돌이치며 서서히 짙어져 이상한 형상을 만들고 있었다.

그 광경에 집중을 한 탓인지는 모르지만 검은 기류가 상당히 느리게 움직이는 것처럼 보였다. 그러나 검은 기류가 한곳에 뭉쳐 한 마리의 늑대로 변한 것은 순식간의 일이었다.

늑대의 모습을 발견한 주중천과 데미안은 그 모습에 저절로 눈이 휘둥그레졌다. 머리부터 꼬리까지의 길이가 7미터는 넘었고, 흑갈색의 털이 온통 뒤덮여 있었다. 그러나 그보다 그들의 눈길을 끈 것은 늑대의 머리가 셋인데다가 머리 위에는 소의 뿔보다 더 길고 날카로운 두 개의 뿔이 솟아나 있다는 것이었다.

"삼, 삼두마랑(三頭魔狼)?"

주중천은 자신도 모르게 중얼거렸다. 그의 음성에는 희미하게 두려움이 어려 있었다. 아닌 게 아니라, 보기만 해도 저절로 온몸이 움츠러들 만큼 공포스런 모습이었다.

늑대, 삼두마랑이 낮은 울음을 터뜨린 것은 바로 그때였다.

"우~!"

다시 한 번 삼두마랑의 울음소리가 들리자 그제야 마을 사람들은 정신을 차린 듯 주위를 둘러보았다. 그들은 곧 삼두마랑의 모습을 발견하고는 비명을 지르며 사방으로 달아났다.

그 모습을 바라보던 삼두마랑의 눈에 붉은빛이 어린다고 느끼는 순간, 삼두마랑의 몸에서 수십 줄기의 촉수가 뻗어 나와 달아나는 마을 사람들을 향해 날아갔다.

"으아악!"

"크윽! 사, 살려줘!"

마을 사람들을 향해 날아든 촉수는 마을 사람들을 휘감아 그들의 몸에 사정없이 파고들었다. 그때마다 공포에 질린 마을 사람들의 처절한 비명 소리가 들렸다. 그리고 그들 가운데 한 명이 촉수에 매달린 채 삼두마랑에게 끌려왔다.

사십 대 후반으로 보이는 사내는 끌려가지 않기 위해 자신의 손톱이 빠지는 것도 모른 채 바닥을 움켜잡으려 했다. 하지만 그런 그의 노력은 허사로 돌아갔고, 자신 앞으로 끌려온 사내를 삼두마랑은 오른쪽 앞발로 짓밟았다.

으드득!

사내의 등뼈가 으스러지는 소리가 들리자 삼두마랑의 촉수에 휘감겨 비명을 지르던 마을 사람들은 자신도 모르게 고개를 돌려 그 모습을 보았다.

삼두마랑은 전혀 서두르지 않고 끌려온 사내의 머리를 물었고, 천천히 씹어 먹기 시작했다. 머리를 깨무는가 싶었는데 어느새 발목뼈를 씹고 있었다.

으드득.

조용한 밤인 탓일까?

삼두마랑이 뼈를 씹는 소름 끼치는 소리가 먼 곳까지 들렸다. 그 모습에 촉수에 사로잡힌 마을 사람들의 얼굴은 창백하게 변했고, 멀리서 바라보던 데미안과 주중천도 속에서 욕지기가 치미는 것을 느꼈다.

데미안도 몬스터에게 습격을 받아 목숨을 잃는 사람들을 여러 차례 보았지만 지금처럼 분노가 치밀기는 처음이었다. 더 이상 참지 못한 데미안이 자신도 모르게 검의 손잡이를 움켜잡고는 폐가로 뛰어들려고 했다. 그러나 데미안보다 먼저 폐가의 담을 뛰어넘는 그림자들이 있었다.

담을 뛰어넘은 그림자들은 지체없이 삼두마랑을 향해 몸을 날렸다. 그리고는 들고 있던 무기를 휘두르며 삼두마랑을 공격했다. 그러나 그들은 곧 멈춰 서야 했다. 삼두마랑이 자신의 촉수에 걸린 마을 사람들을 마치 방패처럼 이용해 앞을 가로막은 것이었다.

파파파― 팟―!

추적자들이 잠시 멈칫한 사이 지면을 뚫고 무엇인가가 그들을 공격했다. 삼두마랑의 촉수였다.

재빨리 반응한 몇 사람은 허공으로 몸을 띄우거나 옆으로 피할 수 있었지만 동작이 느린 사람들은 그대로 공격당했다. 촉수는 인간들의 몸을 너무도 간단하게 파고들었고, 촉수가 파고든 곳에서는 선혈이 분수처럼 뿜어져 나왔다.

"크아악!"

"으악!"

가느다란 채찍 같은 촉수에 휘말린 사람들의 몸은 순식간에 미라처럼 말라 버렸고, 사람들은 지상에 마지막으로 처절한 비명만을 남긴 채 목숨을 잃어갔다. 그와 동시에 삼두마랑의 가운데 머리가 밤하늘을 향해 울음을 터뜨렸다.

"아~ 우우~ 웅~! 울부짖어라! 비명을 터뜨려라! 너희들을 지배하는 것은 암흑의 공포다. 나 켈크로스는 암흑의 사자로, 너희를 암흑으로 안내할 것이다. 나에게 너희의 피와 생명을 바쳐라! 아~ 우우~ 웅~!"

삼두마랑 켈크로스가 울음을 터뜨리자 촉수에 매달려 있던 사람들의 몸이 일제히 뒤틀리며 말라갔다.

"으악!"

"살려줘! 크악!"

비명 소리와 함께 사람들이 일제히 비명을 질렀고, 그 순간 사람들의 몸은 일제히 마른 나뭇가지처럼 말라 버렸다. 한순간에, 너무도 허무하게 사십여 명이 목숨을 잃은 것이었다.

그 모습에 데미안은 더 이상 참지 못하고 몸을 날렸다. 그와 동시에 또 하나의 그림자가 폐가의 담을 넘었다.

켈크로스는 무엇인가가 자신을 향해 날아들자 즉시 채찍 같은 촉수를 내뻗었다. 그러나 날아든 인간들은 켈크로스의 예상을 벗어나는 그런 부류의 인간들이었다.

날아들던 그림자를 공격하려던 촉수가 그들이 휘두른 검에 의해 너무도 간단히 잘려 나간 것이다. 켈크로스는 재빨리 촉수를 회수하고는 두 사람을 확인했다.

한 사람은 좀처럼 보기 드문 미인(?)형의 얼굴에 붉은 머리를 가진 청년이었고, 또 한 사람은 시원스럽게 생긴 호남형의 청년이었다. 붉은 머리 청년은 날카로운 검을 들고 있었고, 호남형의 청년은 폭이 조금 넓은 장검을 들고 있었다.

데미안은 자신과 거의 동시에 뛰어든 사내의 모습을 발견하고는 그의 모습을 유심히 살폈다.

턱까지 이어진 구레나룻이나 약간 각이 진 턱, 서글서글해 보이는 눈, 그 모든 것이 사내다움을 느끼게 하기에 충분했다. 호남형으로 생긴 사내의 얼굴을 데미안은 부러운 듯 바라보았다. 그런 반면 상대는 데미안이 자신을 조금은 느끼한(?) 시선으로 바라보자 영문을 몰라 잠시 어리둥절한 표정을 지었다. 그러나 곧 고개를 돌려 켈크로스를 노려보았다.

켈크로스의 몸 주위로 검은색 기류가 몰려들어 소용돌이처럼 그의 몸을 휘감았다. 그리고 벌어진 그의 입에서 음산한 인간의 음성이 흘러나왔다.

"크흐흐흐, 네놈은 일전에 나에게 상처를 입힌 놈이군. 흐흐흐, 그러나 난 그때와는 비교도 할 수 없을 정도로 강해졌다. 네놈의 피와 영혼을 나에게 바쳐라. 내가 널 짙은 암흑의 세계로 인도해주마."

"닥쳐라! 나에게 패해서 달아난 주제에 다시 나타나 무고한 사람들의 생명을 해치다니⋯⋯. 오늘은 네놈의 목숨을 빼앗아 억울하게 목숨을 잃은 사람들의 원혼을 달래주겠다!"

"크흐흐흐, 과연 네 뜻대로 될까? 흐흐흐."

음산한 켈크로스의 음성을 들은 사내는 곧 검을 가슴 앞에 비스듬히 세우고는 자세를 낮추었다.

옆에서 그들의 대화를 듣던 데미안은 혹시 옆에 있는 상대가 천우신검 강찬휘가 아닐까 하는 생각이 들었다. 하지만 지금은 그의 정체를 아는 것보다 눈앞의 켈크로스를 처치하는 것이 우선이었다.

데미안 역시 신중한 자세로 레이피어를 겨누자 켈크로스의 머리들이 두 사람을 노려보며 천천히 대청에서 내려왔다.

켈크로스의 발이 그에게 목숨을 잃은 사람의 시신을 건드리자 시신은 재가 돼 바람에 날려갔다. 켈크로스를 중앙에 두고 데미안과 사내는 양편으로 나누어 공격할 자세를 취했다.

창백한 달빛 속에서 마치 조각상처럼 서 있던 일수이인(一獸二人)은 불어오는 바람에 지면의 흙먼지가 날리기 시작할 때 서로를 향해 달려들었다.

켈크로스가 먼저 공격한 사람은 장검의 사내였다. 발부터 어깨까지의 높이가 3미터가 넘는 덩치를 가졌다고는 믿을 수 없을 만큼 빠르게 장검의 사내를 덮쳐 갔다. 그러나 사내도 이미 그런 켈크로스의 공격을 짐작하고 있었는지 침착하게 몸의 자세를 낮추고는 횡으로 힘껏 장검을 휘둘렀다.

장검의 사내를 공격하려던 켈크로스의 발이 공중에서 멈칫하는 순간, 사내가 휘두른 장검은 허무하게 허공을 가로질렀다. 바로 그 순간 켈크로스의 몸에서는 채찍 같은 수십 개의 촉수가 뻗어 나와 사내의 장검을 휘감아왔다. 그러나 켈크로스의 공격 역시 사내가 휘두른 검의 탄력을 이용해 스스로 회전을 하며 뒤로 물러서자 무위로 돌아갔다.

눈부시게 빠른 공방이었다.

그 틈을 이용해 데미안은 눈부신 속도로 켈크로스의 옆으로 파고들며 레이피어를 힘껏 찔렀다. 그러나 데미안은 켈크로스가 일반적인 늑대와는 다르다는 것을 잠시 잊고 있었다. 세 개의 머리 중 하나가 계속해서 데미안을 노려보고 있었다는 것을 몰랐던 것이다.

데미안의 몸이 2미터 안으로 들어서자 켈크로스의 몸에서 섬전처럼 수십 개의 촉수가 뻗어 나왔다. 데미안은 그 모습에 재빨리 그 자리에 주저앉듯 자세를 낮추고는 파이어 볼을 캐스팅해 그대로 손을 뻗었다.

펑!

데미안의 손에서 튀어나온 파이어 볼은 허공에서 촉수들과 부딪치며 요란한 소리를 냈다. 촉수들이 움츠러드는 순간 데미안은 그대로 지면을 박차면서 뒤로 물러섰다.

허공에서 몇 번 꿈틀거리던 촉수는 다시 켈크로스의 몸속으로 숨어들었고, 그 모습을 본 데미안은 다시 레이피어의 손잡이를 힘껏 움켜잡고는 스펠을 캐스팅했다.

다시 대치 상태가 지속되었고, 먼저 공격을 한 사람은 데미안이었다.

"미티어 레인!"

데미안의 왼손에서 붉은빛이 터져 나왔고, 붉은빛은 제각기 복잡한 곡선을 그리며 켈크로스를 향해 날아들었다. 갑작스런 데미안의 공격에 켈크로스가 흠칫 놀라는 동안 데미안과 장검의 사내는 동시에 검을 세우고 달려들었다. 붉은빛은 사정없이 켈크로스의 몸으로 날아들었고, 그렇게 동작이 빠르던 켈크로스도 그건 미처 피하지 못했다.

퍼퍼퍼퍽─!

요란한 소리와 함께 켈크로스의 몸에서는 불꽃이 피어올랐고, 잠시 움찔하는 사이 데미안과 장검의 사내는 동시에 몸을 날렸다. 데미안의 레이피어에는 붉은빛이, 사내의 장검은 새파란빛이 어려 있었다.

그런 두 사람의 공격에 켈크로스는 머리를 숙이며 두 사람의 공격을 피했고, 세 개의 머리에 나 있던 뿔 사이에서는 방전이 일어나고 있었다.

챙챙─!

금방이라도 잘려 나갈 것 같았던 켈크로스의 뿔과 부딪친 두 사람의 검은 너무도 간단히 튕겨 나갔고, 순간 두 사람은 엄청난 충격을 받고 물러서야 했다.

검이 켈크로스의 뿔과 부딪친 순간 온몸의 근육이 오그라드는 듯한 극심한 충격을 받은 것이다. 숨조차 쉴 수 없을 정도로 극심한 충격이었다. 줄어든 근육 때문에 뼈가 당장 살갗을 뚫고 나올 것 같았다.

뒤로 물러선 데미안은 놀란 얼굴로 켈크로스를 바라보았다. 켈크로스의 뿔이 자신의 검을 막아낸 것도 의외였지만 뿔에서 느껴진 전격(電擊)의 충격도 상당한 것이었다.

데미안은 자신과 함께 공격을 했던 장검의 사내를 찾았다. 약 5미터 정도 떨어진 곳에 서 있던 사내도 약간 창백한 얼굴을 하고 있었다. 그러나 사내도 켈크로스의 반격에 놀란 표정이 역력했다.

"괜찮소?"

데미안의 질문에 사내는 잠시 고개를 돌려 데미안을 보고는 곧 고개를 끄덕였다.

"난 괜찮소. 그런 당신은?"

"나 역시. 난 데미안이라고 하오."

"난 강찬휘요."

역시 예상한 대로 그였다. 그러나 먼저 눈앞에 오만하게 서 있는 켈크로스를 물리치는 것이 우선이었다.

데미안은 레이피어를 집어넣고 등에 메고 있던 미디아를 풀어 가슴 앞에 세웠다.

그 모습을 발견한 강찬휘는 달빛을 받아 새파랗게 빛나고는 있는 미디아를 든 데미안의 모습에 의외란 표정을 지었다. 데미안의 가냘파(?) 보이는 몸에 미디아는 너무 크고 무겁게 느껴졌기 때문이었다. 그러나 검을 들고 있는 데미안의 얼굴은 아무렇지도 않은 듯 너무나 태연해 보였다. 또 그가 들고 있는 미디아 역시 예사 검처럼 보이지 않았다. 무엇보다 강찬휘를 놀라게 만든 것은 조금 전 데미안의 공격이었다. 그로서는 난생처음 보는 기공(奇功)이었다.

데미안은 고개도 돌리지 않은 채 말을 이었다.

"강 대협, 내가 위를 맡을 테니 강 대협은 아래쪽을 맡아주시오."

"알았소. 근데 귀하는……."

미처 강찬휘가 말을 끝내기도 전 데미안의 몸은 허공으로 치솟았다. 붉은색 머리를 휘날리며 밤하늘로 날아오르는 모습은 저절로 탄성이 나올 정도로 아름다웠다. 강찬휘가 잠시 멍하니 그 모습을 보고 있는 동안 허공에서 데미안의 공격이 시작되었다.

"파이어 볼!"

데미안의 외침과 동시에 하늘 높은 곳에서 대여섯 개의 불덩이가 켈크로스를 향해 날아들었다. 자신을 향해 날아드는 불덩이를 발견한 켈크로스는 뒷걸음질을 치며 파이어 볼을 피하려고 했지만 데미안에 의해서 조종되는 파이어 볼은 여지없이 켈크로스의 몸에 적중했다.

펑— 화르르르—!

파이어 볼이 터지며 수 미터에 달하는 불꽃이 켈크로스를 덮쳤고, 켈크로스가 움찔하는 사이 데미안은 미디아를 힘껏 휘둘렀다. 그러나 켈크로스도 그대로 당하고 있지만은 않았다. 눈앞을 가린 불꽃을 뚫고 수십 개의 촉수가 데미안을 향해 날아든 것이다.

데미안은 허공에서 몸을 회전시키며 촉수를 피했고, 동시에 촉수를 향해 미디아를 거칠게 휘둘렀다.

퍼퍽!

데미안을 향해 날아들던 촉수 가운데 서너 개가 미디아와 부딪치는 순간 너무도 간단히 잘려 나갔다. 데미안의 공격에 놀랐는지 움츠러든 촉수를 따라 몸을 날린 데미안은 켈크로스의 가운데 머리를 향해 미디아를 내려쳤다.

데미안의 공격에 멍한 표정으로 바라보던 강찬휘 역시 자신의 내공을 검에 불어넣고는 켈크로스의 옆구리를 향해 달려들었다.

두 사람의 공격이 거칠어지자 켈크로스의 움직임도 빨라졌다. 머리로 떨어지는 데미안의 공격과 옆구리를 노리는 강찬휘의 공격을 불과 몇 미터 이동하는 것으로 단번에 피한 켈크로스는 아직 지면에 발이 닿지 않은 데미안을 향해 그대로 달려들었다.

시퍼런 뇌전이 번쩍이는 뿔이 자신에게 달려들자 데미안은 재빨리 스펠을 캐스팅했다.

"피지컬 실드!"

펑!

뿔의 공격을 받은 데미안은 요란한 소리와 함께 방어막 전체가 흔들리며 극심한 충격을 받아 날아갔다. 또 옆구리 쪽을 공격하던 강찬휘 역시 머리 위에서 떨어지는 켈크로스의 앞발을 발견하고는 피하려고 했지만 이미 늦은 후였다.

어쩔 수 없이 검을 들어 켈크로스의 앞발을 막았지만 그 충격까지 막아내지는 못해 구부러진 무릎이 금방이라도 지면에 닿을 것 같았다.

억지로 몸을 세운 데미안은 그 모습을 발견하고 그대로 지면을 박차고 올랐다.

"슈팅 스타!"

순간 미디아에서는 붉은 마나 덩어리가 켈크로스를 향해 빠르게 날아갔다. 켈크로스는 그 모습을 발견했지만 데미안의 공격이 별것 아니라고 생각했는지 강찬휘를 짓누르고 있던 발에 더욱 힘을 줄 뿐이었다.

퍽!

그리 크지 않은 소리가 들렸지만 켈크로스의 몸은 거의 십여 미터 이상 날아갔다. 자신을 짓누르던 켈크로스의 앞발이 사라지자 강찬휘는 재빨리 그 자리를 벗어났다. 그러나 켈크로스는 별 타격을 입지 않았는지 자세를 낮춘 채 두 사람을 노려보고 있었다.

급한 탓에 미디아에 많은 양의 마나를 집어넣지는 못했다고 하지만 켈크로스의 몸에 아무런 상처도 만들지 못하자 데미안은 놀란 표정을 감추지 못했다.

강찬휘 역시 데미안의 공세에 직격을 당한 켈크로스가 멀쩡한 모습을 보고는 경각심을 일깨웠다.

"강 대협, 가장 강한 공격을 준비해 주시겠소?"

"알겠소이다."

강찬휘의 대답을 들은 데미안은 허공으로 몸을 띄웠다. 그리고는 커다란 음성으로 외쳤다.

"헬 버스트!"

데미안의 외침과 동시에 켈크로스의 주위로 순간 엄청난 흙먼지가 피어 올랐다. 그때 강찬휘는 켈크로스의 몸에서 선혈이 뿜어져 나오는 것이 순간적으로 보이는 듯했다.

"강 대협, 지금이오."

"천강연환참(天剛連環斬)—!"

강찬휘의 외침이 들리는 순간 그가 들고 있던 검이 수십 개로 나뉘지는 듯한 환상이 보였고, 마치 생명을 부여받은 생물처럼 검영(劍影) 하나하나가 무서운 속도로 허공을 가로지르며 켈크로스를 향해 날아갔다.

데미안의 공격에 꼼짝도 하지 못하고 당한 켈크로스는 미처 몸을 움직일 사이도 없이 강찬휘의 공격을 맞이해야만 했다. 그러나 수십 개로 나뉘어진 검영은 켈크로스라고 하더라도 어느 것이 진짜 공격인지 쉽게 가름할 수가 없었다.

켈크로스가 몇 걸음 뒤로 물러서기는 했지만 사방에서 날아드는 검영의 속도는 조금도 줄어들지 않았다. 켈크로스가 잠시 멈칫하는 사이 그의 심령을 자극하는 무엇인가가 자신에게로 다가오는 것을 느꼈다. 그러나 그것이 어디에서 다가오는 것인지, 또 무엇이 다가오는 것인지 명확하지가 않았다.

다만 자신의 생존을 위협하는 무엇인가가 다가온다는 강한 느낌에 켈크로스는 본능적으로 움츠러들 뿐이었다. 그러는 사이 강찬휘의 검이 가슴을 파고들었다.

스윽—!

뭔가 날카로운 것이 자신의 가슴속을 파고들며 일으키는 뜨거움을 느끼는 순간 세 개의 머리 가운데 중앙의 머리를 꿰뚫는 극심한 충격이 있었다. 미디아였다.

자신의 공격이 성공한 것을 안 데미안은 지체없이 스펠을 캐스팅했다.

"체인 라이트닝!"

순간 데미안의 오른손에 창백한 백색의 번개가 나타났다. 백색의 번개는 데미안의 오른손에 있던 미디아를 타고 켈크로스의 머리에 연속적으로 흘러 들어갔다.

퍼퍼퍼— 퍽—!

기이한 소음과 함께 켈크로스의 몸 전체가 폭죽처럼 터져 나갔
다. 그와 동시에 켈크로스의 몸이 검은색 연기로 변해 밤하늘 속
에서 흩어졌다. 조금 전까지 그렇게 자신들을 괴롭히던 켈크로스
의 종말치고는 허망하다고 할 정도로 너무 간단한 것이었다.

데미안과 강찬휘는 그 모습을 조금은 멍한 표정으로 바라보고
있었고, 그러는 사이 켈크로스의 전신은 완전히 공기 중으로 사라
졌다. 켈크로스의 몸이 완전히 사라진 것을 확인하고서야 데미안
과 강찬휘는 그 자리에 주저앉으며 가쁜 숨을 몰아쉬었다.

그러면서도 두 사람은 자신들이 켈크로스를 물리쳤다는 사실을
믿지 못하는 듯 자신의 검과 서로의 얼굴을 바라보고 있었다.

잠시의 시간이 지나고 그때까지 구경만 하던 주중천이 다가와
데미안을 부축하며 입을 열었다.

"대인, 괜찮으십니까?"

"난 괜찮소. 강 대협, 어디 다친 곳은 없으십니까?"

"염려 덕분에……"

강찬휘의 조금은 힘이 없는 듯한 대답에 데미안은 주위를 둘러
보았다. 적막하다고 할 정도로 조용한 주위의 모습, 그 어디에서도
마력은 느껴지지 않았다. 그것을 확인하고서야 데미안도 안심할
수 있었다.

"이곳의 일은 일단락된 것 같으니 거처로 돌아갑시다."

데미안의 말에 주중천은 고개를 끄덕였고, 강찬휘도 주중천의
부축을 받으며 자리에서 일어섰다. 두 사람은 치열한 격전을 치렀
던 곳을 다시 한 번 확인하고는 그 자리를 떠났다. 바닥에 흩어져
있는 인간의 뼈와 의복만 아니라면 어느 누구도 이곳에서 격전이
있었다는 것을 알 수 없을 것이다.

　　　　*　　　　　　*　　　　　　*

"여기가 이스턴 대륙이야?"

주위를 둘러보던 마브렌시아가 입을 열었지만 카르메이안은 관심도 없는 듯 걸음을 옮겼다. 장거리 워프와는 비교도 할 수 없을 정도로 피곤함을 느끼고 있었지만 마브렌시아는 자신이 궁금하게 느끼는 것이 우선이었다.

"이봐, 카르메이안. 이곳이 이스턴 대륙이냐고?"

카르메이안의 모습은 이미 공동을 빠져나가고 있었다. 뒤에 처진 마브렌시아는 심통이 난 얼굴을 감추지 않고 카르메이안의 뒤를 따랐다.

지옥으로 가는 길인 양 끝없이 이어진 동굴을 빠져나가자 신록(新綠)으로 우거진 숲이 보였다. 잠깐 동굴 앞에서 걸음을 멈춘 카르메이안은 주위를 둘러보았다. 그러나 단순히 주위를 확인하는 차원이 아니라 무엇인가를 찾는 것 같았다.

마브렌시아가 알기로도 카르메이안 역시 이곳에는 처음 온 것으로 알고 있는데 대체 무엇을 찾고 있는지 궁금했다. 아니, 카르메이안이 무엇을 찾든 간에 신의 무기를 가지고 이곳으로 온 데미안 일행의 행방이 더욱 궁금했다.

막 그것을 물으려고 하는 순간 카르메이안이 먼저 입을 열었다.

"이곳까지 널 안내하는 것으로 내 임무는 끝났으니까 신의 무기를 찾는 것은 네가 알아서 하도록 해."

그 말에 마브렌시아는 단서라도 달라고 하고 싶었지만 레드 드래곤의 자존심이 그것을 허락하지 않았다.

단순히 드래곤으로서 가진 파괴력이나 힘으로만 따진다면 같은 나이의 어느 드래곤도 감히 레드 드래곤의 상대가 되지 않는다. 다만 골드 드래곤의 냉정한 판단과 치밀함, 조상으로부터 이어받은 풍부한 경험을 소유하고 있기에 다른 드래곤으로부터 존경을 받을 뿐이었다.

물론 마브렌시아도 카르메이안의 그런 능력을 무시하는 것은 아니었지만, 이미 이곳 이스턴 대륙으로의 이동을 부탁하느라고 많지도 않은 인내심은 이미 모두 다 써버린 후였다.

"워프!"

짧은 한마디와 함께 카르메이안의 모습이 사라지자 마브렌시아는 당장 답답한 생각이 들었다. 대체 어디서부터 데미안 일행에 대한 정보를 얻어야 좋을지 몰랐다.

마브렌시아가 잠시 고민에 싸였을 때 그녀를 향해 무엇인가 날아드는 것이 있음을 깨달았다. 고개를 돌리고 보니 반투명한 몸을 가진 기이한 물체 몇이 자신을 향해 허공에서 몸을 꿈틀거리며 다가서고 있었다.

칙칙한 암회색을 띤 그것들은 마치 물처럼 계속 본인의 몸을 변형시키며 다가왔고, 마브렌시아는 조금은 불쾌한 시선으로 그것들을 바라보았다.

마브렌시아의 곁으로 다가온 그것은 조금의 망설임도 없이 그녀를 향해 덮쳐 왔고, 그것들의 공격을 예상치 못한 마브렌시아는 엉겁결에 그것들을 향해 파이어 볼을 날렸다. 비록 엉겁결이라고는 하지만 거의 3싸이클의 마나가 응집된 파이어 볼이었다.

그렇지만 결과는 뜻밖이었다.

피시시— 식—!

　마치 차가운 물속에 뜨거운 무엇을 집어넣은 양 기이한 소리와 함께 마브렌시아가 쏘아낸 파이어 볼은 금세 꺼지고 말았다. 약이 바싹 오른 마브렌시아는 당장 7싸이클에 해당되는 파이어 볼을 다시 쏘았다.

　퍽퍽퍽—!

　마브렌시아의 파이어 볼에 적중이 된 그것들은 당장 검은색 연기가 피어 오르며 바싹 말라갔다. 까맣게 탄 그것을 본 마브렌시아는 자신을 공격한 그것이 무엇인지 살펴보았다. 그러나 지난 2,500년 동안 단 한 번도 본 적이 없는 기이하고 불쾌하게 생긴 것이었다.

　더 이상한 것은, 본능적으로 거부감을 지니면서도 왠지 자신과 동질의 것이란 생각이 들었다. 그 점이 마브렌시아를 더욱 불쾌하게 만들었다.

　"디텍트 디바인 포스Detect Divine Force!"

　마브렌시아는 정신을 집중해 시동어를 외쳤지만 그 어디에서도 자신이 가지고 있는 쿠로얀만큼의 신성력을 가진 물건은 느껴지지 않았다. 좀 더 찾는 범위를 늘려보았지만 결과는 역시 마찬가지였다.

　희미한 신성력을 가진 몇 개의 존재가 느껴졌지만 살아 있는 생명체로 느껴지는 것으로 봐서 아마도 신관이나 사제들인 것 같았다.

　카르메이안이 사라지고 나니 당장 어디로 가야 좋을지 결정을 내릴 수가 없었다.

　잠시 고심을 하는 사이 마브렌시아에게 다가오는 사람이 있었다.

“어머! 여긴 마수들이 출몰하는 곳이에요. 여기서 뭘 하는 거죠?”

고개를 돌리고 보니 사제복을 걸친 일남이녀(一男二女)가 놀란 표정으로 자신을 바라보고 있는 모습이 보였다.

사내는 약 사십 대 후반쯤으로 보였고, 근엄한 표정을 짓고 있는 것에 비해 그가 지닌 신성력은 보잘것없었다.

그런 반면 동행을 하고 있는 두 여인 가운데 나이가 조금 많아 보이는 여자의 신성력은 사내의 것을 훨씬 뛰어넘고 있었다. 한 톨의 먼지도 찾아보기 힘든 백색의 사제복을 걸친 그녀는 사람을 대하는 것이 익숙하지 않은 듯 고개를 숙이고 있었다.

마브렌시아에게 입을 연 사람은 가장 보잘것없는 신성력을 가지고 있는 소녀였다. 조금은 작은 키에 얼굴에 주근깨가 빽빽하게 들어찬 얼굴을 가진 소녀는 조금 놀란 표정으로 마브렌시아와 그녀 주위에 흩어져 있는 검은색의 물을 바라보고 있었다.

처음엔 그들을 단숨에 죽이고 다른 곳으로 가려고 했던 마브렌시아는 자신이 찾고 있는 신의 무기가 신성력을 가지고 있는 물건인만큼 그들과 동행을 하면 쉽게 단서를 찾을 수 있을지 모른다는 생각을 했다.

마브렌시아는 빙그레 미소를 지으며 입을 열었다.

“그렇지 않아도 길을 잃고 헤매고 있었는데 잘됐군. 그대들은 지금 어디로 가는 중이지?”

이십 대 후반으로 보이는 마브렌시아가 대뜸 반말을 하자 처음 입을 연 소녀는 눈을 동그랗게 떴다. 누구든 자신들을 처음 보면 공손하게 존댓말을 하지, 마브렌시아처럼 반말을 하는 사람은 처음 보았기 때문이었다.

"여기 계신 이분은 대지의 여신인 지존성모(至尊聖母)님을 모시는 신관이신 목련(木蓮) 존자님이세요. 그리고 이 언니는 신녀(神女) 후보이신 추우(秋雨)님이시고, 전 월령(月玲)이라고 해요. 그리고 저희는 지금 지존성모님의 총단으로 가고 있는 중이에요."

세 사람은 마브렌시아의 모습이 신기한지 계속해서 쳐다보고 있었다.

지금 마브렌시아는 뮤란 대륙을 떠돌던 여전사의 모습으로 폴리모프한 상태였다. 과감하다 못해 선정적인 마브렌시아의 모습에 그들이 놀라는 것도 무리는 아니었다.

몸에 딱 달라붙는 검은색 라이트 레더에 팔과 다리는 완전히 드러낸 상태였고, 타는 듯한 붉은 머리는 어깨까지 드리워져 있었다. 게다가 어울리지 않게 커다란 바스타드 소드를 메고 있는 모습은 늠름해 보이는 여전사의 모습이었다. 감탄할 정도로 아름다운 얼굴엔 비록 아무런 표정도 없는 것이 흠이었지만.

목련 존자라고 불린 신관은 마브렌시아를 연신 힐끔거리면서도 불쾌한 생각을 버리지 못했다. 아직 서른도 되지 않았을 것 같은 마브렌시아가 자신에게 반말을 했다는 것이 그를 불쾌하게 만들었지만 상대에게서 느껴지는 이상한 위압감 때문에 그런 말은 꺼내지도 못했다.

"난 마린이라고 한다. 이 숲을 빠져나갈 때까지 동행해도 괜찮겠지?"

"마린(魔燐)님이라고요? 특이한 이름이군요. 목련 신관님, 저분과 동행을 해도 괜찮죠?"

"마음대로 해라. 흥!"

몸을 돌린 목련은 재빨리 걸음을 옮겼고, 그 뒤로 추우란 여인이 걸음을 옮겼다. 월령과 함께 걸음을 옮기며 마브렌시아는 그들의 총단에서 데미안 일행에 대한 정보를 얻을 수 있기를 바랬다.

*   *   *

켈크로스를 처치하고 다시 객잔으로 돌아온 데미안은 강찬휘와 간단하게 술을 마시며 대화를 나누고 있었다. 두 사람은 서로의 무공에 감탄하고 있는 중이었다.

특히 강찬휘는 데미안의 괴상한 무공에 깊은 관심을 보였다. 지난 십여 년 동안 수많은 대결을 했었지만 데미안 같은 무공을 가지고 있던 사람은 한 명도 없었다. 게다가 데미안의 마지막 공격은 자신의 눈을 의심하게 만드는 것이었다.

처음에는 엄청난 극양공(極陽功)을 보이더니 음양이기(陰陽二氣)를 모두 익혀야만 사용할 수 있는 벽력공(霹靂功)을 펼친 것이다. 극양과 극음(極陰) 모두를 익힌 전설적인 인물을 실제로 만나게 될 줄은 상상도 못했다.

또 켈크로스를 공격했던 헬 버스트란 공격의 무시무시한 장면은 자신으로서도 난생처음 보는 광경이었다. 그러나 의문인 것은 그렇게 강한 공격과는 달리 수비는 너무나도 허술하게만 느껴졌다. 그저 빠른 몸놀림과 본능적인 움직임으로 상대의 공격을 피할 뿐이었다. 궁금한 것이 한둘이 아니었지만 무엇부터 물어보아야 좋을지 몰랐다.

몇 순배의 술이 돌자 데미안이 먼저 입을 열었다.

"말로만 듣던 천우신검 강찬휘 대협을 만나게 되어 영광입니다."

"무슨 말씀을. 오늘 제가 대미안 대협을 만나게 되어 안계(眼界)를 넓혔습니다."

"아까 그 켈크로스란 삼두마랑을 강 대협 혼자 상대하신 적이 있으시다고 들었습니다만……?"

"아닙니다. 제가 상대했을 때는 아까처럼 크지도 않았고, 힘도 강하지 않았기 때문에 상대하는 것도 그리 어렵지 않았습니다. 하지만 불과 3개월 만에 이렇게 강해졌을 줄은 전혀 예상치 못했습니다."

"그러셨군요."

자신의 설명에 고개를 끄덕인 데미안을 바라보던 강찬휘는 조심스럽게 자신이 궁금하게 생각했던 것을 물어보았다.

"제가 보기에 대미안 대협의 무공이 상당히 독특한 것 같던데 어떤 무공인지 알 수 있겠습니까?"

처음엔 설명하기 곤란하던 데미안은 문득 자신이 익힌 地獄二刀流가 어떤 무공인지 알고 싶은 생각이 들어 곧 대답했다.

"地獄二刀流란 무공인데 혹시 들어보셨습니까?"

"地獄二刀流?"

곰곰이 생각해 보았지만 난생처음 들어보는 무공이었다. 하지만 이도류(二刀流)란 이름이 붙은 것을 보면 두 자루의 칼을 이용하는 무공인 것 같았다. 게다가 이름에 지옥이란 단어가 붙은 것이 꽤나 사악하고 잔인한 무공인 것 같았다. 하지만 혹시 자신의 사부라면 알 것도 같았다.

"그보다 아까 저분이 대협을 대인이라고 부르는 것 같았는데……."

"이분은 천주순찰사신이시오."

"천주순찰… 사신……?"

주중천의 근엄한 대답에 강찬휘는 의외란 표정으로 데미안을 바라보았다.

순찰사신이라면 정3급에 해당되는 지위로서 태국의 8개 성의 성주와 거의 동급인 지위였다. 아니, 왕궁에서 파견된 사신이기에 권위로만 따지면 오히려 성주보다 앞선다고 보는 것이 정확할 것이었다.

데미안처럼 어린 나이에 순찰사신의 지위에 오르다니, 그가 어느 가문 출신인지 궁금하기 이를 데 없었다.

"사신 대인을 만나게 되어 영광입니다."

자리에서 일어선 강찬휘가 포권지례를 하자 데미안은 어색한 미소를 지으며 답례를 하였다.

"별말씀을……. 어서 앉으시지요."

데미안의 제지에 강찬휘는 곧 자리에 앉았다.

여자로 착각을 한다 해도 당연하게 느껴지는 청년이 무공도 강할 뿐 아니라 높은 직책까지 가지고 있다는 것이 데미안이란 존재를 더욱 신비스럽게 만들었다.

"대인께서 조금 전 그 폐가에 오신 것은 켈크로스의 존재를 느꼈기 때문입니까?"

"그렇습니다만……."

"오늘 대인이 아니었다면 제가 큰일을 겪을 뻔했습니다."

"아닙니다. 오히려 제가 강 대협의 도움이 아니었으면 크게 곤란함을 겪을 뻔했습니다."

서로를 추켜세운 두 사람은 자신도 모르게 빙그레 미소를 지었다.

"대인께서 이렇게 순행(巡行)을 하심은 무슨 이유 때문인지 제가 알 수 있겠습니까?"

"대인께서는 마물이나 마수들에게 괴로움을 받고 있는 국민들을 어려움에서 구하기 위해 순행 중이시오."

주중천의 대답에 강찬휘는 고개를 끄덕였다.

"만약 대인께서 시간이 있으시다면 이곳에서 약 5백 리 정도 떨어진 곳에 있는 금라산(金羅山)에 한번 들러보십시오. 그곳에는 지금 제 사부님이 계시는데, 아마 그분이시라면 대인께서 말씀하셨던 지옥이도류에 대한 정보를 얻을 수 있을지도 모르겠습니다."

"아니, 아직 창천신검(蒼天神劍) 이무결(李無缺) 대협께서 생존해 계신단 말씀입니까?"

"그렇습니다. 예전에 비해 조금 기력이 떨어지긴 하셨지만 아직까지 정정하십니다."

강찬휘의 대답에 주중천은 놀란 얼굴을 감추지 못했다. 영문을 몰라 어리둥절한 데미안의 모습에 주중천은 자신이 아는 것을 설명했다.

"창천신검 이무결 대협은 어려서부터 수많은 검의 달인(達人)들께 검술을 전수받아 독창적인 검술을 창안해 낸 전대의 무인입니다. 한마디로 천재적인 검의 달인이라고 할 수 있습니다. 그런 그분이 이 땅에서 모습을 감추신 것이 벌써 70년 전의 일인데 아직까지 생존해 계신다니, 정말 믿기 힘든 일이군요. 제 생각이 틀리지 않는다면 아마 그분의 춘추가 백 세는 훨씬 넘기셨을 겁니다."

"올해로 스승님의 세수는 백스물둘이십니다."

강찬휘의 말에 데미안도 은근히 놀랐다.

자신이 보기에 강찬휘의 나이가 삼십 대 중반이나 후반인 것으로 보였는데, 그렇다면 이무결이 강찬휘를 제자로 맞아들였을 때 이미 그의 나이가 구십이 넘었다는 말이 아닌가?

그 말을 듣는 순간 트레디날 제국의 제1공작인 에이라 폰 샤드가 자연스럽게 떠올랐다. 그렇다면 이무결의 무공 실력도 소드 마스터의 경지에 이르렀을까? 갑자기 그에 대한 궁금증이 생겼다.

"제가 스승이신 이무결 대협을 찾아가도 괜찮겠습니까?"

"예, 저희 스승님께선 사람 만나는 것을 매우 즐기시는 분이십니다. 다만……."

웬일인지 강찬휘는 말꼬리를 흐렸다.

"대인께서 괜찮으시면 제가 직접 대인을 스승님께 안내해 드리겠습니다."

강찬휘의 호의에 찬 말에 데미안은 잠시 망설였다.

마음 같으면 당장이라도 이무결을 찾아가고 싶은 생각이 굴뚝같았다. 하지만 헤어진 일행도 찾아야 했고, 마물을 퇴치하면서 이스턴 대륙에 있는 봉인의 위치도 확인을 해야만 했다. 몸은 하나인데 하고 싶은 일과 해야 될 일이 한둘이 아니었다.

잠시 망설이던 데미안은 주중천에게 입을 열었다.

"중천, 강 대협께서 말씀하신 금라산으로 가는 길에 마물 때문에 고통받는 곳은 없소?"

데미안의 질문에 주중천은 품에서 작은 책 하나를 꺼내 뒤적이고는 곧 대답했다.

"큰 도시로는 선주(仙州) 현과 정주(汀洲) 현이 있습니다. 선주 현은 수많은 쥐 떼 때문에 고통을 받고 있고, 정주 현은 갑자기 바다 괴물이 출몰해 어민들이 배 타기를 꺼려하고 있답니다."

"쥐 떼와 바다 괴물? 그것들이 마물들과 연관이 있단 말이오?"

"그렇습니다. 불과 3년 전까지만 하더라도 두 곳은 평화롭고 한적한 마을이었습니다. 그런데 갑자기 나타난 쥐 떼와 바다 괴물 때문에 평화가 깨졌고, 이제는 어떻게 할 방법이 없이 마을을 떠나는 사람들이 속출하고 있다 합니다."

"바다 괴물은 그렇다고 하더라도 쥐 떼가 마물하고 연관이 있다고 보기는 힘들지 않겠소?"

"그, 그것이, 사실 3년 전에 쥐가 나타난 것은 사실이지만 지금처럼 많은 숫자는 아니었답니다. 겨우 몇백여 마리에 불과했던 쥐들이 겨우 3년이 지난 지금은 수십만 마리가 훨씬 넘는다고 합니다."

"그렇지만 그것만 가지고 쥐 떼가 마물이라고 보기엔 무리가 있지 않겠소?"

"하지만 문제는 쥐 떼가 인간들을 습격하기 시작했다는 것입니다. 보통의 쥐라면 인간을 공격할 리 없지 않습니까? 이미 수십 명의 사상자가 발생했지만 아직 선주 현의 현령(縣令)은 단순히 쥐 떼의 소행으로 보고 별다른 조치를 취하지 않고 있다 합니다."

"수십 명의 사상자가 발생했는데도 아무런 조치를 취하지 않았단 말이오?"

주중천의 말에 데미안은 은근히 분노가 치밀었다.

설사 마물이 개입한 것이 아니라고 하더라도 수십 명의 사상자가 발생했다면 그곳을 다스리는 책임자로서 당연히 어떠한 조치가 뒤따랐어야 하는 것이 옳은 일이란 생각이 들었다.

고향 싸일렉스에서 사람들이 몬스터에게 피해를 입는 사태가 발생했을 때, 자렌토는 병사들을 모아 대대적인 몬스터 토벌을 단

행했었다. 그때 네 차례의 토벌이 끝나고서야 사람들은 안심하고 일상생활을 할 수 있었다.

그런 자렌토의 모습을 자랑스럽게 생각하고 있던 데미안이기에 선주 현의 현령이 취한 조치에 슬그머니 분노가 치밀었다.

"알았소. 그럼 일단 선주 현과 정주 현을 거쳐 금라산으로 가도록 합시다."

"알겠습니다, 대인."

분노로 인해 은은하게 붉어진 얼굴을 하고 있는 데미안의 모습에 강찬휘는 의외인 듯 고개를 갸웃거렸다.

데미안처럼 무공도 강하고 직책도 높은 사람이 고통받는 평민들의 일에 저렇게 분노를 터뜨리는 것이 오히려 이상하게만 보였다. 혹시 자신에게 잘 보이기 위한 과장된 행동이 아닐까 생각해보았지만 그가 처음 보는 자신에게 잘 보여야 할 까닭이 없었다.

잠시 화를 삭인 데미안은 강찬휘를 향해 입을 열었다.

"곧 날이 밝을 것 같습니다. 어제 고생이 많으셨으니 쉬시고 아침에 다시 뵙는 것이 어떨지……?"

"알겠습니다, 대인. 그럼 대인께서도 편히 쉬시길."

데미안을 향해 포권지례를 한 강찬휘는 곧 자신의 방으로 향했고, 데미안과 주중천도 곧 잠자리에 들었다.

다음날 자리에서 일어난 데미안은 어제저녁 자신과 켈크로스가 싸우던 장면을 떠올렸다.

어제저녁 본 켈크로스의 모습은 마물, 혹은 마수라 불리기 충분했었다. 예측할 수 없는 촉수 공격이나 번개를 뿜어내던 두 개의 뿔, 세 개의 머리, 웬만한 마법 공격에는 꿈쩍도 하지 않았던 켈크로스의 모습들이 눈앞을 스치고 지나갔다.

켈크로스가 얼마만한 마력을 지닌 마물인지는 모르지만, 만약 다음에 만나는 마물이 켈크로스와 비슷하거나 더 강하다면 보통 일이 아니었다.

드래곤에게도 심각한 타격을 입혔던 헬 버스트가 겨우 켈크로스를 묶어두는 것에 불과했다는 것은 데미안에게도 적지 않은 충격이었다. 로빈의 말처럼 신의 무기를 가지고 있기 때문에 마력을 지닌 마물들을 물리칠 수 있다고 생각한 것은 자신의 자만이 아닐까 하는 생각이 들었다.

데미안이 그런 생각을 하는 동안 밖에서 주중천의 음성이 들렸다.

"대인, 일어나셨는지요?"

"그렇소, 잠시만 기다리시오."

대답을 한 데미안은 곧 옷을 입었다.

뮤란 대륙에 있을 때 데미안이 즐겨 입던 옷은 잘 만들어진 라이트 레더였다. 격렬한 움직임에도 잘 견딜 뿐 아니라 간단한 방어 마법이 걸려 있었기 때문에 상대의 공격에서도 어느 정도 안전할 수 있었다.

그런 반면 이스턴 대륙에서의 의복은 평화스러운 시간이 길었기 때문인지 그리 실용적이지 않은 것 같았다.

통이 넓은 소매나 바지를 처음 보았을 때 데미안은 대체 무슨 이유로 이렇게 통을 넓게 만든 것일까 하는 의문까지 가질 정도였다. 그러나 지난 몇 개월 동안 계속해서 입고 보니 그 옷도 편한 것이 마음에 들었다.

지금 데미안이 걸치고 있는 옷은 청삼(靑衫)이란 옷으로 태국

국민들이 가장 즐겨 입는 보편적인 의상이었다.

가볍게 목을 몇 번 움직여 근육을 푼 데미안은 곧 방을 나와 주중천과 함께 강찬휘가 기다리고 있는 식탁으로 갔다. 간단하게 아침 요기를 마친 데미안과 두 사람은 선주 현을 향해 떠났다.

익주 현에서 선주 현까지의 거리는 2백여 리.

세 사람은 가벼운 대화를 나누며 동행을 했다. 대화의 시간이 길어지면 길어질수록 주중천은 강찬휘의 해박한 지식에 감탄을 금치 못했다.

두 사람이 비슷한 나이이기는 했지만 주중천이 학문에만 전념한 반면 강찬휘는 뛰어난 무공을 가지고 있으면서도 놀랄 만한 학문을 익히고 있었던 것이다. 그러니 주중천이 강찬휘에게 감탄하는 것도 어찌 보면 당연한 일이었다.

세 사람이 선주 현 외곽의 작은 마을에 도착한 것은 저녁 늦은 시간이었다.

일단 투숙할 곳을 찾는 사이 밤하늘에 울려 퍼지는 처절한 비명 소리가 있었다. 세 사람은 누가 먼저랄 것도 없이 비명 소리가 들린 곳을 향해 몸을 날렸다.

그들이 도착했을 때, 그곳은 이미 병사들에게 통제되고 있었다. 병사들을 제외한 다른 사람들의 모습은 찾아볼 수도 없었고, 또 대부분의 병사들은 두려워하는 빛이 역력했다.

병사들에게 다가간 주중천이 병사들에게 물었다.

"무슨 일인가?"

"다, 당신은 누구요?"

갑자기 뒤에서 사람의 음성이 들리자 병사들은 소스라치게 놀랐다.

그저 말을 건넨 것뿐인데 병사들이 너무나 놀란 모습을 하자 주중천은 의아한 생각이 들었다. 그러나 조금 전 비명이 들린 것을 확인하는 것이 우선이었다.

"조금 전 비명을 들었는데 어떻게 된 일인가?"

주중천이 다시 한 번 물었다. 병사들은 주중천의 조금은 위압적인 말투나 그가 걸치고 있는 수놓여진 백삼(白衫)을 보고는 그가 관리라고 판단을 하고는 곧 대답했다.

"실은 쥐 떼 가운데 일부가 저희 마을을 습격했습니다."

"쥐가 습격?"

"그렇습니다."

약 십여 미터쯤 떨어진 곳에 있던 문이 열리며 누군가가 나온 것은 바로 그 순간이었다. 자신도 모르게 고개를 돌렸던 주중천의 얼굴은 경악으로 온통 일그러졌다.

비틀거리며 문을 열고 나타난 사람의 온몸에는 어른 주먹 두세 개를 합친 크기를 가진 시커먼 쥐들이 매달려 있었다. 쥐의 공격을 받은 사내는 곧 바닥에 쓰러졌지만 쥐들은 도망칠 생각을 하지 않았다. 오히려 쓰러진 사내에게 달려들어 게걸스럽게 시신을 뜯어먹고 있었다.

"라이트닝!"

갑자기 뒤에서 새하얀 번개가 날아들어 시신에 달라붙어 있던 쥐들을 직격했다.

찌익!

날카로운 소리와 함께 수십 마리의 쥐들이 새카맣게 탄 채 시신에서 떨어졌다. 일부의 쥐들은 그대로 번개에 직격당해 몸이 터져 나갔다.

주중천이 고개를 돌리고 보니 5미터쯤 떨어진 곳에서 데미안이 분노를 감추지 못하고 서 있는 모습이 보였다.

"왜… 너희들 왜 그냥 보고만 있는 거야?! 왜?!"

데미안의 고함에 병사들은 움찔했다.

강찬휘도 의아한 표정을 짓기는 마찬가지였다.

물론 사내의 죽음에 분노가 치미는 것은 사실이었지만 데미안이 저렇게 격렬한 반응을 보이는 까닭을 이해를 할 수 없었다.

"대, 대인?"

데미안의 태도가 예상 밖이었기 때문일까? 주중천은 당황해하며 데미안의 곁으로 다가갔다.

"중천, 여기 책임자가 누구인지 당장 데려오시오!"

서슬 퍼런 데미안의 모습에 찔끔한 주중천은 병사들에게 지시를 내렸고, 잠시 후 중무장을 한 뚱뚱한 사내가 모습을 드러냈다. 얼마나 살이 쪘는지 눈과 코가 살 속에 빠진 것처럼 보였다.

다가온 사내는 세 사람의 모습을 살피더니 주중천 앞으로 가 고개를 숙였다.

"제가 이곳의 책임자인 호장(護將) 혁련소(赫連素)입니다."

짜악!

손이 뺨과 부딪치며 날카로운 소리를 냈다.

제4장

魔獸들의 출현

갑자기 따귀를 맞은 혁련소는 충격을 견디지 못하고 뒤로 비틀비틀 물러섰다. 그가 정신을 차렸을 땐 앞에서 분노한 표정을 감추지 못하고 있는 데미안이 있었다.

"귀, 귀하는?"

"네가 여기 책임자냐? 내 말이 맞아, 틀려?!"

새파랗게 어린 데미안에게 따귀를 맞은 데다가 반말까지 듣자 혁련소는 순간적으로 머리가 돌아버릴 지경이었다. 그러나 워낙 순간적으로 일어난 일이라 정신을 차리지 못했다.

짜악!

다시 반대로 고개가 획 돌아갔다.

"대, 대인, 고정하십시오."

주중천이 데미안을 진정시키기 위해 말을 건넸지만 데미안의 태도는 변하지 않았다. 혁련소가 치밀어 오르는 분노를 참기 위해 주먹을 부서져라 움켜잡는 모습이 보였다.

"왜 저들을 저렇게 방치했지?"

"무슨 말씀이십니까, 대인?"

"난 지금 저 호장이란 작자에게 묻고 있으니 중천은 잠시 빠지시오. 어서 대답하란 말이야!"

거의 불량배 수준에 가까운 데미안의 말에 혁련소는 고개를 숙여 데미안의 발을 노려보며 입을 열었다.

"그렇게 말씀하시는 분은 누구십니까?"

"이분은 국왕 폐하의 명을 받아 마물들을 퇴치하기 위해 순행 중이신 천주순찰사신이시다."

주중천의 대답에 혁련소는 어금니를 깨물었다.

천주순찰사신이라면 자신의 지위로선 꿈도 꿀 수 없는 까마득히 높은 지위였다. 설사 데미안이 자신의 조그만 실수를 트집 잡아 죽음을 내린다 하더라도 아무런 항변도 할 수 없을 정도로 엄청난 신분 차이였다.

"야, 너! 정말 대답 안 할래! 왜 마을 사람들을 피신시키지 않았느냐고 묻잖아!"

"대인께서 물으시니 아는 대로 대답하겠습니다. 사실 사람들이 대피할 곳도 없지만, 쥐 떼의 숫자가 엄청나게 늘어나 습격당하는 마을 사람들이 속출해 병사들의 수가 적은 저희들로서는 손쓸 방법이 없습니다."

"흥! 말도 안 되는 소리. 쥐 떼를 소탕하라는 것도 아니고 단순히 사람들을 안전한 곳으로 대피시키라는 지시를 지키지 않았다는 것은 누가 봐도 직무 유기야. 중천, 나에게 현령의 지위를 박탈할 수 있는 자격이 있는가?"

"물론입니다, 대인. 정6급인 현령의 지위는 언제든 박탈할 수 있습니다. 국왕께는 사후 처리를 한 후 그 내용만 올리시면 됩니다."

주중천의 대답에 혁련소는 억울하기 이를 데 없었다.

쥐 떼가 나타난 것이 자신의 책임도 아닌데 어린 청년에게 따귀를 맞은 데다 이제는 관복까지 벗게 생기지 않았는가? 어차피 벗을 관복이라면 할 말은 하고 옷을 벗어야겠다는 생각에 그는 입을 열었다.

"그럼 마지막으로 대인께 한말씀 올리겠습니다. 미처 주민들을 대피시키지 못한 점은 저의 잘못이라고 뼈저리게 느끼고 있습니다. 그렇지만 지난 2년 동안 병력을 지원해 달라는 요청을 몇 번이나 했지만 위에선 아무런 대답도 없었습니다. 저로서는 몇 되지 않은 병사들로 어렵게 현을 지켜왔습니다. 부디 대인께서 크나크신 능력을 발휘하시어 쥐 떼를 소탕해 주시길 진심으로 비옵니다."

혁련소의 대답에 자신이 너무 심하게 대한 것이 아닌가 생각을 했던 데미안은 그의 마지막 말에 입꼬리가 비틀어졌다.

"후후후, 그러니까 날더러 쥐 떼를 한번 막아봐라 그 말씀이신가? 좋아, 내일 아침까지 현령을 이 자리에 대령시켜라."

"알겠습니다, 사신 대인."

혁련소가 그 자리를 떠나자 남아 있던 병사들은 혁련소의 뒤를 따라가야 할지, 아니면 데미안의 명령을 기다려야 할지 결정을 내리지 못하고 갈팡질팡했다.

데미안은 그런 병사들의 모습은 본 척도 하지 않고 바닥에 쓰러져 있는 사내에게 다가갔다. 전신에는 쥐들에게 뜯어 먹힌 크고 작은 상처가 곳곳에 나 있어 보기에도 참혹해 보였다. 심하게 뜯어 먹힌 곳은 뼈가 드러나 있었다.

잠시 걸음을 멈췄던 데미안은 다시 걸음을 옮겨 사내가 빠져나온 집으로 들어갔다. 그리고 잠시 후 집에서 나오는 데미안의 팔에는 처참한 모습을 한 여인의 시신이 들려 있었다.

사내 곁에 여인의 시신을 내려놓은 데미안은 다시 집으로 향했고, 이번에는 양쪽 팔에 자그마한 두 구의 시신을 들고 나와 부부의 시신 곁에 내려놓았다. 아마도 부부의 자식들로 보였다.

데미안이 걸친 청삼은 시신들에게서 흘러나온 선혈로 지저분하게 변했지만 데미안은 개의치 않고 집에서 들고 나온 깨끗한 천으로 시신에 묻은 선혈을 닦아주었다. 조심스럽게 움직이는 데미안의 손길은 세심하면서도 꼼꼼했다.

강찬휘는 아무리 생각을 해봐도 데미안이란 청년을 이해할 수 없었다. 어제저녁 만났을 때만 하더라도 아름답게 생긴 청년이 놀랄 정도로 강한 무공에 높은 관직까지 가지고 있어 상당히 신비스럽게만 느껴졌다.

하나, 조금 전 혁련소의 따귀를 때리며 질책하던 불량배 같던 데미안의 모습은 어제 본 모습과는 너무도 상반된 광경이었다. 그런데 지금은 쥐들의 공격을 받아 처참하게 목숨을 잃은 일가족의 시신을 직접 손보고 있지 않은가?

상처를 닦아내고 꺼내온 깨끗한 옷으로 갈아입힌 데미안은 주중천을 불렀다.

"이 지방의 장례 풍습은 어떤 것이오? 매장을 하오, 아니면 화장을 하오?"

"집에서 죽은 사람은 가족 묘에 매장을 하지만 이들같이 일가족이 몰살한 경우에는 주로 화장을 합니다."

"알았소. 그럼 병사들에게 땔감을 가지고 오도록 시키시오."

"알겠습니다, 대인."

잠시 후 데미안은 병사들이 들고 온 장작과 나뭇가지들을 죽은 일가족이 살던 집 주위에 쌓아놓게 하고는 일가족을 다시 집 안으로 옮겼다. 그리고 파이어 볼을 날렸다.

파이어 볼은 밤하늘을 가로지르며 날아가 나뭇가지에 옮겨 붙었고, 곧 이어 시뻘건 불꽃이 밤하늘로 치솟아올랐다. 하늘 끝까지 치솟아올랐던 불똥들이 사방으로 날아가는 모습을 데미안은 무표정한 얼굴로 바라보았다.

*   *   *

"사제님은 제 생명의 은인이세요. 제발 제가 사제님을 모실 수 있도록 허락해 주세요."

소녀의 간절한 말에 로빈은 어쩔 줄 몰라 했다.

데보라가 옆에서 도와주길 바랬지만 웬일인지 데보라는 괴이한 미소를 지은 채 바라보고만 있었다.

"비록 제가 잘하는 것은 없지만 모든 걸 배우겠어요. 그러니 제발 소녀를 받아주세요."

"아가씨, 사실 우리는……."

"수국(水菊)이에요. 수국이라고 불러주세요."

"수국 아가씨, 아가씨의 그런 생각은……."

"저는 지체 높은 집안의 아가씨가 아니에요. 일평생 동안 나무만 베어오신 나무꾼 할아버지와 아버지의 자식일 뿐이에요. 어떤 힘든 일이 있어도 견딜 수 있으니 절 받아주세요."

소녀, 수국의 지극하고 절실한 애원에 로빈은 그저 곤란한 표정만 지을 뿐 아무런 말도 하지 못했다.

이스턴 대륙에서는 어떤 의미로 사용되는지는 모르지만 뮤란 대륙에서 여자가 남자에게 자신을 받아달라는 의미는 '당신을 사랑하니 나와 결혼해 주세요'라는 의미였다.

당황하는 로빈의 모습을 지켜보던 데보라는 짓궂은 미소를 지으며 말을 꺼냈다.

"라페이시스의 사제들은 결혼도 할 수 있잖아. 그런데 뭐가 문제야? 그리고 저 소녀를 받아들일 건지, 아니면 이곳에 두고 갈 건지 빨리 결정해. 여기서 너무 오래 있었어."

자신을 놀리는 듯한 데보라의 말이 원망스럽기는 했지만 그녀의 말처럼 이곳에서 너무 오래 머문 것도 사실이었다.

"수국, 당신은 모르겠지만 난 이곳 사람이 아닙니다."

"그럼, 다른 나라에서 오셨다는 말씀이신가요?"

"아니오, 그게 아니라 난 다른 세계에서 왔단 말입니다."

로빈의 말에 무릎을 꿇고 있던 수국의 눈이 동그래졌다.

그 모습을 본 로빈은 그녀가 자신을 따라오겠다는 말을 취소하리라 생각을 했다. 그러나 수국의 말은 의외였다.

"하지만 그곳도 사람이 사는 곳이지요?"

"그야 물론 그렇지만……."

"그렇다면 수국이 사제님을 모실 수 있도록 허락을 해주세요. 성심성의껏 사제님을 모시겠어요. 그러니 제발……."

눈물까지 글썽글썽한 그녀의 모습에 로빈은 더 이상 그녀를 거부할 말이 생각나지 않았다.

"알았으니 어서 일어나도록 해요."

로빈이 손을 내밀자 수국은 눈물이 글썽한 얼굴로 그 손을 잡고 일어섰다.

"우리와 함께 여행을 하다 보면 고생이 상당할 겁니다. 그러니 단단히 각오를 해야 할 겁니다."

"명심할게요."

"그리고 내 이름은 로빈이니까 앞으로는 이름을 부르도록 하십시오."

로빈의 말에 수국은 고개를 숙인 채 작은 입술로 몇 번이나 로빈의 이름을 중얼거렸다.

약간 붉어진 얼굴로 머쓱한 표정을 짓고 있는 로빈과 아직까지 손을 놓고 있지 않는 수국의 모습을 바라보며 데보라는 흐뭇한 미소를 짓고 있었다. 고개를 돌려 그런 데보라의 모습을 발견한 로빈이 쑥스러움에 퉁명스럽게 입을 열었다.

"데보라님은 왜 그런 표정을 짓고 계시는 거죠?"

"내가 뭘?"

"웃고 계셨잖아요."

"그냥 보기 좋아서……. 그것보다 빨리 준비해."

"예?"

"그럼 언제까지 여기 있을 거야? 빨리 짐을 싸."

"제가 준비할게요."

수국은 재빨리 로빈과 데보라의 짐을 정리했다. 그러는 사이 방으로 단이 들어왔다. 세 사람의 모습을 잠시 본 단이 빙그레 웃음을 지으며 로빈에게 말을 건넸다.

"두 사람의 표정을 보니 잘 해결된 모양이군요."

단의 말에 로빈과 수국은 얼굴을 붉혔다. 잠시 그 모습을 바라보던 단이 데보라를 향해 말했다.

"잠시 할 말이 있어 왔습니다."

"얼굴을 보니 무슨 일이 있는 것 같은데?"

"이곳과 그리 멀지 않은 곳에 마수가 나타났다는 보고가 방금 들어왔습니다. 그곳에 같이 가줄 수 있겠습니까?"

"그래? 어떻게 생긴 놈인데?"

"글쎄요. 자세한 것은 알 수 없고, 직접 가서 상황을 살펴봐야만 알 수 있을 것 같습니다."

"알았어. 로빈, 가자."

"예."

로빈은 대답과 함께 치유의 구슬이 박혀 있는 지팡이를 집어 들었다. 그리고 로빈 곁에 있던 수국도 재빨리 자신과 로빈의 짐을 들었다.

처음엔 수국을 제지하려던 로빈은 단호한 표정을 지은 채 자신을 바라보고 있는 수국의 모습에 아무런 말도 할 수 없었다. 옆에서 그 모습을 발견한 데보라가 로빈에게 눈짓을 했다. 로빈은 할 수 없이 수국에게 고개를 끄덕여 주었다.

그런 로빈의 모습에 수국은 기쁜 듯 미소를 지었다.

"준비가 되었다면 어서 갑시다."

단이 방을 나가자 세 사람은 재빨리 그의 뒤를 따라 걸음을 옮겼다.

네 사람을 태운 사두 마차가 전속력으로 달리기를 2시간이 지나서야 네 사람은 마수가 출몰했다는 지역에 도착할 수 있었다. 그리고 사두 마차의 뒤에는 기진맥진한 모습을 한 60여 명의 병사들이 가쁜 숨을 몰아쉬고 있었다.

마차에서 내리기 전, 로빈은 자신이 들고 있던 치유의 구슬이 미미하게 진동을 하는 것을 느꼈다. 자신도 모르게 고개 든 로빈은 때마침 고개를 돌리던 데보라와 눈이 마주쳤다. 그녀 역시 아로네아의 진동을 감지한 듯 보였다.

두 사람이 동시에 아티펙트의 진동을 감지할 정도라면 상대가 가지고 있는 마력의 수준이 그만큼 높다는 것을 증명하는 단적인 증거였다.

로빈이 자신도 모르게 숨을 들이키는 것이 상당히 긴장한 듯 보였다. 그 모습을 본 단이 입을 열었다.

"괜찮소, 로빈 사제?"

"괜찮습니다. 어서 가시지요."

대답을 한 로빈은 자신이 먼저 마차를 내려 전면을 살폈다. 뒤이어 내린 데보라는 우선 주위를 살폈다.

사두 마차가 멈춘 곳은 마을로 들어가는 입구였다.

웬일인지 병사들이 잔뜩 모여 창을 들어 전면을 향해 겨누고 있었다. 그들의 인솔자로 보이는 장년의 사내가 큰 소리로 뭔가를 지시했지만 잔뜩 겁먹은 병사들은 서로의 얼굴만 바라볼 뿐 누구도 움직일 생각을 하지 않았다.

일행은 그들에게 다가갔고, 단이 장년의 사내를 불렀다.

"우문충(宇文忠)이 왕자님께 인사 올립니다."

"어떻게 된 일인가?"

"얼마 전부터 이 마을로 들어간 사람들의 행방이 묘연해 조사를 나왔는데, 병사들이 마을로 들어가기를 꺼려해 곤란을 겪고 있는 중입니다."

“대체 뭐가 나타난 겁니까?”

갑자기 들린 목소리에 장년의 사내가 고개를 돌렸다. 사내의 얼굴은 뻣뻣한 수염이 입과 턱 주위에 빽빽하게 덮여 있었고, 부릅떠진 커다란 눈은 보기만 해도 위압스러워 보였다.

상대가 나이 어린 사제라는 것을 확인하기는 했지만 왕자인 단과 함께 나타났기에 함부로 대할 수 없었다.

“이분은 누구신지……?”

“뛰어난 퇴마력(退魔力)을 가지고 계신 로빈 사제이시오.”

단의 소개에 우문충은 의외라는 표정을 지었다.

왕국 전체에는 퇴마 능력을 가지고 있는 사람이 10명을 넘지 않는 것으로 알려져 있었다. 하지만 로빈처럼 어린 소년이 끼어 있다는 말은 한 번도 들어본 적이 없었다.

“아직 마을에 들어가지 못했기 때문에 뭐가 마을에 있는지는 확인하지 못했소이다.”

우문충의 대답에 잠시 주위를 살핀 로빈은 조심스럽게 앞으로 나섰고, 그 뒤를 데보라가 따랐다. 그런 두 사람의 모습을 두려운 시선으로 병사들은 바라보았다.

“로빈 사제님, 저도 같이 가요.”

수국이 짧은 대거를 두 손에 움켜쥔 채 로빈을 향해 달려갔고, 그 모습을 발견한 우문충은 화가 치밀어 병사들을 향해 외쳤다.

“이 여자보다 못한 자식들아! 에잇, 퉤!”

바닥에 침을 뱉은 우문충은 폭이 넓은 칼을 뽑아 들고는 로빈의 뒤를 따라 성큼성큼 걸음을 옮겼다. 단 역시 검을 뽑아 들고는 로빈들을 향해 걸음을 옮겼다.

마을의 중심에 도착했지만 사람들의 모습은 전혀 찾아볼 수 없
었다. 잔뜩 긴장했던 데보라는 주위가 생각과는 달리 너무 조용
하자 긴장이 풀어진 얼굴을 했다.

"뭐야? 아무것도 없잖아."

"아니에요. 뭔가가 우리를 노리고 있어요. 조심하세요."

로빈의 말에 일행들은 다시 긴장하고 주위를 둘러보았지만 역
시 보이는 것은 아무것도 없었다. 데보라가 막 투덜거리려는 순간
근처의 집 가운데 한곳의 문이 열렸고, 몇 사람이 집에서 빠져나
왔다.

그들을 발견한 데보라가 큰 소리로 외쳤다.

"이봐! 여기서 사람이 실종되었다는데 누구 본 사람 없어?"

그러나 다가오는 사람들은 아무 말도 없었다.

"저 사람들 지금 정상이 아니에요."

그런 로빈의 말을 증명이라도 하듯 사람들의 눈에는 검은색 동
공이 없었다. 은은하게 붉은빛을 뿌리는 그들의 눈에는 격렬한 적
의가 드러나 있었다.

"저건 뭐야?"

"아마 악기(惡氣)가 스며 들어가 저 사람들을 지배하고 있는
것 같아요."

"젠장, 그럼 어떻게 하지?"

"잠시만 기다려 주세요."

로빈은 흐느적거리며 다가오는 상대의 표정을 살피고는 치유의
구슬을 내밀며 외쳤다.

"퍼게이션(Purgation: 정화)!"

순간 치유의 구슬에서 십여 줄기의 푸른색 광선이 마을 사람들

을 향해 날아갔고, 광선에 적중이 된 사람들은 시커먼 연기와 함께 온몸에 경련을 일으키며 쓰러졌다. 그런 그들의 입에서는 검붉은 색의 거품이 끝없이 쏟아져 나왔다.

그 모습을 본 데보라는 신기한 듯 바라보았지만 맥이 풀린 모습이 역력했다.

"뭐야? 벌써 끝난 거야?"

데보라의 말에 단이나 우문충도 같은 생각인지 로빈을 바라보았다. 그러나 로빈은 고개를 저었다.

"아니에요. 훨씬 더 많은 뭔가가 우리를 노리고 있어요."

바닥에 쓰러진 사람들은 자신들의 몸을 마구 긁으며 경련을 일으키고 있었고, 손톱이 지나간 자리에는 보기에도 선명한 피가 솟구쳤다. 그러나 사람들은 멈출 생각을 하지 않았다.

그들의 몸에서 흘러나온 선혈에서 풍겨지는 은은한 피 내음에 수국은 눈을 질끈 감았다. 이런 끔찍한 모습은 난생처음이었기에 그녀의 놀라움은 상당한 것이었다.

컹컹!

"에잇!"

데보라는 눈부신 속도로 육중한 브로드 소드를 휘둘렀고, 두 동강이 난 개의 몸뚱이가 바닥에 떨어졌다.

"조심해!"

데보라의 외침에 단과 우문충은 주위를 둘러보았고, 그런 그들의 눈에 백여 명에 달하는 마을 사람들과 수십 마리의 개와 고양이, 소와 말들이 보였다. 하나같이 동공이 사라진 모습이었다.

그 모습을 본 로빈은 재빨리 자신의 허리에 차고 있던 물통을 꺼내 들었다.

"인간을 돌보시는 라페이시스여! 당신의 가없는 능력으로 이 물에 축복을 내려주소서."

말과 함께 치유의 구슬을 물통에 대자 물통 전체가 희미하게 푸른색으로 빛이 났고, 그것을 데보라에게 내밀었다.

"어서 무기에 이 물을 뿌리도록 하세요. 저들은 일반적인 무기로는 상대할 수 없어요."

"무슨 소리야? 조금 전에도……"

데보라의 말은 더 이상 이어질 수 없었다.

조금 전 자신의 브로드 소드에 두 동강이 났던 개가 일어서는 모습을 발견했기 때문이었다. 두 발로 동강난 몸을 지탱한 개는 뒷걸음질을 쳐 데보라 일행을 노리고 있는 마을 사람들과 합류했다.

그 모습을 본 데보라는 두말 않고 브로드 소드에 물을 뿌렸고, 단과 우문충, 그리고 수국도 자신의 무기에 성수를 뿌렸다.

마치 일행들의 준비가 끝나기를 기다렸던 것처럼 공격이 시작되었다. 일행들을 가장 먼저 덮친 것은 개들과 고양이였다. 데보라와 로빈은 수국을 자신의 등 뒤로 보내고는 개들의 공격에 대비했고, 단과 우문충은 자신들을 향해 달려드는 고양이들에게 검을 휘둘렀다.

검에 잘린 개와 고양이의 시체에서는 검은색 연기가 피어 올랐고, 바닥에 쓰러져 꿈틀거리기만 할 뿐 다시 일어나 공격하지는 못했다. 그 모습을 발견한 일행들은 자신감을 얻은 듯 자신들을 공격하는 동물들을 향해 검을 휘둘렀다.

개와 고양이들은 바닥에 쓰러진 동족들의 모습을 보고도 두려움을 느끼지 못하는지 데보라들을 향해 몸을 날렸다. 개와 고양이

들이 데보라 일행을 공격하는 동안 마을 사람들은 두 팔을 늘어뜨린 채 바라보고만 있었다.

처음엔 개와 고양이들만 공격을 했지만 지금은 닭과 말, 소까지 데보라 일행을 공격했다. 특히 말이나 소의 공격은 파괴력이 엄청났다. 그들의 발굽이 떨어진 지면에는 2, 30센티미터는 되어 보이는 구멍이 너무도 간단히 뚫려 버린 것이다.

로빈은 필사적으로 방어막을 만들어 자신과 수국을 보호했지만 언제까지 이대로 말과 소의 공격을 허용하고 있을 수는 없는 일이었다. 특히 소가 돌진해 방어막에 부딪칠 때의 충격은 상당한 것이었다.

잠시 조금 우울한 눈으로 마을 사람들과 동물들을 바라본 로빈은 곧 결심을 굳혔다.

"데보라님, 잠시 수국을 보호해 주십시오."

로빈은 미처 데보라의 대답을 들을 새도 없이 앞으로 나서서는 치유의 구슬이 박힌 지팡이를 높이 쳐들었다. 그리고는 약간은 엄숙한 음성으로 외쳤다.

"온갖 사악한 정령들이여! 내 라페이시스의 권위로 명하나니 그들에게서 떨어져 지옥으로 가거라! 퍼서벌 퍼게이션!"

순간 치유의 구슬에선 눈을 뜰 수 없을 정도의 푸른색 광선이 사방을 비추었고, 광선이 미치는 범위 내에 있던 동물들은 일제히 거품을 물고 쓰러졌다. 쓰러진 동물들의 몸에서는 몇 줄기의 검은색 연기가 피어 올라 허공으로 퍼졌다.

그 모습을 본 단과 우문충은 신비한 로빈의 능력에 경탄을 금치 못했다. 그러나 모든 사태가 종결된 것은 아니었다.

치유의 구슬에서 뿜어져 나왔던 푸른색 광선이 미친 거리는 십여 미터, 그 범위 밖에 서 있던 마을 사람들과 몇몇 동물들은 멀쩡했다. 그리고 그들이 로빈 일행을 향해 천천히 걸음을 옮기고 있었다.

그들의 모습을 본 일행들은 잔뜩 긴장을 했지만 로빈만은 쓰러진 동물들의 상태를 확인하고 있었다. 곁눈질로 그 모습을 본 데보라가 다시 눈길을 돌리며 말했다.

"지금 뭐 하고 있어?"

"데보라님, 동물들이 살아 있어요."

"지금 그게 문제야? 정신 차려!"

긴장한 듯 입을 여는 데보라의 모습과는 달리 로빈은 동물들의 상태를 확인하기에 여념이 없었다. 쓰러진 소의 이곳저곳을 살피던 로빈은 벌떡 일어서 치유의 구슬을 들고는 일행들에게 입을 열었다.

"비록 기절하기는 했지만 동물들이 모두 살아 있어요. 사람들도 마찬가지일 거예요."

"그래서 어떻게 할 건데?"

"저 사람들을 죽여선 안 돼요. 저들을 모두 구할 수 있어요. 그러니까 절대로 저들을 죽이지 마세요."

물론 살상용 무기를 든 것도 아니고, 농기구를 든 마을 사람들을 상대하는 것이 어려울 것은 없었다. 하지만 상대를 죽이지 않은 상태에서 상대하기란 말처럼 쉬운 일이 아니었다.

"로빈 사제, 저들을 정말 구할 수 있다는 거요?"

"동물들의 상태를 확인해 보니까 악령이 스며든 지 얼마 되지 않은 것 같아요. 지금 상태라면 저들의 생명을 모두 구할 수 있어요."

"알겠소."

단은 대답을 하고는 다가오고 있는 마을 사람들을 보며 빼 들었던 검을 검집에 집어넣었다. 그 모습에 우문충도 검을 검집에 집어넣고는 다가오는 마을 사람들을 노려보았다.

잠시 후 마을 사람들은 흐느적거리며 손에 들고 있던 농기구들을 마구 휘둘렀다. 일행들은 재빨리 주위로 흩어져 상대의 공격을 피하며 검집째 검을 휘둘렀다.

퍽퍽퍽!

둔탁한 소리와 함께 검집에 맞은 마을 사람들 가운데 몇몇은 비틀거렸고, 또 몇몇은 바닥에 쓰러진 채 꼼짝도 하지 못했다. 그 모습에 로빈은 한 손으로는 수국을 잡고, 또 한 손으로는 치유의 구슬을 든 채 앞으로 나섰다.

"강제 정화!"

로빈의 외침과 동시에 치유의 구슬에서는 다시 푸른빛의 광선이 뿜어져 나왔고, 그 광선에 닿은 사람들은 예외없이 거품을 물고 쓰러졌다.

잠시의 시간이 지난 후에야 일행들은 마을 사람들을 모두 제압할 수 있었다.

데보라나 로빈이 비교적 담담한 표정을 하고 있는 반면 쓰러진 마을 사람들을 바라보는 단이나 우문충, 수국의 얼굴에는 미미하게 화가 치미는 듯한 표정이었다.

수국은 도대체 무슨 이유로 순박하기만 했던 마을 사람들이 이런 고통을 당해야만 하는지 그 이유를 알 수 없었다.

데보라가 브로드 소드를 등에 메면서 입을 열었다.

"휴우, 이제야 겨우 끝난 모양이군. 마을 사람들의 목숨을 구할 수 있어서 다행이야."

"나도 그렇게 생각합니다."

단 역시 긴장했는지 이마에 맺힌 땀을 닦으며 입을 열었다.

우문충은 바닥에 쓰러진 사람들의 상처를 보살피는 로빈과 그를 돕고 있은 수국의 모습이 왠지 신경 쓰였다.

"아직 끝난 것이 아닙니다."

"뭐?"

로빈의 말에 반문하던 데보라는 로빈이 하늘을 가리키자 자신도 모르게 하늘을 바라보았다. 조금 전 사람과 짐승의 몸에서 빠져나왔던 검은색 연기가 마치 살아 있는 생명체처럼 흩어지지 않은 채 뭉쳐 20미터쯤 허공에 떠 있었다.

끊임없이 꿈틀거리는 검은색 구름을 바라보는 단과 우문충, 그리고 수국의 눈에는 허탈해하는 빛이 흘렀다. 하나 데보라는 달랐다.

"어쩐지 너무 쉽다고 생각했어."

말과 함께 아로네아를 꺼내 들고는 언제든 공격할 수 있는 준비를 했다.

"어서 병사들에게 마을 사람들을 옮기라고 하세요. 잘못하면 이들이 또 악령의 꼭두각시가 될지 몰라요."

로빈의 말에 우문충은 황급히 병사들을 불렀고, 잠시 우물쭈물하던 병사들 가운데 몇몇이 다가와 마을 사람들을 마을 밖으로 끌어내기 시작했다. 그 모습에 다른 병사들도 곧 힘을 얻어 남은 사람들과 가축들을 밖으로 끌어냈다.

얼마 지나지 않아 마을의 중앙에는 데보라 일행들과 죽임을 당한 몇몇 동물들의 시체를 제외하고는 아무도 남아 있지 않았다.

"이제부터가 진짜 시작이에요."

치유의 구슬을 든 채 결연하게 말하는 로빈의 모습에 데보라는 아로네아를 힘껏 움켜잡았지만 단과 우문충은 질린 표정이 자신도 모르게 얼굴에 나타났다.

*   *   *

"그대가 이곳 선주 현의 현령인가?"

"그렇습니다, 사신 대인."

"그대는 왜 사람을 공격하는 쥐 떼를 그대로 두었는가?"

데미안의 싸늘한 말을 묵묵하게 듣고 있던 오십 대의 사내가 체념한 표정을 지은 채 허리를 숙이며 대답했다.

"그것은 제 능력이 부족했기 때문입니다. 제가 선주 현에 있는 10여 개 마을에 병사들을 보내 현재 거주하고 있는 곳을 버리고 이동하라고 몇 번이나 명령을 내렸지만 대대로 살아온 곳을 떠나지 않겠다는 사람들이 너무 많아 어쩔 수 없었습니다. 그리고 쥐 떼를 상대하기에는 능력도 부족했지만 무엇보다 병사들의 숫자가 너무 적었습니다. 선주 현에 있는 모든 병사들을 합쳐 봐야 400명에 불과하지만 그 병사들이 상대할 쥐 떼는 수백만 마리가 넘사옵니다."

현령의 말에 주중천이나 강찬휘의 얼굴에는 난감한 기색이 흘렀다. 말이 수백만 마리지 400명의 병사로 어찌 그렇게 많은 쥐 떼를 소탕할 수 있단 말인가.

"물론 처음엔 많은 쥐 떼가 나타났다는 보고를 듣고 쥐 떼를 없애려고 몇 번이나 병사들을 동원하기는 했었지만, 오히려 그때마다 커다란 피해를 입고 물러서야만 했습니다. 그런 연유로 2년 전부터 병사들을 증원해 달라는 보고서를 여러 번 국왕께 올렸습니다만 아직까지 연락이 없어 사실상 지금은 포기하고 있던 중이었습니다."

현령의 말은 될 대로 되라는 식이었다.

그런 현령의 얼굴을 노려보는 데미안의 표정은 싸늘하기 이를 데 없었다.

"쥐 떼에 대한 정보는?"

"여기 있습니다."

현령은 미리 준비한 듯 한 장의 지도를 데미안에게 건넸다.

"약 2개월 전에 작성한 지도입니다. 물론 쥐 떼들이 자주 출몰하는 지역을 알아내기 위해 투입했던 30여 명의 병사들 모두가 목숨을 잃었습니다."

현령의 말을 들으며 지도를 살핀 데미안은 자신의 예상이 빗나갔다는 사실을 깨달았다.

자신의 생각에 쥐 떼가 선주 현 전체에 분포하고 있을 것이라고 생각을 했었는데 막상 지도에 표시된 것을 보면 크게 두 무리로 나뉘어 집결해 있었고, 시간이 지날수록 점점 세력을 늘리고 있었다. 원으로 표시된 지역을 합치면 선주 현 전체의 5분의 1에 해당되는 엄청난 지역이었다.

지도를 보면 볼수록 기가 막혔다. 이 지경이 될 때까지 대체 뭘 했냐고 물으려던 데미안은 쥐가 나타난 시기가 3년 전이었다는 사실이 갑자기 떠올랐다.

"쥐가 나타난 것이 3년 전이 분명한가?"

"그렇습니다, 사신 대인."

"강 대협, 미안하지만 켈크로스를 처음 만나신 것이 언제인지 기억하십니까?"

"내가 삼두마랑을 처음 만난 것은 2년 전의 일입니다. 물론 그 후에도 서너 번을 만났지만 말입니다."

물론 시기적인 차이는 있지만 갑자기 나타난 켈크로스나 쥐 떼의 출현에는 유사한 점이 많았다. 우연이라고 보기에는 힘들었다.

"내가 직접 쥐 떼를 확인하겠다. 그대는 일단 병사들을 중무장시키고 이곳에서 내 명령을 기다려라."

"사신 대인의 명을 받들겠습니다만 혼자 가신다는 것은 너무나 위험하옵니다."

"내 걱정은 할 필요 없다."

현령이 물러가자 데미안은 즉시 플레임을 불렀다. 그러자 기다렸다는 듯이 플레임이 허공 속에 모습을 드러냈다.

"오랜만이에요, 데미안님."

"잘 있었어, 플레임?"

"예."

플레임은 가벼운 깃털처럼 허공에서 빙그르르 돌면서 자신을 신기한 눈으로 바라보는 주중천과 강찬휘의 모습을 발견했다. 그들의 표정이 꽤나 우스웠는지 플레임은 입을 가린 채 웃음을 터뜨렸다.

"호호호."

"플레임, 지금 선더볼트를 호출할 수 있어?"

데미안의 질문에 플레임의 얼굴이 갑자기 시무룩하게 변했다. 그리고는 작은 입을 열어 대답했다.

"무슨 이유 때문인지 선더볼트의 존재를 전혀 느낄 수 없어요. 이곳에 도착하는 순간부터 선더볼트와 연결이 끊어진 것 같아요."

"그래? 혹시나 했더니…… 그럼 할 수 없지."

플레임의 대답을 들으며 데미안은 아마 이스턴 대륙으로 워프를 했기 때문이라고 생각했다. 그렇다면 쥐 떼를 퇴치하는 데 문제가 생긴 것이다.

기억하기도 싫지만 루벤트 제국군과의 마지막 전투에서 했던 것처럼 쥐 떼를 물가로 유인해 체인 라이트닝으로 공격을 해 몰살시킬 생각이었다. 하지만 선더볼트를 호출할 수 없는 이상 계획은 처음부터 다시 생각을 해야만 했다.

데미안이 고심을 하고 있을 때 강찬휘가 자신의 생각을 이야기했다.

"대인, 제가 생각하기에 쥐 떼가 비록 수백만 마리에 달한다고는 하지만 인간을 공격하는 것을 보면 틀림없이 쥐 떼를 통솔하는 쥐가 있을 겁니다. 만약 그 쥐만 찾아 죽인다면 다른 쥐들은 그냥 도망가지 않을까요?"

"쥐 떼를 통솔하는 쥐가 있단 말씀이십니까?"

"그렇습니다. 켈크로스와 비슷한 시기에 등장을 했다면 그 쥐 떼 역시 심상치 않습니다. 어쩌면 그 쥐 떼도 켈크로스처럼 괴상하고 사악한 기운에 의해 조종되는 것일지도 모르겠습니다."

데미안도 그와 비슷한 생각을 하고 있었기에 곧 고개를 끄덕였다.

"알겠습니다. 강 대협, 미안하지만 저와 함께 조사를 해주시겠습니까?"

"얼마든지 대인을 돕겠습니다."

강찬휘는 이렇게 스스럼없이 상대를 돕겠다고 말을 해놓고도 조금은 의외란 생각이 들었다.

타인과 어울리는 것을 별로 좋아하지 않은 자신의 성격 탓도 있었지만, 자신을 마치 신처럼 받드는 사람들의 모습에 적잖게 질린 이유도 있었다.

그런데 따지고 보면 데미안은 처음 만날 때부터 달랐다. 그 자신이 자신과 비슷한 경지의 무공을 익혔기 때문인지는 모르겠으나 편하게 자신을 대하는 모습에 데미안에게 호감이 느껴졌다. 아니, 자신보다 힘없는 자들을 먼저 생각하는 모습에 호감을 느꼈기 때문이라는 것이 정확하리라.

"중천, 이곳에서 기다리도록 하시오. 잠시 강 대협과 정찰을 하고 오겠소."

"알겠습니다, 대인. 부디 몸조심하십시오."

"알겠소이다. 가시죠, 강 대협."

데미안과 강찬휘가 멀어져 가는 모습을 보는 주중천의 눈에는 희미하게 걱정스런 빛이 스치고 지나갔다.

*　　　　*　　　　*

진한 녹음이 우거진 산들이 끝없이 이어져 산맥을 형성하고 있었다. 그리고 그 산들 가운데 특이하게 생긴 산이 있었다.

나무와 흙은 눈 씻고 찾아봐도 전혀 찾을 수 없는 돌산이었다. 그것도 엄청난 산 전체가 하나의 바위였다.

대략 원뿔형으로 생긴 산의 정상에 한 사람이 서 있었고, 그는 사방을 둘러보며 무엇인가를 열심히 찾고 있었다.

희미한 냄새를 따라 이곳까지 오기는 했지만 상대의 모습은 좀처럼 찾을 수 없었다.

벌써 십여 차례에 걸쳐 장거리 워프를 해 이스턴 대륙의 대부분을 돌아다녔지만 아직도 상대를 찾지 못해 슬슬 짜증이 나려던 차였다. 그러나 카르메이안에게는 상대를 찾아 확인해야만 할 사실이 있었다.

분명 근처에서 상대의 존재감은 느껴졌지만 도무지 찾을 수 없었다. 그런 것을 보면 상대가 가진 능력이 거의 자신과 비슷하다는 것을 짐작할 수 있었다.

"나와! 내가 널 만나기 위해 왔다는 걸 알고 있잖아!"

카르메이안의 외침이 메아리를 치며 사방으로 울려 퍼졌지만 카르메이안 앞에 나타나는 것은 아무것도 없었다. 상대가 나타나기를 기다리던 카르메이안은 분노를 참을 수 없었다.

"좋아, 이곳에 쑥밭이 되어도 숨어 있을지 어디 두고 보겠어. 메가 라이트닝Mega Lighting—!"

카르메이안이 시동어와 함께 양손을 번쩍 들자 한줄기 섬광이 구름을 뚫고 천공으로 치솟았다. 그와 동시에 사방에서 시커먼 먹구름이 마구 모여들어 순식간에 하늘이 어두워졌다. 그렇게 1, 2초도 지나지 않아 엄청난 소리와 함께 수십 개의 낙뢰(落雷)가 지상으로 떨어졌다.

콰콰콰— 쾅—!

마치 종말이라도 찾아온 양 지상으로 떨어진 낙뢰는 수십 군데에서 엄청난 폭발을 일으켰고, 바위 산 전체가 참혹한 모습으로 변하면서 무너져 내렸다.

낙뢰가 떨어진 곳은 카르메이안이 서 있는 산 정상에서 거의 사방 3, 4킬로미터에 달했다.

낙뢰가 떨어진 곳에는 마치 화산의 분화구 같은 20여 미터에 달하는 구덩이가 지면에 패여졌다. 게다가 인근 숲에 불이 붙어 사방으로 번지고 있었다. 하나 카르메이안이 원하는 상대는 여전히 모습을 보이지 않았다.

자신이 찾는 존재가 이곳에 있다는 것을 안 이상 포기할 수는 없었다. 게다가 그에게서 확인해야만 할 일이 있기에 상대를 꼭 찾아야만 했다.

"좋아, 이래도 안 나타난다 말이지……. 그렇다면 이 주위를 완전히 박살내 주지. 기가……."

"멈춰!"

싸늘한 음성과 함께 누군가가 카르메이안 앞에 모습을 드러냈다.

제5장
수다스런 그린 드래곤 타아르카스

　허리까지 내려오는 하얀 머리에 조금은 싸늘한 표정을 짓고 있
는 노인이었다. 소박하게 보이는 푸른색 옷과 노인의 모습은 잘
어울렸다.

　"왜 이곳을 파괴한 거야? 그리고 대체 넌 누구냐?"

　상대의 모습을 확인하던 카르메이안은 상대가 그린 드래곤이 인
간으로 변신한 모습이라는 것을 확인할 수 있었다. 하지만 5,000살
이 넘은 그린 드래곤을 보기는 처음이었다.

　"내가 누군지 모르는가?"

　마법사의 복장을 한 아름다운 청년이 자신에게 계속해서 반말
을 하자 불쾌한 감정을 숨기지 못하던 노인은 그제야 상대에게서
어마어마한 힘이 느껴지는 것을 깨달을 수 있었다.

　"서, 설마 그대도 드래곤인가?"

　상대의 조금은 떨리는 음성에 카르메이안은 어이가 없었다. 자

신을 보고도 확인하려 하다니. 설마 자신을 놀리는 것은 아닐까 다시 상대를 보았지만 상대의 태도에 거짓은 없었다.

"이봐, 이해하라고. 난 지난 세월 동안 단 한 번도 드래곤을 만나본 적이 없거든. 책에서만 보았던 골드 드래곤을 직접 보게 되다니……. 골드 드래곤? 왜 내가 그대를 골드 드래곤이라고 생각했지? 그리고 보니 그대의 모든 것이 내 머리 속으로 스며드는 것 같다. 그대는 6,500살이 넘은 에인션트 드래곤이군. 뭔가 사악한 생각이 느껴지는 듯한데 그것이 뭔지는 알 수 없고, 게다가 날 찾아온 것은 이유가 있기 때문이겠군."

정신 나간 사람처럼 중얼거리는 상대를 보면서 카르메이안은 '혹시' 하는 생각이 들었다.

지난 5,000의 세월 동안 처음 드래곤을 보았다면 혹시 신의 봉인에 대해서는 아무것도 모르는 것이 아닐까? 조바심이 난 카르메이안은 그린 드래곤에게 입을 열었다.

"물을 것이 있어 왔다."

"무엇인가?"

"혹시 신의 봉인에 대해서 알고 있는가?"

"신의 봉인?"

"그렇다."

카르메이안의 무감정한 대답을 들은 그린 드래곤은 한참 동안 곰곰이 생각을 해보았지만 난생처음 듣는 이야기였다.

"미안하지만 들어보지 못했어. 내가 알에서 깨어났을 땐 이 세상에 드래곤은 한 마리도 없었거든. 신이란 것이 누구를 말하는 것이지? 내가 배운 수천 권의 책 어디에도 신에 대해 언급한 내용은 없었거든."

상대의 대답에 카르메이안은 맥이 풀렸다. 만약 눈앞에 있는 이 그린 드래곤이 신의 봉인에 대해 아무것도 모른다면 자신의 계획에 치명적인 차질이 생기기 때문이었다.

"신의 봉인에 대해 설명해 주겠어? 지난 세월 동안 대륙 곳곳을 돌아다녀 보았기 때문에 모르는 곳이 없는데… 그대가 찾은 신의 봉인이라는 것을 혹시 알지도 모르겠어."

이스턴 대륙 곳곳을 돌아다녔다면 혹시?

"자세한 이야기는 내 집에서 계속하지. 그리고 보니 5,000년 만에 처음으로 손님을 초대하는군."

그린 드래곤이 말과 함께 몸을 날리자 카르메이안은 잠시 고민했지만 별다른 방법이 없기에 곧 그의 뒤를 따라 몸을 날렸다.

그린 드래곤의 뒤를 따라가던 카르메이안은 그의 레어를 보고 어이가 없어 할 말을 잃었다. 말이 좋아 레어지, 이건 여우나 너구리가 살 만한 동굴이지 결코 레어라고 부를 수도 없을 정도였다.

그럼에도 불구하고 그린 드래곤은 뭐가 그리 좋은지 카르메이안을 투박하게 생긴 방으로 안내했다. 방 안에는 돌로 만든 탁자와 역시 돌로 만든 의자, 그리고 벽에 걸린 몇 개의 마법등이 전부였다.

자신의 레어가 황금으로 뒤덮여 있는 것에 비교하면 정말 거지 소굴 같았다. 싱글거리고 있는 저 그린 드래곤은 드래곤이 황금과 보석들을 좋아한다는 본능마저도 모르고 있는 것 같았다. 하지만 중요한 것은 그것이 아니었다.

"마실 것을 줄까? 뭘 마시고 싶지?"

"필요없어."

"그래? 그럼, 지금부터 뭘 하지? 아참, 나에게 물을 것이 있다고 했지? 참, 내 이름은 타아르카스라고 하지. 그런데 뭘 물으려고 했었지? 그래, 참, 신의 봉인인가에 대해서 물었었지? 그런데 신의 봉인이 대체 어떻게 생긴 거지?"

5,000살이나 먹은 드래곤이라고는 믿을 수 없을 만큼 수다스러웠다. 카르메이안은 짜증이 치미는 것을 참을 수 없었다. 성질대로 하자면 당장 이곳을 불바다로 만들고 싶었지만 참는 수밖에 없었다.

어쩔 수 없이 신의 봉인에 대해 상세하게 설명을 했다. 카르메이안의 설명을 들은 타아르카스는 곰곰이 뭔가를 생각을 했다. 그리곤 입을 열었다.

"네가 말한 그런 이상한 지역을 본 적은 없어. 그런 괴상한 지역이 있다면 인간 세상에 소문이 나지 않았을 이유가 없고, 지난 수천 년 동안 대륙을 떠돌아다닌 내가 틀림없이 발견했을 거야. 하지만 그런 지역은 들어보지도, 본 적도 없어."

카르메이안은 타아르카스의 대답에 적잖게 실망했다. 틀림없이 이스턴 대륙에 자신이 찾는 것이 있을 것이라 믿었기에 카르메이안의 실망은 더욱 컸다.

"그럼, 네가 보기에 이상하게 느껴진 곳은 없었나?"

"글쎄?"

잠시 머리를 갸우뚱거리며 타아르카스가 생각에 골몰해 있는 모습을 카르메이안은 조금은 긴장한 채 바라보았다. 잠시 후 타아르카스는 손가락을 '딱' 하고 퉁겼다.

"맞아! 내가 왜 그 생각을 못했지?"

"생각난 곳이 있는가?"

"그리고 보니 대륙을 돌아다니면서 단 한 곳 가고 싶지 않은 곳이 있었어."

"가고 싶지 않은 곳?"

"그래, 어둠의 계곡이란 곳인데 정말 이상한 곳이었지. 음습하고 기분 나쁜 안개가 일 년 내내 끼어 있는 곳이었지."

타아르카스의 말에 카르메이안은 그 전경이 그려지기는 했지만 대체 뭐가 이상하다는 것인지 그것을 알 수 없었다.

"외곽은 얼마든지 돌아다닐 수 있었지만 중심으로 들어가려고 할 때마다 두려움이 느껴져 도저히 들어갈 수 없었어."

"두려움?"

카르메이안은 어이가 없었다. 지상 최강의 생명체라는 드래곤이 보지도 못한 어떤 존재에게 두려움을 느끼다니, 정말 트롤이 하품하는 소리라고 하지 않을 수 없었다. 그러나 타아르카스는 그런 카르메이안의 표정을 발견하지 못했는지 말을 이었다.

"그래, 그건 인간들이 말하는 두려움이 틀림없어. 내 능력으로는 어쩔 수 없는 거대한 무엇인가가 나를 노리고 있는 것 같았어."

"그곳이 어디지?"

"왜, 가보려고?"

"내 눈으로 직접 보고 확인해 봐야겠어. 안내해 주겠나?"

"알았어. 하지만 근처까지만이야."

타아르카스의 말에 카르메이안은 고개만 끄덕였다.

*　　　*　　　*

　마을을 떠나 쥐 떼가 출몰한다고 알려진 두 곳 가운데 한곳을 향해 떠난 데미안과 강찬휘는 반나절이 되기 전 문제의 지역에 도착할 수 있었다.

　막상 도착하고 보니 뜻밖에도 생명체가 살 만한 곳이 못 됐다. 사방이 흙먼지가 날리는 황무지였고, 그저 무덤을 수백 배로 확대시킨 듯한 높이 70미터 정도로 솟아오른 흙더미가 고작이었다.

　두 사람은 혹시 자신들이 잘못 찾은 것은 아닐까 하는 생각에 주위를 둘러보았지만 착각을 할 만한 지형이 아니었다.

　"대인, 주위가 좀 이상하지 않습니까?"

　"제 생각도 그렇습니다. 도저히 쥐들이 살 만한 지형이 아니군요. 게다가 쥐가 한 마리도 보이지 않는 것도 이상하군요."

　데미안의 대답에 강찬휘도 주위를 둘러보았지만 역시 의심할 만한 것은 아무것도 없었다.

　"혹시 저 흙더미 속에 쥐들이 있는 것은 아닐까요?"

　"그렇게 생각할 수밖에 없겠군요."

　"강 대협, 잠시만 뒤로 물러서 계십시오."

　강찬휘가 뒤로 물러서자 데미안은 체인 라이트닝의 스펠을 캐스팅했다. 그리고는 흙더미를 향해 힘껏 체인 라이트닝을 날렸다.

　"체인 라이트닝!"

　데미안의 양손에서 두 줄기의 백색 광선이 허공에서 방전을 일으키며 흙먼지를 향해 날아갔다. 백색 번개가 흙더미 속으로 마치 물처럼 스며드는 듯한 착각을 일으킨다고 느끼는 순간 엄청난 폭발이 일어났다.

　콰콰쾅—!

　순간 섬광과 함께 수십 미터 높이로 흙먼지가 치솟았다.

재빨리 뒤로 물러선 두 사람은 흙더미를 살폈지만 어디에서도 쥐들의 모습은 찾아볼 수 없었다. 그들이 막 실망하려는 순간 허공으로 치솟았던 흙들이 지면에 떨어졌다.

투투툭—!

들리는 소리가 이상해 고개를 숙인 데미안과 강찬휘의 눈에 몸이 새까맣게 타거나 산산조각이 난 쥐의 잔해들이 보였다. 그 모습에 두 사람이 서로의 얼굴을 보는 순간 아주 작고 은밀한 소리가 귓전을 자극했다.

황급히 주위를 돌아보니 이미 황무지는 검게 변해 있었다. 좀 더 정확하게 말하자면 황무지 위에 수백만 마리의 쥐들이 뒤덮고 있었던 것이다.

보는 것만으로도 기가 질릴 정도였다. 눈 깜짝할 사이에 쥐들에게 포위된 두 사람은 자신도 모르게 긴장했다. 데미안은 조금은 놀란 가슴을 진정시키고 자신들을 포위한 쥐들을 살펴보았다.

일반 쥐보다 조금 더 큰 덩치에 전신은 새까만 털로 덮여 있었고, 자신을 노려보는 작은 얼굴에는 철판이라도 단숨에 뚫을 듯 날카로워 보이는 이빨이 돋아 있었다.

인간을 보고도 겁먹기는커녕 도리어 인간을 공격할 정도라면 도저히 평범한 쥐라고는 볼 수 없었다. 게다가 두 눈에서는 희미하지만 붉은빛이 돌고 있어 섬뜩한 생각마저 들게 했다.

강찬휘도 곧 진정하고 주위를 둘러보았다. 그런 강찬휘의 눈에 조금은 이상한 모습을 한 쥐들이 보였다.

"대인, 저기 있는 저 쥐는 다른 쥐들과 조금 다르게 보이지 않습니까?"

강찬휘가 가리킨 곳을 보니 확실히 다른 쥐들과는 다른 모습을 한 쥐들이 간간이 섞여 있었다. 그들은 특이하게도 몸에는 검은색 털이, 머리엔 선명하게 붉은색 털이 나 있었다. 하지만 그 붉은색은 왠지 칙칙하게 보이는 것이 보는 사람의 기분을 불쾌하게 만들기에 충분했다.

"혹시……?"

말과 함께 데미안이 자신을 쳐다보자 강찬휘는 조금은 심각한 얼굴로 고개를 끄덕였다.

"제 생각에도 아마 저 쥐가 다른 쥐들을 지배하는 것 같습니다."

강찬휘의 말을 들으면서 붉은 털을 가진 쥐를 찾았다. 그러나 한두 마리가 아니었다. 언뜻 발견한 수만 하더라도 거의 수백 마리 이상 되었다.

두 사람이 잠시 쥐들을 살피고 있을 때 쥐들이 움직이기 시작했다. 비록 움직인 거리는 얼마 되지 않았지만 엄청난 수가 움직이니 마치 대지가 움직이는 듯한 착각을 일으키게 했다.

"대인, 어떻게 하는 것이 좋겠습니까?"

"일단 우두머리로 보이는 저놈들을 공격해 보는 것은 어떻겠습니까, 강 대협?"

비록 쥐들이 황무지 전체를 덮고 있다고는 하지만 사정이 좋지 않으면 언제든 도망칠 능력은 가지고 있는 두 사람이었다. 강찬휘가 고개를 끄덕이자 데미안은 어떤 공격이 쥐들에게 효과적일까 하는 생각을 했다.

그가 알고 있는 대부분의 공격 방법은 파괴력이 좋은 반면 소수의 적과 싸울 때 유리한 것들뿐이었다. 눈앞의 쥐 떼처럼 작고 많은 수를 상대하는데 유용한 공격 방법은 거의 없었다. 고심하던 데미안은 일단 매직 미사일의 스펠을 캐스팅했다.

"매직 미사일!"

"천쟁지(天錚指)!"

슈슈슈— 슉—!

쩌쩌쩌— 쩡—!

작은 나이프만한 크기의 매직 미사일 수십 발이 붉은 털로 뒤덮인 쥐들을 향해 빠른 속도로 날아갔다. 거의 동시에 강찬휘의 열 손가락에서도 귓전을 자극하는 날카로운 소리가 터져 나왔다.

퍼퍼퍼퍽!

뼈가 으스러지는 소리와 동시에 흙먼지가 일어났다. 그리고 흙먼지 사이로 전신이 으깨진 쥐들의 사체가 보였다. 데미안은 자신의 공격이 성공했다는 것에 만족을 느꼈지만, 막상 자신이 노렸던 붉은 털을 가진 쥐는 단 한 마리도 보이지 않는다는 것을 깨달았다.

강찬휘도 마찬가지였다.

두 사람의 공격은 뛰어난 무술을 가진 사람이라도 피하기 어려울 정도로 빠르고 강했다. 하지만 붉은 털을 가진 쥐는 그런 두 사람의 공격을 너무도 간단히 피한 것이다.

약이 오른 데미안은 체인 라이트닝의 스펠을 캐스팅했다.

"체인 라이트닝!"

순간 두 줄기의 번개가 두 마리의 쥐를 향해 날아갔다.

찍!

날카로운 소리와 함께 수십 마리의 쥐들이 새까맣게 탄 채 허공으로 튀어 올랐다. 5싸이클의 마법을 사용해야 겨우 붉은 털을 가진 쥐들을 잡을 수 있다는 사실에 데미안은 어이가 없었다.

5싸이클에 해당되는 마나를 동원해야만 죽일 수 있는 쥐.

얼마 전 있었던 켈크로스와의 혈전 때도 마찬가지였다. 하지만 이번에는 그 쥐들에게 조종되는 수백만 마리의 쥐들을 상대해야 했기에 더욱 곤란한 상황이라고 하지 않을 수 없었다.

두 사람의 공격이 잠시 멈춘 사이 본격적으로 쥐들의 공격이 시작되었다.

두 사람은 서로에게 등을 맞댄 채 자신의 전면과 좌우 측면을 향해 사정없이 검을 휘둘렀다. 하지만 달려드는 쥐들의 숫자는 너무 많았다.

두 사람은 붉은 털을 가진 쥐를 찾아 죽이려 했지만 그들을 공격하는 쥐들에 가려 그 쥐들의 모습은 찾을 수조차 없었다. 이미 두 사람의 주위에는 산더미처럼 두 동강난 쥐들의 몸뚱이가 쌓였지만 쥐들의 공격은 멈출 줄 몰랐다.

거의 한 시간 이상이 지나자 데미안은 자신의 몸에서 마나가 급격하게 줄어드는 것을 느꼈다.

어찌 보면 당연한 일이었다.

강찬휘가 지풍(指風)과 검술로 쥐들을 상대하는 데 반해 데미안은 파괴력이 강한 마법과 마나가 주입된 바스타드 소드를 마구 휘두르고 있었기 때문이다. 그러나 쥐들의 수는 조금도 줄어든 것 같지 않았다.

"강 대협, 일단 이 자리를 떠나도록 합시다."

"어떻게……?"

강찬휘의 질문은 당연한 것이었다. 황무지 전체를 덮을 만한 수의 쥐들에게 포위되어 있는 지금 무슨 방법으로 도망칠 수 있단 말인가?

"실례하겠소."

재빨리 말을 꺼낸 데미안은 강찬휘의 손목을 잡고 허공으로 몸을 띄웠다. 비행 마법을 시전한 것이다.

허공 20미터 정도에서 몸을 멈춘 데미안은 광활한 황무지 전체를 뒤덮고 있는 쥐들의 모습에 치를 떨었다. 이 정도의 숫자라면 이들이 휩쓸고 지나간 자리에 풀조차 남아 있기 힘들 것은 너무나 자명한 일이었다.

그러고 보니 처음 침묵의 숲에 들렀을 때 포이라에게 쫓기던 생각이 났다. 당시야 힘이 없었으니까 쫓겼다고 하더라도 지금은 소드 마스터가 된 상태에서 6싸이클의 마법도 익혔는데 여전히 한낱 쥐들에게 쫓겨야 된다는 사실에 은근히 열이 올랐다. 그러니 그의 입에서 좋은 말이 나올 리 만무했다.

"빌어먹을, 젠장……."

그런 반면 데미안의 손에 잡혀 허공에 떠 있던 강찬휘는 데미안의 신비스런 무공에 경탄을 금치 못하고 있었다. 일반적인 경공술과는 차원이 달랐다. 허공답보(虛空踏步)란 전설상의 경공술이 있다는 말은 들었지만, 그것도 한자리에 계속해서 떠 있을 수는 없었다.

게다가 지금 두 사람의 발 밑에서 엄청난 기가 소용돌이치며 두 사람의 몸을 받치고 있는 것을 강찬휘는 확연히 깨달을 수 있었다.

신경질을 내던 데미안은 남은 손에 스펠을 캐스팅했다.

"빌어먹을 놈들, 이거나 먹어라! 파이어 버스트!"

순간 데미안의 손에서 솟아난 엄청난 불길이 지상으로 쏟아졌다. 방원 수십 미터가 불바다로 변했다. 그 모습을 보던 데미안은 강찬휘와 함께 황무지를 떠났다.

*   *   *

녹음이 우거진 숲에서 휴식을 취하고 있는 네 사람이 있었다. 지존성모, 즉 아레네스의 교단을 찾아가는 마브렌시아 일행이었다.

지난 며칠 동안 마브렌시아는 수십 번도 더 치미는 화를 눌러 참아야 했다. 신의 무기에 대한 정보를 입수하기는커녕 마치 유람이라도 하듯 느릿하기 이를 데 없는 일행들 때문에 그녀의 인내심은 거의 한계에 달한 상태였다.

그런 그녀의 심리 상태를 일행들도 눈치 챈 듯 아무도 그녀에게 말을 걸지 않았다. 그저 월령이 마브렌시아의 모습이나 행동이 신기한 듯 잠깐씩 바라보기만 할 뿐 그녀에게 말을 걸지는 않았다.

목련 존자가 이마에 맺힌 땀을 닦으며 며칠 전 자신들의 일행이 된 마브렌시아를 슬쩍 곁눈질을 했다.

물론 대륙에 사는 수많은 사람들 가운데 무술을 익힌 여자가 없는 것은 아니었다. 하지만 마브렌시아처럼 선정적인 옷차림을 한 여자도 없었고, 그녀처럼 버르장머리없는 여자도 없었다.

지존성모 교단 전체에서 존자라는 칭호를 받는 사람의 숫자는 20여 명에 불과했다. 그런 만큼 목련의 자존심은 상당한 것이었다. 그런 자신을 마치 어린아이 대하듯 하는 마브렌시아라는 존재가 목련에게 달가울 리 없었다.

그가 막 입을 열려고 할 때였다.

우두둑!

나뭇가지가 부러지며 시커먼 그림자가 목련의 얼굴 위로 드리워졌다. 목련은 무의식 중에 고개를 들어 상대를 확인했다가 깜짝 놀랐다.

난생처음 보는 털북숭이 사내가 검을 들고 서 있었다.

"누, 누구냐?!"

목련이 소스라치게 놀라며 외치자 조금 떨어진 곳에 있던 추우와 월령, 그리고 마브렌시아가 고개를 돌려 목련을 바라보았다. 그리고 그녀들의 눈에 지저분한 복장을 한 10여 명의 사내들이 목련을 포위하고 있는 모습이 보였다.

"흐흐흐, 복장을 보아하니 지존성모의 사제로군. 그렇다면 호주머니도 두둑하시겠군."

"헤헤헤, 존자님, 불쌍한 우리들에게 부디 적선을 해주시면 고맙겠습니다."

"그리고 저기 있는 여자들은 우리가 데리고 가도 되겠죠?"

동시에 여러 명이 떠들어대자 목련은 정신을 차릴 수 없었지만 여자들을 데리고 가겠다는 소리에 정신이 번쩍 났다.

"무례한 놈들! 저들은 지존성모님께 평생 봉사하겠다고 맹세한 여자들이야. 만약 그녀들을 모욕한다면 지존성모님의 저주가 평생 그대들에게 따라다닐 것이다!"

"헤헤헤, 지존성모의 저주? 그런 것이 있었다면 우리가 이런 꼴로 떠돌아다니지는 않았겠지. 잔말 말고 가진 거나 다 내놓으시지."

"네놈들은 사제들에 존경심도 없단……."

스윽!

목련의 말이 끝나기도 전, 한 사내의 검이 목련의 목을 지그시

눌렀다.

"시끄러! 너희 사제 놈들이 사람들을 감언이설(甘言利說)로 현혹해 자신의 배를 불리기에 바쁜 놈들이라는 걸 모르는 사람이 있는 줄 알아? 그러니 시끄럽게 떠들지 말고, 어서 가지고 있는 것이나 몽땅 내놔."

목련은 화가 치밀어 견디기 힘들었지만 자신의 목을 누르고 있는 검 때문에 한마디도 할 수 없었다. 그러면서 일행들을 힐끔 바라보니 추우와 월령이 걱정스러운 표정으로 자신을 바라보는 반면, 나무에 기대어 고개조차 돌리지 않는 마브렌시아의 모습이 괘씸하게만 여겨졌다.

"우리가 가진 돈과 귀금속은 모두 저 여자가 가지고 있다. 그러니 다른 사람들은 건드리지 마라."

목련의 말에 사내들의 눈이 일제히 마브렌시아를 향했다. 그러나 그녀는 그런 사내들의 눈길을 느끼지 못했는지 여전히 신경질이 난 얼굴을 하고 있었다.

사내들의 눈이 당장 휘둥그레졌다. 똑바로 쳐다보는 것조차 민망한 선정적인 옷차림도 처음 보았지만, 태어나서 그녀만큼 아름다운 여인도 처음 보았기 때문이다.

정신없이 바라보던 사내들 가운데 조금은 비만인 체격을 한 사내가 음흉한 미소를 지으며 마브렌시아에게 다가갔다. 그리고는 마브렌시아의 머리끝에서 발끝까지 사정없이 훑어봤다.

마브렌시아는 자신의 얼굴에 그림자가 드리워지자 슬쩍 고개를 들었고, 자신의 얼굴과 몸매를 살피기에 여념이 없는 뚱보 사내를 곧 발견할 수 있었다.

"뭐야, 넌?"

"으응? 헤헤헤, 여자가 입이 그렇게 험하면 쓰나? 물어볼 말이 있어서 왔지. 저기 계신 사제님께서 말씀하시길, 돈과 귀금속을 모두 너에게 맡겼다고 하시더군. 우린 그게 필요하거든. 그만 돈과 귀금속을 우리에게 넘겨주실까?"

사내의 말에 마브렌시아는 목련 쪽을 바라보았다. 얼굴이 창백하게 변한 것을 보면 겁에 질린 것이 역력해 보였다. 또 추우와 월령 역시 잔뜩 겁에 질린 채 자신만을 바라보고 있는 모습이 보였다.

천천히 자리에서 일어난 마브렌시아는 자신을 바라보고 있던 뚱보 사내에게 입을 열었다.

"그래, 나에겐 많은 돈이 있지. 하지만 나에게서 그 돈을 받아낼 수 있을까?"

"어? 지금 우리에게 도전을 하겠단 말이야? 혹시 정신이 나간 거 아냐?"

뚱보 사내가 어이없다는 표정을 지을 때 마브렌시아는 등에 메고 있던 바스타드 소드를 뽑아 들었다. 검을 들고 있는 마브렌시아의 자세가 심상치 않은 것을 느낀 뚱보 사내는 화들짝 놀라며 뒤로 물러섰다.

뚱보 사내의 동료들은 뚱보 사내가 뒤로 물러서는 모습을 보고 그에게 무슨 일이 생겼다고 판단했는지 서둘러 뚱보 사내 곁으로 다가왔다.

"뭐야? 무슨 일이야?"

"이 여자가 순순히 돈을 내놓지 못하겠대."

"이 계집년이? 혹시 미친 것 아니야?"

"그냥 죽여 버려."

사내들이 험상궂은 표정을 지으며 검을 뽑아 들고 마브렌시아를 포위했다. 그리곤 마브렌시아를 노려보았다.

대체 여자가 검을 들었다는 것도 이해하기 힘들었지만, 더 이해가 가지 않는 것은 그녀가 들고 있는 바스타드 소드 때문이었다. 자신들이 들고 있는 장검보다 거의 30센티미터 이상 긴 만큼 무게도 더 나갈 것은 당연한 일이었다. 그런 검을 여자가 휘두른다는 것은 도저히 믿을 수 없었던 것이다.

하지만 마브렌시아는 이유야 어떻든 자신에게 시비를 건 사내들이 너무나 고마웠다. 그동안 차곡차곡 쌓아두었던 스트레스를 풀 절호의 기회가 왔기 때문이다.

행방을 알 수 없는 다른 신의 무기도 그렇고, 그걸 찾아 이스턴 대륙으로 도망친 데미안 일행의 일도 그렇고, 게다가 말도 없이 사라진 카르메이안 때문에 받은 스트레스가 이미 한계를 넘은 상태였다.

아마 요 며칠만큼 열심히 생각하고 인내하며 지내본 적은 지난 2,500년 동안 한 번도 없었을 것이다.

"후후후, 네놈들이 그렇게 나온다면 나로선 환영이지. 어디를 어떻게 잘라줄까? 부디 오래 버텨주길 바래."

윙크를 한 마브렌시아는 바스타드 소드를 들어 옆구리에 수평으로 눕혔다. 독특한 마브렌시아의 자세에 사내들은 코웃음을 쳤다. 그런 자세를 본 적도 없었지만 미묘한 미소를 짓고 있는 마브렌시아의 모습이 너무 가소로웠기 때문이다.

먼저 공격을 한 사람은 마브렌시아였다.

일반적으로 장병(長兵), 즉 긴 무기를 사용하는 자라면 자신의 무기를 가장 효율적으로 사용할 수 있는 거리를 유지해야만 한다.

상대의 무기는 닿지 않고, 자신은 가장 효율적으로 공격할 수 있는 거리를 유지하는 것이 장수하는 데 지름길이다. 하지만 마브렌시아의 행동은 일반적인 상식을 완전히 깨는 것이었다.

누구보다 긴 장검을 들었음에도 불구하고 사내들 속으로 뛰어든 것이다. 사내들이 그런 마브렌시아의 행동에 어이없어할 때, 마브렌시아의 바스타드 소드는 이미 한 사내의 이마에 닿고 있었다.

퍽!

수박이 깨지는 듯한 둔탁한 소리와 함께 공격을 받은 사내의 머리가 산산조각 났다. 마치 쇠몽둥이에 얻어맞아 으깨진 과일 같았다. 그 모습에 사내의 동료들은 경악과 분노, 그리고 구토를 동시에 느꼈다. 그러나 마브렌시아는 이미 시야에서 사라지고 없었다.

사내들이 마브렌시아의 모습을 찾고 있을 때 또 한 사내가 비명을 지르며 그 자리에 주저앉았다.

"큭!"

황급히 고개를 돌리고 보니 옆구리를 움켜잡은 채 그 자리에 주저앉아 고통스러운 표정을 짓고 있는 동료의 모습이 보였다. 그리고 머리 위까지 바스타드 소드를 치켜들고 있는 마브렌시아의 모습을 발견했다.

사내들이 미처 반응을 보이기도 전 마브렌시아의 바스타드 소드는 사내의 머리를 향해 떨어졌다.

퍽!

"죽어!"

동료의 무참한 죽음에 분노한 사내 하나가 장검을 휘두르며 마브렌시아를 향해 달려들었다. 마브렌시아 역시 사내를 향해 달려들었다.

자세를 낮춰 사내의 검을 피한 마브렌시아는 사내의 종아리를
향해 사정없이 바스타드 소드를 휘둘렀다.

우두둑!

사내의 다리가 기이한 각도로 꺾이며 자세가 낮아지자 마브렌
시아의 바스타드 소드가 마치 먹이를 노리는 독사처럼 사내의 머
리를 향해 솟구쳤다.

퍽!

사내의 머리는 바스타드 소드에 맞아 반 이상이 날아갔다. 그
모습에 사내들은 이제 분노를 느끼기보다는 공포를 느꼈다. 자신
도 모르게 뒷걸음질을 치는 사내들을 보고 마브렌시아는 혀로 입
술을 핥았다.

확실히 마법을 사용할 때보다는 손맛이 있었다. 특히 바스타드
소드가 인간의 뼈를 부러뜨릴 때 손에 느껴지는 감촉은 전율이
일 정도로 짜릿한 것이었다.

뒷걸음질치는 사내들을 그대로 두고 볼 마브렌시아가 아니었다.
마브렌시아는 기합을 지르며 사내들에게 달려들었다. 거의 동시에
사내들은 사방으로 뿔뿔이 흩어져 달아났다. 그러나 마브렌시아의
발걸음이 조금 더 빨랐다.

바스타드 소드가 햇볕에 번쩍이는 순간 가장 뒤처졌던 사내 중
하나의 뒷머리가 그대로 날아갔다.

"으아아아!"

"마녀다!"

비명을 지르며 달아나는 사내들의 모습을 바라보던 마브렌시아
는 입맛을 다시고는 왼손을 번쩍 들었다. 그녀의 왼손에서 빛이
번쩍이는 순간 사방을 향해 매직 미사일이 날아갔다.

"픽싱 타킷 매직 미사일!"

퍼퍼퍼퍽—!

매직 미사일은 사방을 향해 날아갔고, 예외없이 사내들의 머리를 박살냈다. 그리고 마브렌시아는 그런 모습을 보며 만족스러운 듯 미소를 지었다.

하지만 목련이나 추우, 그리고 월령은 공포에 질린 얼굴로 벌벌 떨고만 있었다.

태어나서 이런 끔찍한 모습은 처음이었다. 그렇다고 사람이 죽는 모습을 난생처음 보는 것은 아니었다. 그렇지만 상대의 머리만 깨뜨려서 죽이고, 또 그 모습을 보며 만족스런 미소를 짓는 여자는 한 번도 본 적이 없었다.

특히 추우의 눈에는 금방이라도 흘러내릴 듯이 눈물이 글썽거렸다.

태어나서 이런 잔인한 광경은 처음이었다. 너무 놀란 나머지 비명 지를 생각도 하지 못했다. 그저 얼음물을 덮어쓴 사람처럼 두려움과 공포로 떨고 있을 뿐이었다.

사정없이 몸을 떨고 있는 목련과 눈이 마주쳤지만 신경 쓰지 않고 그녀는 다시 자신이 쉬던 자리로 돌아가 휴식을 취했다. 그리고 그녀가 손을 한 번 움직일 때마다 비참하게 목숨을 잃은 사내들이 숲 속으로 날아가 떨어졌다.

아직도 하늘에서는 따사로운 햇살을 비추는 태양이 있건만, 마브렌시아를 제외한 세 사람은 끊임없이 떨고만 있었다.

*　　　*　　　*

마을로 다시 돌아온 데미안은 자신을 보고 반기는 주중천에게는 그저 눈으로만 답례하고는 현령에게 물었다.

"선주 현과 인접해 있는 다른 현들에서는 쥐들에 의한 피해가 보고된 적이 없는가?"

"아직은 없었습니다, 사신 대인."

현령의 대답에 데미안은 한참 동안 고심을 하다가 입을 열었다.

"그렇다면 혹시 이곳 선주 현에 수맥(水脈)을 잘 찾는 사람은 없는가?"

데미안의 질문에 현령은 곧 대답했다.

"농사와 관련이 있는지라 각 현에 한 명씩 지관(地官)이 있습니다, 사신 대인."

"그래? 그럼, 그 사람을 불러주게."

"알겠습니다."

잠시 후 깡마른 노인 하나가 와 데미안에게 고개를 숙였다.

"제가 선주 현의 지관인 광일지(曠日地)입니다, 사신 대인."

"그럼, 묻겠네. 쥐 떼가 출몰하는 것으로 알려진 황무지 주위에 혹시 수맥은 없는가?"

"수맥 말씀입니까? 있기는 합니다만 워낙 깊은 곳에 흐르고 있어 몇 번이나 찾으려 했지만 실패했습니다. 선주 현엔 농사를 지을 땅이 부족해 사신 대인께서 말씀하신 황무지를 개간하려고 많은 노력을 했지만 수맥이 위치한 곳이 워낙 지하인지라 지금은 포기한 상태입니다."

"잘 알았네."

지관의 말에 고개를 끄덕인 데미안은 다시 현령에게 말을 건넸다.

"이곳에 있는 황무지 주위에 나무로 된 방벽(防壁)을 쌓는 데 시간이 얼마나 걸릴 것 같은가?"

"황무지 전체를 말입니까?"

"그렇네. 인근에 있는 현령들의 도움을 받는다면 얼마나 걸리겠는가?"

"그래도 워낙이 넓은 지역이라 열흘 가까이 걸릴 것 같습니다."

"그렇다면 지금부터 내가 하는 이야기를 잘 듣도록 하게. 우선 이만한 크기의 나무로 된 방벽을 쌓도록 하게. 단, 나무는 기름을 잔뜩 먹은 나무라야 하네. 알겠나?"

데미안이 지도에 표시한 것을 확인한 현령은 고개를 갸웃거리면서도 끄덕였다.

"그리고 외곽 방벽이 완성이 되면 다시 그 안쪽에 나무로 된 방벽을 만들어주게. 그렇게 해서 방벽이 완성이 되면 다시 또 하나의 방벽을 만들어주게."

"그럼, 모두 세 개의 방벽을 만들어야 하는 겁니까?"

"그렇네. 그리고 틀림없이 기름을 먹은 나무로 방벽을 쌓아야만 하네. 그리고 방벽과 방벽 사이에는 사람 키만한 웅덩이를 파 기름을 채워야 하네. 그렇게 한다면 얼마나 걸리겠는가?"

"인근 현의 주민들까지 동원한다면 열흘 정도면 될 것 같습니다."

"그렇다면 자네가 책임지고 방벽을 완성해 주게. 그동안 난 다녀올 곳이 있네."

"알겠습니다, 사신 대인."

현령의 대답을 들은 데미안은 주중천에게 물었다.

"중천, 여기서 금라산까지 가는데 얼마나 걸리겠는가?"

"빠른 말로 달리면 하루 정도 걸리는 거리입니다."

"그렇다면 어서 출발하도록 하세. 강 대협, 안내를 부탁드리겠습니다."

데미안의 갑작스런 말에 강찬휘는 생각할 사이도 없이 고개를 끄덕여야 했다.

"알겠습니다, 사신 대인."

세 사람은 곧 말에 올라 금라산을 향해 말을 몰았다.

그 모습을 지켜보던 현령은 곧 멍하니 서 있는 병사들을 향해 명령을 내렸다.

"뭘 보고 있는 것이냐? 어서 주민들에게 동원령을 내리도록 해라."

두두두—!

세 사람은 잠시 요기를 하기 위해 말을 멈춘 것을 제외하고는 단 한 번도 멈추지 않은 채 금라산에 도착했다. 멀리서 보는 것만으로도 충분히 위압감을 느끼게 하는 산이었다.

산의 아랫부분은 짙은 녹음에 싸여 있었지만 산 정상으로 올라갈수록 점점 바위가 많아져 허연 살을 드러내고 있었다. 강찬휘는 산 정상을 가리키며 입을 열었다.

"스승님께서는 저 금라산의 정상에 계십니다. 말이 올라갈 수 없는 곳이니 지금부터는 걸어가야 합니다."

"알겠습니다, 강 대협."

세 사람은 금라산 아래에 위치한 마을에 말을 맡기고는 산을 향해 걸음을 옮겼다. 그러나 보기와는 달리 길이 험해 오랜 시간이 지났음에도 불구하고 세 사람은 여전히 산기슭을 벗어나지 못하고 있었다.

강찬휘와 주중천은 경공을 발휘해 몸을 날렸고, 데미안은 비행 마법을 사용해 이동을 했다. 하지만 주중천의 무공이 약해 금방 뒤로 처지고 말았다.

잠시 걸음을 멈춰 휴식을 하는 동안 데미안은 육안으로 산의 중턱을 바라보며 거리를 측정했다. 그리고는 두 사람에게 말했다.

"잠깐 일어나 보십시오."

데미안의 말에 두 사람은 영문을 몰라 하면서도 자리에서 일어났다. 두 사람의 손을 잡은 데미안은 짧고 힘찬 음성으로 시동어를 외쳤다.

"워프!"

순간 세 사람의 모습은 그 자리에서 사라졌고, 동시에 산 중턱에 모습을 드러냈다. 태연한 표정을 짓고 있는 데미안과는 달리 난생처음 워프를 경험한 강찬휘와 주중천의 놀라움은 말로 표현할 수 있는 것이 아니었다. 두 사람이 놀라는 것엔 아랑곳하지 않고 다시 산의 정상을 향해 워프를 했다.

전반적인 지형을 알 수 없기에 약 10여 미터 상공으로 워프를 한 데미안은 두 사람과 함께 천천히 지상으로 내려왔다. 멍한 표정을 짓고 있는 주중천과는 달리 강찬휘는 두 번째 워프를 했을 때부터 잔뜩 긴장한 모습이었다. 무슨 일이 있느냐고 물으려 했던 데미안은 무엇인가가 자신을 노리고 있다는 느낌이 들었다.

그것이 뭔지 확인하기도 전에 자신을 향해 빠르고 강한 무엇인가가 날아드는 것을 확인하고 재빠르게 몸을 피하려던 데미안은 자신 뒤에 주중천이 있다는 것을 깨닫고는 재빨리 방어막을 쳤다.

"피지컬 실드!"

쾅!

　보이지 않는 방어막에 무엇인가가 부딪치며 엄청난 충격이 전해졌고, 그 순간 데미안은 주중천과 함께 뒤로 날아갔다. 지면에서 몇 바퀴를 뒹굴던 데미안이 충격에서 깨어나려고 머리를 흔들며 일어서려고 할 때, 다시 자신을 공격하는 날카로운 공세가 있음을 깨닫고는 그대로 지면을 박찼다.

　허공에서 몸을 뒤집으며 허리에 차고 있던 레이피어를 뽑아 들고 동시에 공세가 날아온 곳을 확인했다.

　챙챙챙—!

　날카로운 소리와 함께 강찬휘가 백발의 노인과 싸우고 있는 모습이 보였다. 노인이 자신을 공격한 사람이 분명하다고 느낀 데미안은 지체없이 노인을 향해 달려들었다.

　150센티미터가 조금 넘는 노인은 1미터 20센티미터는 족히 넘어 보이는 장검을 마구 휘두르며 강찬휘를 공격하고 있었다. 노인의 장검이 한 번 움직일 때마다 그의 장검이 수십 개로 나뉘어져 강찬휘를 공격했는데, 강찬휘는 방어를 하는 것이 고작이었다.

　강찬휘가 위험하다고 판단한 데미안은 그대로 노인을 향해 레이피어를 앞으로 뻗으며 큰 소리로 외쳤다.

　"슬러그스 스타!"

　수십 개의 붉은 마나 덩어리가 노인을 향해 날아갔고, 데미안의 공세가 심상치 않다는 것을 깨달은 노인은 재빨리 지면을 박차고 뒤로 물러섰다. 겨우 한숨을 돌리는 강찬휘 옆에 내려선 데미안은 노인에게서 눈을 떼지 않은 채 입을 열었다.

　"다치지는 않았습니까?"

　"예, 덕분에……."

　"저 노인이 누군지 아십니까?"

"사실 저분은⋯⋯."

"천강분영(天罡分影)!"

노인의 외침과 함께 그의 장검이 서른여섯 개로 나뉘어지면서 두 사람을 동시에 공격했다.

처음엔 서른여섯 개의 검 가운데 하나만이 진짜이고 나머지는 그림자에 불과할 것이라고 생각했던 데미안은 자신에게 날아오는 열여덟 개의 공세 모두가 진짜라는 것을 깨닫고는 소스라치게 놀랐다.

"피지컬 실드!"

쾅쾅쾅!

엄청난 소음과 함께 전신이 터져 나가는 듯한 통증을 느낀 데미안은 몇 걸음인가 뒤로 물러서지 않을 수 없었다. 나름대로 자신의 검술 솜씨나 마법에 자신을 가지고 있었던 데미안은 자신을 이렇게 몰아세운 노인의 정체보다 자신이 그동안 배운 검술 솜씨가 이 정도밖에 되지 않는 것에 대해 적잖게 실망을 했다.

"호신강기(護身罡氣)? 젊은 나이에 대단하군. 후후후, 그럼, 어디 이것도 한번 받아봐라."

"사부님, 이제 그만 하십시오. 그렇지 않으면 제자도 더 이상은 참지 않겠습니다!"

큰 소리로 외친 강찬휘의 말에 데미안은 순간 얼이 빠져 버렸다. 그렇기는 주중천 역시 마찬가지였다.

마치 원수를 만난 듯 사정없이 공격했던 노인이 설마 강찬휘의 스승인 창천신검 이무결일 줄이야 꿈에도 생각하지 못했던 것이다.

150센티미터가 조금 넘는 키에 정수리까지 벗겨진 머리에는 빗질을 한 번도 하지 않은 듯 보이는 백발이 까치 집을 짓고 있었

다. 작기는 하지만 날카로워 보이는 눈이나 독사처럼 얇아 보이는
입술은 그의 성격이 보통이 아니라는 것을 보여주는 것 같았다.

자신의 말에 입맛을 다시며 아깝다는 표정을 짓고 있는 노인의
모습을 확인하고 강찬휘는 고개를 돌려 데미안을 바라보았다. 자
신이 아는 사부의 성미라면 절대 사정을 봐주지 않고 공격했을
텐데 데미안은 그런 사부의 공격을 정면으로 받고도 멀쩡한 모습
을 하고 있었다.

데미안이 무사하다는 것을 확인하고 안도의 한숨을 내쉰 강찬
휘는 그의 무공이 자신의 예상을 상회한다는 것에 다시 한 번 데
미안의 정체에 대해 궁금한 생각이 들었다.

"대인, 괜찮으신지요?"

겨우 정신을 차린 데미안은 강찬휘의 질문에 고개를 끄덕이면
서도 오만한 자세로 서 있는 노인의 정체에 대해 그에게 질문했다.

"강 대협, 저 노인이 정말 스승이신 이무결 대협이란 말입니
까?"

아마도 데미안은 조금 전 자신이 외친 소리를 듣지 못한 모양
이라 강찬휘는 생각했다.

"죄송합니다. 저분은 소생의 스승이신 창천신검 이무결 대협이
십니다."

강찬휘의 말에 데미안과 주중천은 조금은 어이가 없다는 표정
으로 노인을 바라보았지만 노인은 하늘을 바라보며 딴전을 피우
고 있었다.

제6장

蒼天神劍 李無缺

“저분이 강 대협의 스승이신 창천신검 이무결 대협이란 말씀입니까?”

“죄송합니다, 대인. 스승님께서는 워낙 장난을 좋아하셔서 처음 보는 사람에겐 예외없이…….”

강찬휘가 미안해서 어쩔 줄 몰라 하는 모습을 보면서도 이무결은 자신의 공격을 막은 데미안의 정체에 대해 궁금함을 감추지 못했다.

“애송아, 넌 누구냐?”

“스승님, 이분은…….”

“멍청한 제자 녀석아, 너에게 안 물었다.”

“전 데미안이라 합니다.”

“대미안(大美顔)? 하긴, 사내 녀석 얼굴로는 사이할 정도로 아름다운 얼굴이군.”

이무결을 중얼거림을 듣고서야 데미안은 그동안 자신의 이름을 들은 사람들이 왜 자신의 얼굴을 유심하게 보았는지 그 이유를 알 수 있었다.

"데미안 대인은 왕궁에서 마물 퇴치를 위해 파견되신 관리이십니다."

"마물 퇴치? 이 애송이가? 우헤헤헤!"

강찬휘의 말에 이무결은 자신의 배를 움켜잡으며 방정맞은 웃음을 터뜨렸다.

물론 자신의 나이가 어리고 신의 무기를 가지고 있다는 사실을 알지 못한다면 믿을 수 없는 일일 것이다. 그렇다고 당사자가 면전에 있는데 이렇게 노골적으로 조소(嘲笑)를 터뜨릴 줄은 몰랐기에 데미안의 표정은 어색하기 이를 데 없었다. 그런 반면 강찬휘는 평소보다 과장된 이무결의 태도에 이상한 생각마저 들었다.

"닥치시오! 이분은 국왕께서 관직을 내리신 천주순찰사신이시란 말이오. 당신 같은……."

"이봐이봐, 거기 있는 애송이. 국왕은 너희에게나 국왕이지 나한테도 국왕은 아니야. 그리고 죽고 싶지 않으면 나에게 닥치라든지 말조심하라든지 하는 말은 지껄이지 마."

이무결의 말에 막 대꾸를 하려던 주중천은 이무결의 작은 눈에서 새파란빛이 번쩍이는 순간 숨이 막힘과 동시에 도저히 더 이상은 계속 눈을 마주칠 수 없었다.

"소생이 이 대협을 찾아온 이유는 묻고 싶은 것이 있기 때문입니다."

"묻고 싶은 것? 뭐지?"

"혹시 '지옥이도류' 란 무공에 대해 알고 계십니까?"

"지옥이도류? 지옥이도류……."

나직하게 몇 번을 중얼거리던 이무결은 연신 고개를 갸웃거렸다. 그 모습을 보고 있던 강찬휘가 점잖은 음성으로 입을 열었다.

"평소 사부님께서는 모르는 것이 없다고 말씀하셨는데 그 무공을 모르고 계셨습니까? 정말 실망이군요. 전 사부님께서 틀림없이 알고 계실 것이라 생각했기 때문에 어렵게 대인을 모시고 왔는데……."

"알았다, 이 망할 제자 녀석아. 내가 알아내서 가르쳐 주면 될 것 아니야!"

강찬휘를 한번 째려본 이무결은 자신이 거처로 삼는 동굴로 횡하니 들어가 버렸다. 화가 난 어린아이 같은 모습을 멍하니 바라보는 두 사람에게 강찬휘는 포권지례를 했다.

"죄송합니다, 대인. 사부님께서는 평소 자신의 감정을 숨기시는 분이 아니시라 큰 결례를 범했습니다."

"아닙니다. 전 오히려 저렇게 본인의 감정을 숨기시지 않는 분들이 좋습니다. 전 상관없으니 강 대협께서는 괘념치 마십시오."

데미안이 오히려 자신을 안심시키려 하자 강찬휘는 안도의 한숨을 쉬었다.

한편 데미안은 조금 전 자신을 공격하던 이무결의 공세에 대해 생각했다. 자신의 아버지인 자렌토가 장기로 삼고 있는 라이트닝 소드와 이무결의 공격을 비교해 보았다.

자렌토의 라이트닝 소드 역시 수십 개로 나눠진 듯한 착각을 일으키게 하는 아주 빠른 공격법이었다. 그러나 사실 그것은 눈에 보이지 않을 정도로 빠르게 검을 움직여 공격을 하거나 방어를 하는 것이기에 실질적으로 상대를 공격하는 검은 단 하나뿐이었다.

하지만 이무결의 검은 그와는 달랐다. 물론 빠르게 움직여 검의 잔상이 남도록 한 것은 같았지만, 상대를 실제로 공격하는 검이 하나가 아니라 열여덟 개였던 것이었다. 하나의 검으로 어떻게 열여덟 곳을 동시에 공격할 수 있었을까?

자신의 공격 방법인 슬러그스 스타와는 전혀 다른 공격법이었다.

데미안이 그런 생각을 하고 있을 때 동굴로부터 이무결의 음성이 흘러나왔다.

"찬휘야, 그분들을 모시고 이리로 오너라."

한껏 위엄에 찬 음성이었다.

강찬휘의 안내를 받아 동굴로 들어선 데미안은 동굴이 자신의 생각 밖으로 크다는 것을 알고 주위를 둘러보았다. 동굴 안은 상당히 넓었고, 사방의 벽은 날카로운 무엇인가가 마구 긁어놓은 듯 울퉁불퉁한 것이 볼품없어 보였다.

동굴의 가장 깊숙한 곳은 돌로 만든 낮은 탁자가 있었고, 이무결이 포단 위에 앉은 채 데미안을 기다리고 있었다. 이무결이 내민 자리에 앉은 데미안은 이무결이 먼저 입을 열기를 기다렸다.

"대인이 지옥이도류에 대해 알고 싶어하는 이유가 무엇인지 알 수 있겠소?"

깨끗한 흰옷을 입은 이무결이 묵직한 음성으로 이유를 묻자 데미안은 순간 무엇이라 대답해야 좋을지 몰랐다. 하지만 자신이 그를 찾아온 것은 봉인을 깨고 나왔을지도 모르는 악마와의 결전을 대비하기 위해서였기에 사실대로 말하기로 했다.

"사실은 제가 그 지옥이도류라고 제목이 붙은 책을 우연히 얻게 되었습니다. 열심히 익히기는 했지만 부족한 것이 많아 자문

(諮問)을 구하려고 이렇게 왔습니다."

데미안의 대답에 이무결은 크게 놀란 표정을 지었다.

"정말 지옥이도류의 비급(秘笈)이 그대에게 있단 말이오?"

"예, 지금 여기 있지는 않지만 모든 내용을 제가 기억하고 있습니다."

데미안의 대답에 이무결은 얼굴을 붉히며 흥분을 감추지 못했다. 그 모습에 다른 사람은 영문을 몰라 어리둥절한 표정을 지었다. 특히 강찬휘는 오늘따라 이상한 이무결의 행동에 어이가 없었다. 심호흡을 몇 번 하던 이무결은 곧 진정을 하고는 입을 열었다.

"오래전, 아주 오래전 지옥에서 온 사나이라고 불렸던 사내가 있었소. 사내가 그렇게 불렸던 이유는 그의 손에 피가 마를 날이 단 하루도 없기 때문이었소. 사실 그의 무공이 너무 강했기 때문이기도 했지만 진짜 이유는 그의 독한 마음씨 때문이었소."

이무결의 말에 데미안은 그 사내가 지옥이도류와 관련이 있다는 사실을 짐작할 수 있었다.

"사실 그 사내는 누구보다 선한 성격을 가진 사람이었다고 전해지오. 하지만 사랑했던 여인이 자신 모르게 부정을 저질렀고, 또 하필이면 그 상대가 자신과 가장 친하게 지내던 친구였다는 것을 아는 순간 그는 미치지 않을 수 없었소. 분노를 터뜨린 그는 두 사람의 부정을 관청에 고발했지만 친구가 가지고 있던 권력 때문에 오히려 그 사내가 감옥에 갇혔소. 친구에게 뇌물을 받은 재판관은 그 사내에게 무고죄와 명예 훼손죄를 적용해 단근형(斷筋刑)이란 참혹한 형벌을 내렸소."

"단근형?"

"단근형은 팔과 다리를 움직일 수 있는 근육을 모두 자르는 형

벌로, 그 형벌을 받은 사람은 스스로의 힘으로는 일어나 앉을 수
도 없습니다."

주중천의 설명에 데미안을 눈살을 찌푸렸고, 이무결의 이야기는
계속 이어졌다.

"피를 토할 것 같은 원한을 가지고 사내는 사라졌소. 그리고 그
로부터 10년이 지난 후 세상에 한 사람이 모습을 드러냈는데, 그
야말로 공전절후(空前絶後)한 엄청난 살인마였소. 자신의 비위를
건드린 자는 그가 여자이든, 아이이든, 노인이든, 병자이든 모조리
죽여 버리는 것이었소. 그런 그의 행동은 당연히 세인들의 주목을
받았고, 개중 자신의 무공에 자신이 있던 무인들이 그에게 도전을
했소. 하지만……"

이무결의 말에 세 사람은 점점 빠져들었다.

"하지만 어느 누구도 살아남지 못했소. 게다가 그들이 소속된
단체나 가족들은 더욱 비참한 죽임을 당했던 것이오. 지나친 살인
행각에 분노한 몇백 명이나 되는 검사들이 그를 공격했지만 그는
진짜 악마라도 되는지 털끝 하나 다치지 않고 상대를 몰살시켰다
고 전해지오. 그때부터 사람들은 그를 지옥을 관장하는 지옥마제
(地獄魔帝)라 부르기 시작했고, 그가 나타났다는 소문이 들리면
도망치기 바빴다고 하오."

"그 지옥마제란 분이 혹시 친구와 연인에게 배신을 당했다는
그분이 아닙니까?"

"맞소."

이무결의 짧은 대답에 데미안은 만약 자신이 그런 경우에 닥치
면 어떻게 행동했을까 생각하면서 이무결의 말에 다시 귀를 기울
였다.

"지옥마제는 과거 자신을 배신했던 친구와 연인을 찾아갔소. 자신이 비참한 생활을 하는 10년 동안 친구는 더욱 높은 관직에 올랐고, 자신이 사랑했던 여인은 그의 아내가 되어 호화로운 생활을 하고 있었소. 친구는 세인들을 공포에 떨게 만든 지옥마제가 과거 자신의 친구라는 것을 알고는 군대를 동원해 그를 죽이려 했소. 그 소식을 들은 사람들은 이번에는 틀림없이 그를 죽일 수 있을 것이란 예상을 했지만 그런 세인들의 예측은 형편없이 빗나갔소. 3만 명의 병사들을 모조리 도륙당했고, 지옥마제는 이를 갈며 자신의 친구에게 향했소. 당황한 친구는 더 더욱 많은 병사들을 동원해 그를 공격하려고 했소."

지옥마제가 혼자의 힘으로 3만 명의 병사들을 죽였다는 말에 세 사람의 얼굴에는 불신의 빛이 가득했다. 말도 안 되는 소리였다. 어떻게 인간의 힘으로 3만 대군과 싸워 이길 수 있단 말인가? 게다가 이스턴 대륙에는 골리앗도 없지 않은가?

"하지만 시간이 조금 더 걸렸을 뿐 그들 역시 지옥마제에게 목숨을 잃기는 마찬가지였소. 결국 지옥마제는 친구와 연인 앞에 모습을 드러냈고, 목숨을 구걸하는 그들의 전신 근육을 모조리 자른 다음 그들의 목에 줄을 매달아 끌고 어디론가 사라졌다고 하오. 그가 활동한 기간은 불과 1년 4개월. 그동안 그의 손에 목숨을 잃은 사람은 무려 30여만 명. 그가 바로 지옥마제란 사람이오."

이무결의 말이 끝나자 세 사람은 마치 꿈에서 깨어난 듯 멍한 표정을 지었다.

"스승님, 진짜 지옥마제란 사람이 30여만 명이나 죽였단 말입니까?"

"전설로 전해지는 것은 그렇다. 너, 혹시 이 사부를 의심하는 것은 아니냐?"

"아닙니다. 스승님의 성격이 조금 괴팍하기는 하지만 절대 거짓을 말씀하실 분은 아니라는 것을 알기에 스승님의 말씀을 믿습니다. 하지만 과연 사람의 능력으로 그렇게 많은 사람을 죽일 수 있는지 믿어지지 않아서……."

이무결의 이야기를 들은 데미안 역시 마찬가지 생각이었다. 그리고 이미 수천 번 지옥이도류를 보았기에 모든 내용을 확실하게 기억하고 있었지만 그 어디에도 그렇게 많은 사람을 죽일 만한 공격법은 없었다.

단순히 전설로 전해지는 이야기니까 적당히 부풀려졌을 것이라 생각을 하면서도 왠지 사실처럼 느껴졌다.

"지옥마제가 많은 사람들을 죽인 것이 사실이든 그렇지 않든 그것이 중요한 것이 아니다. 또 어떠한 이유에서도 그의 행동이 정당하다고 볼 수 없다. 하지만 내가 이 이야기를 들었을 때 관심을 보였던 것은 대체 그의 무공이 어떤 것이기에 그렇게 많은 무인들과 결투를 벌이면서 단 한 번도 패하지 않았느냐 하는 것뿐이다."

"지옥마제란 분이 그렇게 강하신 분이셨습니까?"

"전해지는 이야기로는 그렇소."

가부좌를 틀고 앉아 있는 이무결은 정색을 한 채 고개를 끄덕였다.

"한 시대를 풍미했던 많은 무인들이 있었지만 어느 누구도 그보다 강한 사람은 없었다는 것이 사람들의 평가라오. 하긴, 이제 그의 명호(名號)조차 기억하는 사람도 없지만 말이오."

"그럼, 지옥이도류가 지옥마제의 무공이었단 말입니까?"

"그렇소이다."

"하지만 제가 알고 있는 내용으로는 그렇게 강한 무공으로 보이지 않았는데……"

"대인, 나에게 그 내용을 말해 줄 수 있겠소?"

"물론입니다."

데미안이 너무나 간단히 승낙을 하자 이무결의 눈에 이채로운 빛이 번쩍였다.

자신만이 알고 있는 무공을 남에게 말한다는 것이 얼마나 어려운 일인지 이무결은 누구보다 잘 알고 있었다. 자신도 어려서 여러 스승을 모시며 그들에게 무공을 배우려 했을 때 몇 번이나 거부당했던 적이 있었기에 데미안의 태도가 오히려 이상하게 보였던 것이다.

"너희 두 사람은 잠시 나가 있도록 해라."

이무결의 축객령에 강찬휘와 주중천이 나갔고, 데미안은 곧 자신이 기억하는 지옥이도류의 내용을 이무결에 들려주었다. 거의 40분 가까이 지옥이도류의 내용을 들은 이무결은 곧 심각한 얼굴로 깊은 생각에 빠졌다.

얼마나 깊은 생각에 빠졌는지 데미안이 몇 번이나 불렀지만 미처 깨닫지 못하고 있었다.

"이 대협, 제가 말씀드린 내용 속에 제가 몰랐던 다른 공격법이 숨어 있습니까?"

한참 동안 멍해 있던 이무결은 데미안이 자신의 몸을 건드리고서야 깨어났다. 그리고는 데미안에게 다시 질문을 듣고서야 겨우 대답을 했다.

"아니오. 대인이 말한 것에 특별히 다른 공격법은 없소이다. 그보다 먼저 궁금한 것이 하나 있소."

"뭡니까?"

"지옥이도류를 어떻게 익혔느냐는 것이오."

"혼자서 익혔습니다만……."

데미안의 말에 이무결은 놀랐다는 표정을 지었다.

"정말 혼자서 이 무공을 익혔단 말이오?"

"그렇습니다."

"잠깐 손을 내밀어보겠소?"

이무결의 말에 데미안은 의아해하면서도 왼손을 내밀었다. 지그시 눈을 감은 이무결은 데미안의 맥을 짚었다. 그리고는 한참 동안 아무 말도 없었다.

데미안은 지금 이무결이 자신의 몸속 상태를 점검하고 있다는 것은 알고 있었지만 왜 그러는 것인지는 알지 못했다. 잠시 후 눈을 뜬 이무결은 데미안을 믿을 수 없다는 표정을 지은 채 바라보았다.

이제 이십 대 초반으로 보이는 데미안의 체내에 움직이고 있는 내력(內力)은 상상을 초월하는 엄청난 것이었다. 내력, 즉 내공이라는 것이 오랜 세월 동안 꾸준하게 쌓아야만 하는 것이고 보면 데미안의 몸 안에서 요동 치고 있는 이 엄청난 힘은 도저히 이해할 수 없는 것이었다.

게다가 이무결은 데미안의 몸속에서 그보다 더욱 엄청난 힘이 단단하게 응결되어 있는 것을 찾아낸 것이다. 몸 안에서 움직이는 내공만 하더라도 오히려 자신을 능가할 정도인데 그보다 몇 배나 더 강한 힘이 단전에 응결이 되어 있다니 믿을 수 없었다. 그러나 데미안의 눈치를 보니 자신의 몸에 그렇게 강한 힘이 있다는 것을 미처 모르고 있는 것 같았다.

이무결은 자신이 궁금하게 생각한 것을 데미안에게 질문했고, 데미안은 자신이 아는 한도 내에서 최대한 자세히 그에게 설명했다. 이야기가 진행되면 될수록 이무결의 얼굴은 점점 어이없어하는 표정으로 바뀌어갔다.

활용이 완벽하다고는 볼 수 없지만 어느 정도 공격 초식을 익히고 있는 데 반해 수비는 너무도 엉망이었다. 아니, 수비에 대해서는 아무것도 아는 것이 없었다. 그가 지금까지 살아남은 것이 거의 기적이라고 할 수 있을 정도였다.

이무결의 얼굴 표정이 이상하게 변하는 것을 보고 데미안은 왜 그의 표정이 바뀌었는지 궁금했다.

"찬휘야, 손님을 모시고 들어오너라."

강찬휘와 주중천이 다시 동굴 안으로 들어오자 이무결은 신중한 태도로 입을 열었다.

"대인, 이곳에서 며칠 동안 머무를 수 있소?"

"며칠 간의 여유는 있습니다만……."

"그럼, 오늘부터 이곳에서 머물면서 같이 지옥이도류에 대해 연구를 해봅시다. 아마 미처 몰랐던 많은 사실들을 깨닫게 될 것이오."

"알겠습니다."

"그리고 멍청한 제자야, 넌 어떻게 무공의 성취가 조금도 늘지 않았단 말이냐?"

"죄송합니다, 스승님."

"만약 내가 조금 전 검세를 도중에 거두지 않았다면 넌 벌써 지옥을 향해 땀을 흘리며 열심히 뛰어가고 있었을 것이다. 알고 있느냐?"

"예."

"너도 오늘부터 이곳에서 대인과 함께 무공을 다시 익히도록
하거라. 알겠느냐?"

"알겠습니다, 스승님."

강찬휘가 대답하는 모습을 본 이무결은 곧 데미안을 향해 다시
입을 열었다.

"대인께서 알고 있었는지는 모르지만 지옥이도류는 크게 세 부
분으로 나뉘어져 있소. 그 첫 부분은 다른 무공에서는 찾아볼 수
없는 기묘한 내공신법이오. 좀 더 자세히 설명하자면 다른 내공심
법을 익히려면 복잡한 제약 조건이 너무나 많소이다. 하나 지옥이
도류의 내공심법은 간결하면서도 제약을 거의 받지 않고, 또한 다
른 심법에 비해 빠른 시간 안에 내공을 쌓을 수 있는 갖가지 요결
이 숨겨져 있는 것이오. 지옥마제가 비록 많은 살인을 저질렀다고
는 하지만 그가 무공에 대해서만큼은 엄청난 천재라는 것을 인정
하지 않을 수 없구려."

그렇게 금라산에서의 첫날 밤은 어두워져 갔다.

"저기 있는 바위를 한번 공격해 보시오."

"여기서 말입니까?"

"그렇소."

이무결의 말에 데미안은 지체없이 레이피어를 뽑아 들고는 바
위를 겨누었다.

"슈팅 스타!"

데미안의 외침과 동시에 레이피어의 끝에서 한줄기 붉은색의

마나가 마치 광선처럼 뻗어져 나와 바위를 향해 날아갔다.

펙!

미약한 소리와 함께 바위엔 커다란 구멍이 뚫렸고, 또 사방으로 금이 가 금방이라도 무너져 내릴 것만 같았다. 그 모습에 강찬휘와 주중천은 경탄을 감추지 못했지만 이무결은 다시 데미안에게 주문했다.

"이번에는 가장 약하게 해서 저 바위를 공격해 보시오."

이무결의 말에 데미안은 레이피어에 약간의 마나만을 주입해서는 바위를 향해 슈팅 스타를 날렸다.

바위까지의 거리는 약 10여 미터. 충분히 날아가리라 생각했던 데미안의 공격은 공기 중에 흩어지고 말았다. 그 모습에 데미안은 다시 슈팅 스타를 날리려고 했지만 이무결의 제지로 그만두었다.

"찬휘야, 네가 한번 저 바위를 공격해 봐라. 위력은 대인이 날린 검공의 3분의 1의 위력으로 세 곳에 구멍을 내거라."

복잡한 이무결의 주문에 강찬휘는 신중한 태도로 검을 뽑아 들고는 힘차게 검을 내뻗었다.

"천강연환참!"

파파팍!

수십 개로 나뉘어졌던 검영(劍影) 중에서 세 줄기의 시퍼런 기가 전면의 바위를 향해 날아갔고, 미약한 소리와 함께 작은 구멍 셋이 생겼다. 그 모습을 지켜보던 이무결이 데미안을 향해 입을 열었다.

"대인과 찬휘의 차이가 무엇인지 아시겠소?"

"마나, 아니, 기의 분배를 말씀하시는 겁니까?"

"그렇소이다. 대인의 몸에 아무리 많은 내력이 있다고 하더라도 기를 제대로 다스리지 못한다면 기의 낭비가 너무 많아 결국 본인을 위험에 빠뜨릴 뿐이오. 사실 대인의 무공은 이미 나보다도 강한 상태요."

이무결의 말에 데미안은 물론 강찬휘와 주중천마저도 놀랐다. 하지만 이무결은 진중한 태도로 말을 이었다.

"하지만 만약 내가 대인과 겨룬다면 백 번이면 백 번, 모두 대인을 이길 수 있소. 그 이유를 아시겠소?"

"짐작할 수 있을 것 같습니다."

"결투에서 승패를 결정짓는 것은 단순히 힘이 강하고 약하고의 차이가 아니오. 수많은 대결을 통해 얻은 경험과 능숙한 내력의 분배, 그리고 자신이 익힌 무공의 장단점을 확실하게 알고 있어야 한다는 것이오. 내가 보기에 대인께서는 이제껏 본인의 반사 신경에 의지해서 승부를 벌인 것 같은데, 이대로라면 더 이상의 발전은 없을 것이오."

"그럼, 제가 어떻게 해야만 하는 것인지요?"

"남은 기간 동안 내공의 운용과 수비에 대해 신경을 써서 익히도록 하시오. 만약 대인이 그것을 익힐 수만 있다면 적어도 지금보다 두 배 이상 높은 경지에 이르게 될 것이오."

"알겠습니다. 많은 가르침을 주십시오."

"내가 발견한 지옥이도류는 굉장한 부드러움을 가진 무공이오. 모든 것이 원에서 출발해 원으로 끝나는 극한의 부드러운 무공인데 대인께서는 부드러움은 완전히 배제했기 때문에 지옥이도류가 가진 본래의 위력을 전혀 발휘하지 못한 것이오. 본인이 충고해 준 부분만 고친다면 틀림없이 좋은 결과가 있을 것이오."

　말을 마친 이무결은 다시 데미안에게 내공심법에 대해 질문을 하고는 자신이 깨달은 부분을 보충해 설명해 주었다.

＊　　　＊　　　＊

“여기가 맞아?”

“맞긴 맞는데 그전과는 많이 달라진 것 같은데……．”

　카르메이안은 짙은 숲으로 뒤덮인 계곡을 주시했다. 그 옆에 선 타아르카스는 뭐가 이상한지 조금은 켕긴 얼굴을 하고 있었다.

　깊은 계곡을 휘감고 있는 짙은 안개가 조금 눈에 거슬릴 뿐 특별한 것은 보이지 않았다. 하지만 계곡으로 다가가면 다가갈수록 기분이 점점 꺼림칙해지는 것을 느꼈다. 하지만 타아르카스가 말한 것처럼 두려움의 감정은 아니었다.

　카르메이안이 계곡으로 들어서려 하자 이상한 기운이 자신을 감싸는 것이 느껴졌다. 기분 나쁜 기운이었다. 이 기운은 자신이 오래전부터 알고 있던 기운이었다. 바로 자신이 신의 봉인을 찾았을 때 느꼈던 기운이 틀림없었다. 그렇다면 계곡의 안쪽에 신의 봉인이 있단 말인가?

　자연스럽게 카르메이안의 발걸음이 빨라졌다. 그런 카르메이안의 뒤를 타아르카스가 내키지 않는 발걸음으로 따라왔다.

　그들이 약 1시간 정도를 걸어서 들어왔을 때 카르메이안은 자신의 앞을 가로막는 정체 불명의 힘을 느꼈다. 신성력이 틀림없었다.

　비록 눈에 보이지는 않았지만 현재 자신과 타아르카스가 서 있는 주위엔 신성력으로 가득 차 있었다. 카르메이안은 재빨리 스펠을 캐스팅했다.

"혼돈의 창(Spear of Chaos)!"

순간 카르메이안의 오른손에는 검은 방전(放電)이 일더니 길이 2미터가 넘는 긴 스피어가 생겨났다. 카르메이안은 지체없이 자신의 전면을 향해 스피어를 던졌다.

펑! 지지직—!

요란한 소리와 함께 검은색 번개가 순식간에 수십 미터를 덮었지만 카르메이안의 앞을 가로막은 신성력은 사라지지 않았다. 이 정도의 신성력이 겨우 9싸이클의 공격 마법에 사라질 것이라고는 희망도 걸지 않았던 카르메이안이었다.

"폴리모프 디솔루션!"

카르메이안의 외침과 함께 그는 400미터에 달하는 거대한 체구를 들어냈다. 옆에서 그 모습을 지켜보던 타아르카스는 그제야 자신과 함께 있던 카르메이안이 어떤 존재인지 확실하게 느낄 수 있었다. 자신보다 체격이 큰 것도 있었지만, 카르메이안의 몸에서 느껴지는 엄청난 힘은 소름 끼치게 공포스러웠다.

몸속의 마나를 모은 카르메이안은 전면을 향해 힘껏 브레스를 쏟아냈다.

"크아아악—!"

카르메이안의 입에서 쏟아져 나온 황금색 브레스는 맹렬하게 소용돌이치며 신성력과 부딪쳤고, 타아르카스는 전면에 있던 신성력이 급속히 사라지는 것을 느낄 수 있었다. 자신의 포이즌 브레스의 위력과는 비교도 할 수 없을 정도로 엄청난 위력이었다.

과거 자신이 그렇게 없애려고 했던 괴상한 기운이 카르메이안의 브레스 한 방에 날아가 버린 것이다. 타아르카스가 멍한 표정

을 짓고 있을 때, 어느새 카르메이안은 다시 폴리모프를 해 인간
의 모습을 하고 있었다.

그들이 더욱 계곡 깊숙한 곳으로 들어갔을 때 두 드래곤 눈에
들어온 것은 거대한 마법진이었다. 단지 그것뿐이었다. 카르메이
안은 황급히 마법진을 구성하고 있는 문장과 기호를 살폈지만 마
법진은 단순히 이동을 위해 만들어진 것일 뿐 무엇을 봉인하기
위한 것이 아니었다.
그 사실을 깨달은 카르메이안은 치솟는 분노를 참을 수 없었다.
"크아아악!"
순식간에 드래곤의 몸으로 돌아간 카르메이안은 사방을 향해
마구 브레스를 쏘았다. 카르메이안의 브레스가 스친 곳은 그것이
무엇이든 닿는 순간 소멸해 버렸다. 계곡은 순식간에 평지로 변해
버리고 말았다. 게다가 그의 앞발에서 쏟아진 마법은 다시 주위를
황무지로 만들었다.
타아르카스는 광란하는 카르메이안의 브레스와 마법을 피하느
라 정신이 없을 지경이었다. 타아르카스가 가쁜 숨을 몰아쉴 때
카르메이안은 인간으로 폴리모프해 조금은 지친 모습으로 바위에
걸터앉아 있었다.
카르메이안의 얼굴 표정이 얼마나 굳어 있던지 타아르카스는
감히 입을 열 수도 없을 정도였다. 그런 타아르카스의 모습에는
아랑곳하지 않고 카르메이안은 고개를 들어 하늘을 유심히 살폈
다.
하늘엔 구름 한 점 없었다. 카르메이안이 무엇을 보는지 타아르
카스는 알 수 없었지만 자신도 모르게 고개를 돌려 하늘을 바라

보았다. 한참 동안을 그러고 있던 카르메이안은 갑자기 크게 웃음을 터뜨렸다.

"크하하하! 역시 그랬어. 진짜는 이곳이 아니었어. 이렇게 조잡한 방법으로 날 속이려 하다니……. 신들이라고 뻐기는 네놈들의 알량한 수법을 눈치 못 챌 내가 아니다. 이제 뮤란 대륙으로 돌아가 네놈들이 아끼는 지상의 모든 것을 박살내 주마. 크하하하!"

통쾌한 듯 웃음을 터뜨리던 카르메이안은 갑자기 타아르카스를 쳐다보았다. 비록 나이는 5,000살이나 된 그린 드래곤이지만 자신의 능력에 비해서는 크게 떨어지는 타아르카스를 잘만 이용한다면 그래도 자신이 하고자 하는 일에 상당한 도움이 될 것도 같았다.

"나와 함께 뮤란 대륙으로 갈 것인가?"

"뮤란 대륙?"

"그래, 그곳에는 많은 드래곤이 있으니 친구도 많이 사귀게 될 거야."

"그래? 그렇다면 당장 가지. 사실 내가 말을 하지 않아서 그렇지 그동안 무척 쓸쓸했거든. 물론 지금은 자네라는 친구가 생겨서 고맙게 생각하지만 그래도 친구란 많을수록 좋은 게 아닌가? 그런데 언제 갈 건가? 그리고 내가 뭘 준비하면 되지?"

역시 수다스런 녀석이었다.

"내 손이나 잡아."

주위를 두리번거리던 타아르카스가 손을 내밀자 카르메이안은 그의 손을 잡고 큰 소리로 외쳤다.

"워프!"

순간 두 드래곤의 모습은 이스턴 대륙에서 사라졌다.

　　　　　*　　　　　*　　　　　*

쿵— 쿵— 쿵—!

"윽!"

"크윽!"

낮은 신음과 함께 세 사람이 허공에서 갑자기 나타나 지면에 떨어져 흙먼지를 피워 올렸다.

숲 근처에서 막 점심 식사를 준비 중이던 여행자들은 갑자기 나타난 세 사람의 모습을 멍하니 바라보았다.

"빌어먹을……."

그들 가운데 검은색 옷을 입고 머리부터 떨어졌던 사내가 머리를 매만지며 신경질적으로 말을 내뱉었다. 뒤이어 건장한 체격을 한 젊은 사내가 일어섰고, 유일하게 착지를 한 사람은 기분 나쁠 정도로 검은 가죽으로 전신을 둘러싼 자였다.

주위를 두리번거리던 세 사람들은 20여 명의 사람들이 자신들을 바라보고 있는 것을 발견했다.

"이봐! 여기가 이스턴 대륙인가?"

차이렌의 말에 아무도 대답하는 사람이 없었다. 그가 막 신경질을 내려고 할 때 뒤에 서 있던 헥터가 한 발 앞으로 나섰다. 그 모습을 본 몇몇 사내가 재빨리 검을 뽑아 든 채 헥터의 앞을 가로막았다.

그들의 눈에 적개심이 가득한 것을 발견한 헥터는 공격할 의사가 없다는 뜻으로 두 손을 늘어뜨렸다. 그리고 차분한 음성으로 입을 열었다.

"우리는 여러분을 공격하려는 것이 아닙니다."

"흥! 얼마 전 흡혈귀가 갑자기 나타나 사람을 잡아먹었다고 하더니 바로 네놈들이구나. 특히 검은색 옷을 걸치고 있는 저자는 사람들이 말한 그대로다."

그들이 사용하는 말이 이스턴 대륙의 말이라는 것은 다행이었지만, 그 말의 내용은 전혀 이해할 수 없었다.

특히 차이렌은 자신들이 이상한 곳으로 떨어진 것만 해도 짜증이 나 미칠 지경이었는데 난생처음 보는 인간들이 자신들을 흡혈귀니 뭐니 하고 부르자 더 이상은 참을 수 없었다.

"파이어 볼!"

시동어와 함께 차이렌의 오른손에는 수박 크기만한 불덩이가 모습을 드러냈다. 그 모습을 본 사람들은 두려움을 견디지 못하고 뒤로 물러섰다. 잔뜩 겁먹은 표정을 하고 있는 사람들의 모습에 차이렌은 만족한 미소를 지었지만 헥터가 본 사람들의 표정은 이상하기만 했다.

"사, 사람이 아니야. 마, 마귀(魔鬼)다!"

"불덩이를 만들어내다니… 인간이 아니야!"

차이렌은 사람들의 말에 어이가 없었다. 자신들에게 검을 겨누고 적대시하는 사람들의 태도도 이해할 수 없었지만 저들이 무엇을 두려워하는 것인지 궁금했다.

헥터 등이 사람들과 대치를 하고 있는 동안 그들에게 비틀거리며 다가오는 불청객이 한 사람이 있었다. 그가 걸친 옷은 너무 여러 곳이 찢어져 넝마와 같았고, 또 피까지 사방에 묻어 있었다. 부상을 당했는지 사내는 사람들에게서 그리 멀리 떨어지지 않은 곳에 쓰러졌다.

쓰러져 있는 사내를 여행객들 가운데 두 사람이 부축해 일행들에게로 데려왔다. 무슨 일을 당했는지 온몸이 피투성이였다. 특히 얼굴은 더했다.

여행객들 가운데 한 사람이 천에 물을 묻혀 그의 얼굴을 닦아 주었다. 얼굴에 묻은 피가 닦여 나가자 이상한 것이 보였다.

"이게 뭐지?"

"뭐? 뭐 말이야?"

"이 사람, 입이 이상하지 않아?"

한 사내의 말에 사람들의 눈이 일제히 부상자에게로 향했다. 사람들은 쓰러진 부상자의 얼굴을 보는 동안 기절해 있다고 생각한 사내의 팔이 움직이는 것을 미처 발견하지 못했다.

자신을 부축하고 온 사람의 등 뒤에 늘어져 있던 팔이 그 사람의 뒷덜미를 잡는 순간 부상자의 눈이 번쩍 뜨였다. 그리고 사람들이 이상하다고 한 커다란 입이 벌어지며 짐승의 이빨같이 날카로운 이가 보였다.

아차 하는 순간 부상자를 부축했던 사내의 머리가 반 이상 사라졌다.

우두둑!

주위에 있던 사람들은 서 있던 자세 그대로 선혈을 뒤집어썼지만 너무도 놀란 나머지 그대로 굳어버려 꼼짝도 하지 못했다. 그러는 사이 부상자는 계속해서 시체를 뜯어 먹고 있었다.

"비키시오!"

가장 먼저 움직인 사람은 헥터였다. 사람들 사이로 뛰어든 헥터는 엄청난 크기의 입을 가진 부상자를 사정없이 걷어찼다. 사람들이 날아가는 부상자를 멍하니 바라보고 있을 때 라일이 외쳤다.

"흡혈귀들이다. 조심해라!"

　라일의 말이 끝나기가 무섭게 주위에 있던 나무들 위에서 무엇인가들이 떨어져 내렸다. 나무 위에서 뛰어내린 것은 사람이었다. 하지만 그들의 모습은 여느 사람들과는 어딘지 모르게 달랐다.

　시뻘겋게 충혈된 눈동자나 보통 사람들의 몇 배는 될 것 같은 찢어진 입, 그리고 날카로운 이는 보기만 해도 불쾌감을 느끼게 하기에 충분했다.

　"크악!"

　몇 사람이 비명을 질렀다. 나무 위에서 뛰어내린 흡혈귀들이 사정없이 여행자들을 공격하기 시작했고, 여행자들은 비명을 지르며 사방으로 도망을 쳤다. 그렇지 않아도 파이어 볼을 만들어두었던 차이렌은 흡혈귀를 향해 지체없이 던졌다.

　화르르!

　파이어 볼에 적중된 흡혈귀는 순식간에 불꽃에 휩싸였고, 불 속에서 몸부림을 치며 지면으로 쓰러졌다. 그러는 사이 헥터가 서넛을, 라일이 나머지 흡혈귀를 모두 해치웠다. 흡혈귀들의 행동은 그저 일반 사람보다 조금 빠를 뿐 방어력은 형편없었다. 그러나 그 짧은 순간에도 여행자들 가운데 반이 넘는 숫자가 부상을 입거나 그들에게 목숨을 잃었다.

　헥터와 차이렌이 부상자들을 치료하는 모습을 보며 라일은 갑자기 전신이 부르르 떨리는 것을 감지했다. 가슴속 깊은 곳에서부터 시작된 떨림은 시간이 지나도 멈춰지지 않았다.

　신중하게 그 이유를 생각해 보았지만 도대체 영문을 알 수 없었다. 금방이라도 자신에게 무슨 일이 생길 것만 같은 생각이 들었다.

　부상자들의 치료를 마친 헥터가 그런 그의 모습을 발견하고 걱정스런 음성으로 말을 건넸다.

"라일님, 무슨 일이십니까?"

"아니네, 별일 아니야."

그렇게 대답하는 라일의 손은 희미하게 떨리고 있었지만 헥터
는 미처 그 사실을 깨닫지 못했다.

*   *   *

퍼퍼퍼— 퍽—!

작은 소음과 함께 바위에서 돌 조각이 튕겼다. 그러나 바위의
시련은 그것으로 끝난 것이 아니었다.

"혈륜(血輪)!"

낭랑한 음성과 함께 바위를 향해 수십 개가 붉은색 원이 날아
들었다. 하지만 크기도, 속도도, 방향도 제각각이었다. 수십 개의
붉은색 원은 바위를 마치 썩은 과일을 자르듯 사정없이 잘랐고,
바위는 그야말로 가루가 되어 바람결에 날려갔다.

짝짝짝—!

"대단하십니다."

"도저히 믿을 수 없군요."

박수와 함께 사람들의 탄성이 들렸다.

레이피어를 들고 있던 데미안은 사람들의 감탄에 쑥스러운 표
정을 감추지 못했다. 그러나 이무결은 그저 당연하다는 표정을 지
을 뿐이었다.

"내가 보기에 대인의 지옥이도류는 이제야 겨우 절반 정도밖에
완성되지 않았소. 이제 방법은 알았을 테니 나머지는 대인의 노력

에 달렸소. 이제 무영보(舞影步)를 얼마나 익혔는지 봅시다. 대인도 알고 있겠지만 무영보는 무보(舞步)와 영보(影步)로 나뉘어져 있소. 영보는 반드시 무보를 익혀야만 익힐 수 있는 보법이오. 그럼, 준비를 하시오."

이무결이 말과 함께 목검을 들자 데미안은 레이퍼어를 허리에 차고 준비를 했다.

"차앗!"

카랑카랑한 이무결의 음성이 정상을 울림과 동시에 이무결의 몸은 어느새 데미안을 향해 날아가고 있었다. 그와 동시에 그의 손에 들려 있는 목검이 날카로운 소리를 울리며 데미안의 목덜미를 향해 날아들었다.

무시무시한 그 모습에 긴장한 주중천은 자신도 모르게 손을 움켜쥐었고, 그런 그의 손은 땀으로 흥건했다.

그렇기는 강찬휘 역시 마찬가지였다. 상대의 손에 목검이 들려 있다고 안심한다는 것은 차라리 약을 먹고 자살하는 것보다 더 멍청한 짓이라는 것을 잘 알고 있기 때문이다. 또 상대도 상대 나름이다.

전대에도 상대가 없어 무료한 나날을 보냈던 이무결의 손에 비록 목검이 들려 있다고는 하더라도 그것이 진검을 들고 있는 것과 똑같다는 것을 누구보다 잘 알고 있는 강찬휘로서는 데미안이 걱정스럽지 않을 수 없었다.

쐐에엑—!

날카로운 소리에 자신도 모르게 긴장한 데미안의 몸은 뻣뻣하기 이를 데 없었다. 긴장하고 싶지 않다고 해서 긴장이 안 되는 것은 아니지 않는가. 가까스로 피한 데미안은 열심히 발을 움직여 굳어진 근육을 풀었다.

이무결은 일방적으로 공격을 하고, 데미안은 일방적으로 피하는 상황이 한동안 계속되었다. 하지만 데미안의 움직임은 점점 더 부드러워지기 시작해 나중에는 마치 무희(舞姬)가 춤에 몰입해 춤을 추듯 경쾌하고 유연하게 움직였다.

아름답게 생긴 데미안이 붉은 머리를 흩날리며 경쾌한 발걸음으로 움직이는 모습은 너무도 환상적이었다. 주중천과 강찬휘는 그 모습을 멍하니 바라보고만 있었고, 일방적인 공격을 퍼붓던 이무결도 약간은 땀이 솟기 시작한 데미안의 얼굴을 보며 경탄을 감추지 못했다.

'어찌 저 얼굴을 보고 사내라고 할 수 있을꼬. 쯧쯧쯧, 찬휘 녀석, 푹 빠진 얼굴이구먼. 그건 그렇고 무공에 대해서만큼은 정말 천부적인 재능을 타고났군. 무보를 익힌 지 겨우 4일 만에 내 검을 모조리 피하다니……'

몇 번 더 공격을 하던 이무결은 목검을 멈췄다. 춤을 추듯 움직이던 데미안은 상대의 공격이 그치자 슬그머니 발걸음을 멈추고 의아한 얼굴로 이무결을 바라보았다.

"무보는 거의 완벽한 수준이오. 하지만 대인께서 영보를 완전히 익히시려면 많은 노력을 하셔야 할 것이오. 이제 사소한 몇 가지만 더 익힌다면 세상에서 대인을 곤란하게 만들 상대는 찾아볼 수 없을 것이오."

이무결의 말에 데미안은 고개를 끄덕이면서도 씁쓸한 생각을 버릴 수 없었다. 방금 이무결이 말한 것처럼 상대가 사람이라면 이무결의 지도를 받기 전에도 충분히 자신있었다. 하지만 지금 자신의 상대는 악마에게 조종되는 악령들과 악마들이 아닌가? 얼마나 그들에게 통할지는 직접 겨루어보기 전에는 알 수 없는 일이었다.

그런 데미안의 얼굴을 보고 있던 이무결은 잠시 망설이다 데미안에게 입을 열었다.

"잠깐 나를 따라오시겠소, 대인?"

"예."

앞장서서 걸음을 옮기는 이무결의 뒤를 따라가던 데미안은 그가 산 정상으로 향하는 것을 보고 의아한 생각이 들었다. 산 정상에 도착을 한 이무결은 아무 말도 하지 않고 뒷짐을 진 채 온 세상을 붉게 물들이는 석양만 바라보고 있었다.

불과 150센티미터밖에 되지 않는 이무결이었지만 이 순간만은 석양과 조화를 이루어 석양이 그이고, 그가 석양처럼 느껴졌다. 너무도 장중한 모습에 데미안은 아무 말도 하지 못하고 그저 그의 뒷모습만 바라보았다.

"대인, 인간은 무엇을 위해 사는 것 같소?"

"예?"

데미안은 이무결의 질문에 깜짝 놀랐다. 갑작스런 음성에 놀랐고, 또 그 내용에 놀랐다.

라페이시스의 신관이었던 프레드릭에게서 들었던 질문을 이스턴 대륙에서 또 듣게 될 줄은 상상도 못했던 일이었다. 데미안이 잠시 우물쭈물하고 있을 때 이무결은 미동도 하지 않은 채 입을 열렸다.

"세상에는 많은 사람들이 있소. 남을 다스리는 사람도 있고, 남에게 복종하는 사람도 있소. 나라를 지배하는 사람도 있지만 자신의 집도 제대로 다스리지 못하는 사람도 있소. 남을 위해 자신을 희생하는 사람도 있지만, 반대로 남의 희생을 제물로 자신의 이익만 챙기려는 사람도 있소이다."

너무도 진중한 이무결의 태도에 데미안은 한마디도 할 수 없었다.

"얼마 전 내가 지옥마제에 대해 이야기를 한 적이 있을 것이오. 대인이 생각하기에 지옥마제는 무엇을 위해 일생을 살다 간 것 같소? 단지 복수를 위해서만 살다 갔다면 너무 허망한 삶이라고 생각하는데, 대인은 어떻게 생각하오?"

갑자기 지옥마제의 이야기를 왜 꺼내는 것인지 모르지만 일단은 그의 말을 좀 더 듣기로 했다.

"대인의 눈에는 그리움과 원한이 깊게 배어 있소. 대인에게 무슨 일이 있었는지는 모르겠지만 이것 하나는 알아두는 것이 좋을 것이오. 대인이 목표로 한 일을 이루었을 때, 그 후의 일을 미리 준비하라는 것이오. 그렇지 않으면 대인은 평생 동안을 고독 속에서 몸부림쳐야만 할 것이오."

그의 마지막 말에는 깊은 회한이 어려 있었다.

"비록 지옥마제만큼은 아니지만 나 역시 손에 많은 피를 묻히며 평생을 보냈소. 이제 몇 번이나 더 저 석양을 볼 수 있을지는 모르지만, 요즘은 냉정하지 못했고 인내심이 없었던 내 젊은 시절이 너무나 후회스럽기만 하오. 대인께서는 부디 그런 후회를 남기는 일생은 살지 말도록 진심으로 바라오. 이상한 말로 들리겠지만, 만약 내 무공이 지금보다 조금만 더 약했다면 후회는 적었을지도 모르겠소."

이무결의 말에 데미안은 천천히 눈을 움직여 석양을 바라보았다.

어린 시절 석양이 붉게 물들 때마다 대체 하늘에 얼마나 많은 붉은색 물감을 풀어야 저렇게 빨갛게 만들 수 있을까 생각했던 적도 있었다. 하지만 언제부터인가 석양이 인간의 피 같다는 생각이 들어 무의식 중에 석양은 바라보지 않았다.

여전히 석양은 눈이 아릴 정도로 선명한 붉은색이었다. 이무결은 품에서 한 장의 종이를 꺼내 데미안에게 내밀었다.

"이것은 대인이 나에게 알려준 지옥이도류의 구결 속에 숨어 있던 한 가지 공격 방법이오. 수법이 너무 지독해 없애 버리려 했었지만 그것을 선택할 사람은 내가 아니라 대인이어야 한다는 생각이 들어 알려주는 것이오."

종이를 받아 든 데미안은 그 내용을 살폈다. 곧 데미안의 눈이 휘둥그레졌다.

간단한 내용에 비해 그 공격법을 펼쳤을 때의 결과는 너무나 참혹한 것이었다. 쉽게 말해 인간의 모든 잠재력을 한꺼번에 뽑아 올려 상대를 공격하는 것이었다.

인간의 몸에는 인간 스스로도 모르는 엄청난 잠재력이 있는데, 그것을 알고 개발하는 사람들도 있지만 대부분의 사람들은 자신의 몸에 그런 엄청난 능력이 있다는 것을 모르고 일생을 살다 죽음을 맞이하는 것이다. 무척이나 어려운 일이기는 하지만 만약 그 잠재된 힘과 능력을 뽑아 쓸 수만 있다면 하지 못할 일이 없을 것이다.

지금 데미안이 들고 있는 한 장의 종이에는 바로 그 엄청난 힘과 능력을 공격법으로 바꿔 펼치는 수법이 적혀 있었던 것이다.

일명 지옥재림(地獄再臨).

만약 펼칠 수만 있다면 설사 상대가 신이라도 반드시 죽일 수 있다고 지옥마제는 장담하고 있었다. 몇 번이나 내용을 읽어 완전히 외워 버린 데미안은 곧 종이를 비벼 먼지로 만들어 버렸다.

"대인, 그저 조금 먼저 인생을 산 늙은이로서 충고를 하자면 주위를 둘러보면서 살라는 것이오. 미워하면서 살기엔 인생이 너무 짧기만 하다오."

"하지만 남의 일생을 그저 흥미거리로 만들어 버린 존재들을 그냥 용서한다는 것은 말도 안 되는 소리입니다."

데미안의 격렬한 말에 이무결은 조금 이상한 느낌이 들었다. 하지만 반문하지는 않았다.

"복수를 하는 것은 쉬운 일이지만 용서를 하기는 무척이나 어려운 일이오."

"후후후."

이무결의 말에 데미안은 갑자기 웃음이 터져 나왔다.

드라시안에 불과한 자신이 자신의 부모이자 창조주인 드래곤을 용서한다?

"크하하하!"

데미안의 통곡 같은 웃음이 산정을 울리며 세상으로 퍼져 나갔다. 언제까지라도 계속될 것 같은 데미안의 웃음이 갑자기 멈춰졌다.

"내가 용서하고 말고 할 존재들도 아니지만 결코 용서할 수 없습니다. 그들이 내가 겪은 것 같은 고통을 받은 후에야 그들을 용서할 수 있을 것 같습니다. 아니, 반드시 그렇게 할 것입니다."

"후우~"

뜻 모를 한숨을 내쉰 이무결은 천천히 몸을 돌려 데미안의 얼굴을 바라보았다.

얼음으로 만든 조각상보다 더욱 차갑게 변한 데미안의 얼굴 그 어디에서도 지난 며칠 동안 보아왔던 아름답고 예의가 깍듯한 청년의 모습은 찾아볼 수 없었다.

핏발마저 선 데미안의 눈은 전대 고수인 이무결이 보기에도 오싹한 느낌이 들 정도로 살기가 가득 차 있었다. 그러나 자세히 보면 볼수록 슬퍼 보이는 눈이었다.

"대인, 대인의 과거에 어떤 일이 있었는지는 모르지만 복수를 하고도 본인이 행복해질 수 있다면 복수를 하시오. 대인은 복수를 한 후 남은 인생을 행복하게 보낼 자신이 있소?"

"일단은 복수를 하고 난 후 생각해 보겠습니다."

듣는 순간 소름이 오싹 돋을 만큼 얼음장처럼 차가운 말이었다.

"난 대인이 일생을 행복하게 보냈으면 하고 바라오. 끊임없이 인간을 쫓아다니는 행복과 불행 가운데 어느 것을 선택할지는 대인의 몫이오. 부디 현명한 선택을 하기 바라오."

말을 마친 이무결은 그 자리를 떠났지만 데미안은 움직일 줄을 몰랐다.

붉은 석양은 마치 피를 흘리는 듯 보였다.

제7장
악령들과의 혈전

　허공에 뭉쳐 있던 검은 구름이 마치 살아 있는 생명체처럼 꿈틀거리는 모습을 본 사람들은 기가 질린다는 표정을 지었다. 살아생전 이렇게 두려운 마음이 들기는 처음이었다.

　특히 우문충과 수국의 얼굴은 두려움을 이기지 못해 창백하게 변했고, 또 조금씩 떨고 있었다. 그런 수국의 손을 꼭 잡아주며 로빈은 시간이 지날수록 작아지고 있는 검은 구름에서 눈을 떼지 않았다.

　"대체 저것의 정체가 뭡니까?"

　"순수한 악에서 파생된 찌꺼기인 것 같아요."

　"찌꺼기라고? 저게 말입니까?"

　로빈의 대답에 우문충은 기가 막히다는 표정을 지었다. 그러는 사이에도 검은 구름은 계속 작아지고 있었다. 데보라와 일행들이 그 모습을 보고 있는 사이 검은 구름은 서서히 괴상한 모습으로 변하고 있었다.

하반신은 말의 모습이었고, 상반신은 벌거벗은 남자의 몸이었다. 숲의 몬스터로 알려진 켄타우로스Centaurus와 비슷한 모습이긴 했지만 어깨 위에는 낫과 같은 사마귀의 앞발이 붙어 있었고, 엉덩이엔 말꼬리 대신 전갈의 꼬리가 붙어 있었다.

더 더욱 괴상한 것은 얼굴이었다.

네 면의 얼굴은 각기 다른 동물의 얼굴이 붙어 있었다. 전면엔 소의 얼굴이, 오른쪽엔 독수리의 얼굴이, 왼쪽엔 사자의 얼굴이, 후면엔 고양이의 얼굴이 붙어 있었던 것이다.

그 모습을 보고 일행들은 잔뜩 긴장했다. 로빈은 재빨리 단과 우문충에게 귓속말을 했다.

"어서 검을 내미세요."

두 사람이 검을 내밀자 로빈은 재빨리 치유의 구슬을 검에 대고 기도를 했다.

"세상의 모든 더러운 것과 악한 것을 멸하시는 라페이시스여! 살아 있는 모든 것을 위협하는 악으로부터 저희들을 보호하소서!"

기도를 마침과 동시에 두 사람의 검이 새파란색으로 빛나기 시작했다. 두 사람은 신기한 생각이 들긴 했지만 긴장을 풀지는 않았다.

"크르르르, 너희들이 나, 테라토스의 노예들을 빼앗아간 녀석들이냐?"

"닥쳐라! 저항할 능력도 없는 사람들의 영혼을 빼앗으려 하다니 내가 용서하지 못한다."

"흐흐흐, 인간들의 왕자여! 그럼 네 영혼을 나에게 바쳐라. 이제 곧 오실 그분을 위해 너의 왕국을 바쳐라."

붉은 광채에 싸인 소의 눈이 마치 눈웃음을 치는 것 같았다. 이를 악문 우문충이 재빨리 단의 앞으로 나서며 외쳤다.

"닥쳐라, 괴물! 너같이 지저분하게 생긴 녀석은 내가 상대해 주마."

말과 함께 우문충은 앞으로 뛰어나갔다. 건장한 체격에 비해 빠른 속도로 다가선 우문충은 테라토스의 옆으로 돌아섰다. 그리고는 수중의 검을 힘껏 테라토스의 옆구리에 찔러 넣었다.

챙—!

날카로운 금속 음과 함께 우문충의 검은 테라토스의 사마귀 발에 가로막혔다. 우문충이 잠시 멈칫하는 사이 또 하나의 낫과 같은 발이 머리를 향해 날아들었다.

사악—!

간발의 차이로 머리 위를 스치고 지나갔고, 검처럼 날카로운 발에 잘린 몇 가닥의 머리카락이 바람에 날렸다. 헛바람을 들이킨 우문충은 주저앉은 상태 그대로 재차 검을 휘둘러 앞쪽의 다리를 공격했다. 그러나 검은 맥없이 허공만을 가를 뿐이었다.

어느새 테라토스는 뒤로 물러서 있었고, 우문충과 눈이 마주치는 순간 소의 입이 열리며 엄청난 불꽃을 그를 향해 쏟아냈다.

우문충이 황급히 지면을 구르며 불꽃을 피하는 순간 낭랑한 외침이 들렸다.

"웨이브 어택!"

순간 십여 줄기의 물기둥이 테라토스를 향해 날아들었다.

퍼퍼퍼펑—

경쾌한 소리와 함께 테라토스는 뒤로 쭉 밀려갔다. 그 틈을 타

우문충은 일행들에게 돌아와 안도의 한숨을 쉬었다.

"크하하하, 제법 반항을 하는군. 재미있어. 아주 재미있어."

어느새 테라토스의 얼굴은 사자의 얼굴로 바뀌어 있었다. 그와 함께 사마귀의 다리는 사라졌고, 대신 얼굴 주위에 수백 마리의 뱀이 갈기 대신 꿈틀거렸다.

그 모습에 데보라와 일행들이 잠시 멈칫하는 사이 테라토스의 목 주위에서 꿈틀거리던 뱀들 가운데 10여 마리가 날아들었다.

뱀을 발견한 로빈은 한 걸음 앞으로 나서서 치유의 구슬을 내밀며 힘차게 외쳤다.

"디바인 실드Divine Shield—!"

외침이 끝나자마자 일행들의 앞엔 푸른색을 띤 둥근 막이 생겼다. 동시에 날아오던 뱀들은 방어막에 부딪쳤다.

쉬익— 쉬익—!

새빨간 혀를 날름거리며 뱀들은 로빈의 방어막을 뚫으려고 했지만 방어막에 부딪칠 때마다 고통스러운지 경련을 일으키며 몸을 둥글게 말았다. 그 모습에 일행들이 안심을 하고 있을 때 요란한 소리가 들렸다.

쾅—!

일행들이 뱀에만 신경을 쓰고 있는 사이 테라토스가 달려들어 앞발로 방어막을 내려친 것이다. 자신이 친 방어막을 뚫지 못하는 뱀들의 모습에 잠시 방심하고 있던 로빈은 커다란 충격을 받으며 뒤로 몇 미터나 날아갔다.

"아악! 사제님!"

수국의 비명과 함께 방어막은 사라졌고, 그때를 놓치지 않고 테라토스의 공격이 이어졌다. 먼저 테라토스는 처음 자신을 공격했던 우문충을 향해 앞발을 비스듬히 내려쳤다.

깜짝 놀란 우문충은 자신의 검을 들어 테라토스의 앞발을 가로막았지만 그 충격까지 막지는 못했다.

"윽!"

신음과 함께 우문충의 무릎이 굽혀졌고, 곁에 있던 단은 재빨리 수중의 장검을 휘둘러 테라토스의 가슴을 공격했다.

챙―

날카로운 금속 음과 함께 단의 장검은 불똥과 함께 뒤로 튕겨져 나갔다. 비틀거리며 뒤로 물러서는 단을 향해 10여 마리의 뱀들이 날아갔다. 그 모습을 발견한 데보라는 아로네아를 들어 테라토스를 향해 힘껏 던졌다.

"아쿠아 임펄스!"

쾅!

요란한 소리와 함께 테라토스가 비틀거렸고, 어느새 일어났는지 테라토스의 곁으로 다가선 로빈이 그의 몸에 치유의 구슬을 대고는 힘차게 외쳤다.

"강제 정화!"

"크아악!"

테라토스의 옆구리에서 섬광이 일어남과 동시에 그의 몸은 거의 10여 미터 이상 날아가 땅 위를 뒹굴었다. 쓰러진 테라토스의 몸이 움직이지 않는 것을 확인한 단은 놀란 가슴을 진정시키며 자기도 모르게 중얼거렸다.

"이제야 끝이 난 것인가?"

"조심하세요. 테라토스의 몸을 감싸고 있는 저 검은색 악의 기운이 흩어지지 않은 한 테라토스는 절대 죽지 않아요."

"웨이브 어택!"

데보라의 앙칼진 외침과 동시에 테라토스가 쓰러져 있는 지면에서 수십 개의 물기둥이 솟구쳤다. 테라토스의 몸이 허공으로 솟구치는 것을 확인한 데보라는 다시 한 번 아로네아로 테라토스를 가리키며 외쳤다.

"아쿠아 실Aqua Seal!"

순간 솟구쳤던 물기둥이 하나로 뭉쳐 테라토스를 둥글게 감쌌다. 그리고 사람들의 눈에 물속에서 몸부림치고 있는 테라토스의 모습이 보였다.

"빌어먹을 놈, 네놈이 죽을 때까지 봉인을 해주마. 프리징!"

데보라의 외침이 끝남과 동시에 테라토스를 감싸고 있던 물이 얼음으로 변하기 시작했다.

데보라가 아로네아에 자신의 마나를 주입하기 시작한 것도 벌써 상당한 시간이 지나갔다. 시간이 지나면 지날수록 데보라의 안색이 창백해지는 것을 발견한 로빈은 그녀가 걱정이 되었다.

"이제는 되었을 거예요, 데보라님."

그 말을 듣는 순간 아로네아에 주입되던 데보라의 마나가 끊겼고, 허공에 떠 있던 커다란 얼음 덩이가 지상으로 떨어져 산산조각이 났다. 그와 함께 테라토스의 몸도 산산조각이 났다. 재빨리 다가간 로빈은 조각난 테라토스의 몸에 치유의 구슬을 갖다 대며 강제 정화를 하기 시작했다.

그때마다 아주 엷은 검은색 연기가 피어 올랐다가는 허공 중에서 사라졌다. 로빈이 막 조금 커다란 조각으로 다가가는 순간 얼음 조각으로부터 검은색 구름이 쏟아져 나와 로빈을 강타했다.

펑!

로빈이 엄청난 충격과 함께 뒤로 날아가자 뒤에 서 있던 단이 재빨리 그를 안아 들었다. 그러는 사이 허공으로 떠오른 검은색 구름은 빠른 속도로 남쪽으로 날아갔다.

"크흐흐흐, 오늘은 방심해 너희들에게 패했지만 다음엔 반드시 너희들을 제물로 삼아주마. 날 기다려라. 크하하하."

"도망치는 놈이 큰소리는⋯⋯. 그보다 로빈, 괜찮아?"

"놀라긴 했지만 상처는 없습니다."

"정말 다행이오, 로빈 사제."

단과 수국은 로빈을 부축한 채 마차로 향했고, 우문충은 오늘 자신이 겪은 일을 아마도 평생 동안 잊지 못할 것이란 생각이 들었다.

*　　　*　　　*

금라산에서 선주 현으로 돌아가는 길 내내 데미안은 한마디도 하지 않았다. 강찬휘는 하루 뒤 합류하기로 한 탓에 지금 데미안의 곁에는 주중천밖에 없었다.

그날 데미안은 이무결과 산 정상에 올라갔다 내려온 후부터 한마디도 하지 않았다. 처음엔 막연하게 그에게 무슨 일이 생긴 것 같다고만 생각했는데, 그 시간이 하루가 넘어가자 은근히 신경 쓰이기 시작했다.

자신이 본 데미안은 장난을 잘 치거나 소란스럽다고 할 정도로 활발한 성격은 아니었지만 자신이 할 말만큼은 분명히 표현하는 사람이었다. 그랬던 사람이 갑자기 입을 다무니 주중천으로서도 답답한 일이었다.

객잔에 투숙해서도 마찬가지였다.

간단히 요기를 하면서도 데미안은 여전히 생각에 잠긴 얼굴이었다. 주중천은 가볍게 한숨을 쉬며 식사를 했다. 주중천이 식사를 거의 마쳤을 때 갑자기 데미안이 입을 열었다.

"중천."

"예?"

갑작스런 말에 주중천은 깜짝 놀랐다.

"중천은 어떻게 생각하는지 물어보고 싶은 말이 있소."

"말씀하십시오, 대인."

"만약에… 만약에 말이오. 중천이 부모에게 버림을 받았다면 어떻게 하겠소?"

"부모가 자식을 버렸단 말입니까?"

"그렇소."

"세상에 어떻게 그런 일이……."

자신도 모르게 중얼거리던 주중천은 갑자기 데미안이 왜 자신에게 그런 것을 물어보는지 이유를 알 수는 없었지만 일단 자신의 생각을 말했다.

"우선 묻겠습니다. 그 부모는 어떤 사정 때문에 자식을 버린 것입니까?"

"사정? 후후후."

나직하게 웃는 데미안의 얼굴은 슬픔이 가득 배어 있는 얼굴이었다.

"그럼, 아무 사정도 없는데 자식을 버렸단 말입니까? 믿을 수 없군요."

"무엇이 믿을 수 없단 말이오?"

"부모와 자식은 하늘이 맺어준 인연입니다. 그렇기에 천륜(天倫)이라고 부르는 것입니다. 도저히 자식을 키울 수 없는 절박한 이유가 없음에도 불구하고 자식을 버린 부모가 있다면 그 사람들은 부모가 될 자격이 없는 사람들입니다."

"잠깐, 중천, 내 질문을 이해 못한 것 같은데… 내가 묻고 싶은 것은 그 사람들이 부모 자격이 있는지 없는지 그것을 알고 싶은 것이 아니라 버림을 받은 자식이 그 부모를 어떻게 해야 하느냐는 것이오."

데미안의 설명에 주중천은 쉽사리 입을 열 수 없었다. 말하기 좋아 부모 자격이 없다는 것이지, 버림받은 자식이 어떤 고통과 설움 속에서 성장했을지 모르는 일이 아닌가?

"자식을 낳은 이유가 단지 태어나는 아이가 장차 무술에 재능이 있을까, 아니면 학문에 재능이 있을까 하는 내기를 하기 위해서라면 말이오."

주중천은 지금 데미안이 자신에게 무슨 말을 하고 있는지 이해할 수 없었다.

세상에 그런 내기를 하기 위해 아이를 낳다니……. 자신으로서는 도저히 믿을 수 없는 일이었다. 하지만 데미안이 자신에게 이런 말을 했을 땐 나름대로 이유가 있을 것이란 생각도 들었다. 또 이 질문이 산 정상에서 데미안이 터뜨렸던 광소(狂笑)와 연관이 있을 것이란 생각이 들어 함부로 이야기할 수도 없었다. 하지만 꼭 확인하고 싶었다.

"정말 그런 사람이 있습니까?"

"그런 사람이라기보다는 그런 존재가 있소."

주중천은 데미안의 말을 이해하기 힘들었다. 그런 사람이나 그런 존재나 대체 뭐가 다르다는 것인지.

고개를 흔드는 주중천의 모습을 데미안은 그저 묵묵히 바라볼 뿐이었다.

굳게 입을 다물고 있던 주중천이 입을 연 것은 한참 후의 일이었다.

"자신을 버린 부모가 밉고 원망스럽겠지만 그래도 자신을 낳아주고 키워준 부모인데 어떻게 할 수 있겠습니까?"

"그럼, 그냥 용서를 해야 한단 말이오?"

조금은 화가 난 듯 보이는 데미안의 모습에 주중천은 무슨 말을 해야 좋을지 몰랐다.

"제가 말씀드린 것은 제 입장에서 생각했을 때 그렇다는 겁니다. 다만 제가 드리고 싶은 말은 부모가 자식을 선택해서 낳은 것이 아닌 것처럼 자식들 역시 부모를 선택해서 태어날 순 없다는 겁니다. 하늘이 맺어준 인연이라는 것을 다시 한 번 생각해 보시기 바랍니다."

주중천 역시 이무결과 비슷한 이야기를 했다.

물론 머리로는 이해가 가지만 가슴으로는 여전히 용서할 수 없었다.

"알겠소. 내일은 힘든 하루가 될 것 같으니 그만 쉬도록 하시오."

데미안의 말에 주중천은 하는 수 없이 자리에서 일어났고, 자리에 남은 데미안은 천천히 술잔을 들이켰다.

다음날 일찍 출발한 데미안과 주중천은 선주 현을 향해 빠르게 말을 몰았다. 말을 달리면서도 어제저녁의 일이 생각나 주중천은 연신 데미안의 얼굴을 훔쳐보았다. 하지만 뜻밖에도 데미안의 얼굴은 편안해 보였다.

안심이 되기도 하는 한편 또한 불안한 마음이 들기도 했다. 그러는 사이 그들은 황무지에 도착했다. 데미안이 도착하기를 기다렸던 선주 현의 현령은 데미안에게 허리를 숙였다.

"대인, 어서 오십시오."

말에서 내리고 보니 선주 현 현령 곁에 네 명의 사내가 서 있는 것이 보였다. 데미안의 눈길을 발견한 선주 현의 현령이 먼저 입을 열었다.

"여기 이 사람들은 선주 현과 접해 있는 석강(錫姜), 음청(陰晴), 사혜(思慧), 비령(조零) 현의 현령들입니다. 방벽 작업을 도왔습니다."

"수고 많았네. 그사이 쥐들이 출몰하지는 않았나?"

"다행히 쥐로 인한 피해는 없었습니다."

"다행이군. 병사들은?"

"말씀하신 대로 약 2천 명 정도의 병사들이 대기하고 있습니다."

"알았네."

데미안이 대답과 함께 방벽을 넘어 황무지로 향하려고 할 때였다.

"대인, 잠깐만 기다리십시오."

커다란 외침에 고개를 돌리고 보니 강찬휘가 빠른 속도로 달려오고 있는 모습이 보였다. 옷에 흙먼지가 잔뜩 묻은 것을 보면 금라산에서 쉬지 않고 달려온 것이 분명했다.

자신의 일이 아님에도 불구하고 자신을 돕기 위해 달려온 강찬휘가 너무나 고마웠다. 헌데 강찬휘의 모습이 조금 달라졌다.

며칠 전까지만 하더라도 보지 못했던 검집을 차고 있었던 것이다. 한 뼘 크기의 가죽 띠에는 어른 손가락 두 개 크기를 가진 수십 개의 작은 비도(飛刀)가 빼곡하게 꽂혀 있었다.

"제가 조금 늦었습니다."

"아닙니다. 잠시 쉬었다 시작할까요? 모습을 보니 쉬지도 못하신 것 같은데……."

"괜찮습니다. 사람들을 해치는 쥐들을 있다는 것을 알면서 쉴 수는 없지 않겠습니까?"

그런 강찬휘에게 데미안은 그저 미소를 지을 뿐이었다.

잠시 후 두 사람은 방벽을 넘어 황무지로 들어섰다.

데미안은 미디아를, 강찬휘는 한 손에는 네 자루의 유엽비도를, 또 다른 한 손에는 본인의 장검을 나누어 들었다. 데미안과 강찬휘는 긴장한 채 주위를 둘러보았지만 쥐 떼의 모습은 보이지 않았다.

데미안은 재빨리 플레임을 불렀다.

"부르셨어요, 데미안님?"

"지하에 물이 흐르는 곳이 있다는데 찾을 수 있겠어?"

"잠깐만 기다리세요."

허공으로 날아오른 플레임은 주위를 돌아다니면서 수맥이 있는 곳을 찾았다. 그리고는 곧 돌아왔다.

"저곳의 지하에 물이 흐르고 있어요. 하지만 거의 30미터 지하에 있어요."

플레임의 말에 데미안은 고개를 끄덕였다. 그리고는 강찬휘에게 자신의 계획을 말했다. 그렇지 않아도 대체 데미안이 무슨 방법으로 쥐들을 상대할지 궁금해하던 강찬휘는 그제야 데미안의 생각을 알게 되었지만 과연 계획대로 될지는 의문이었다. 하지만 일단은 데미안의 계획대로 하기로 했다.

천천히 지옥이도류의 구결대로 마나를 일으킨 데미안은 미디아에 마나를 집어넣었다. 그리고는 전면의 흙 무덤을 향해 크게 원을 그렸다.

"혈륜!"

며칠 전 이무결 앞에서 펼쳤던 모습과는 다른 지름이 2미터는 족히 되어 보이는 커다란 핏빛 원이 흙 무덤을 향해 날아갔다. 그리고 섬광이 터졌다.

펑!

흙이 거의 3, 40미터는 허공으로 치솟았다. 그와 동시에 흙 무덤과 사방의 지면을 뚫고 쥐들이 몰려나왔다.

데미안과 강찬휘는 재빨리 긴장을 하고 쥐들을 살폈다. 두 사람은 일전에 보았던 붉은색 털을 가진 쥐들을 찾았다. 역시나 쥐들 사이에 드문드문 섞여 있었다.

데미안은 재빨리 강찬휘에게 손짓해 흙 무덤에서 조금 떨어진 곳으로 이동했다. 그들이 이동하는 동안에도 쥐들은 두 사람을 포위한 채 이동했다.

황무지를 덮은 쥐 떼들의 이동이 마치 검은 파도가 출렁이는 바다를 보는 듯했다. 보기만 해도 질리는 모습이었다.

쥐들이 10미터 앞으로 다가올 때까지 기다린 데미안은 재빨리 허공으로 치솟았다. 30미터 가까이 허공으로 올라간 데미안은 온몸의 마나를 미디아로 집어넣었다. 그리고는 조금 전 플레임이 가리킨 곳을 향해 힘껏 미디아를 휘둘렀다.

"블러드 라이트닝!"

데미안의 힘찬 외침과 동시에 미디아에서 쏟아져 나온 붉은 광선이 그대로 지면으로 떨어졌다. 강찬휘는 거대한 폭발이 일어날 것이라고 생각을 했지만 실제로는 아주 작은 소리만 들렸다. 또 무슨 일이 일어날 것으로 예상을 했지만 실제로는 아무 일도 일어나지 않았다.

쥐들은 여전히 포위한 채 꿈쩍도 하지 않았고, 데미안은 여전히 허공에 뜬 채였다. 강찬휘가 자신을 노려보고 있는 쥐들을 어떻게 처리해야 좋을지를 고심하고 있을 때 데미안이 허공에서 내려왔다.

"이제 조금만 있으면 물이 솟구쳐 오를 겁니다. 그때까지만 쥐들의 공격을 막아내면 됩니다."

"알겠습니다. 그럼 대인께서 저쪽을 맡아주십시오."

고개를 끄덕인 데미안은 미디아를 잡은 손에 힘을 주었다. 쥐들과 대치를 한 지 30분 정도가 지났을까?

쥐들이 조직적으로 움직이기 시작했다. 수십 개의 무리로 나뉘어지더니 가장 앞쪽에 있던 쥐들부터 공격을 시작했다. 수백 수천 마리가 한꺼번에 달려들었다.

미리 준비를 하고 있던 데미안은 자신을 향해 달려드는 쥐들을 향해 미디아를 힘껏 휘둘렀다.

스윽!

단 한 번의 움직임에 수십 마리의 쥐들이 두 동강이 난 채 지면으로 떨어졌다. 그러나 더욱 많은 쥐들이 데미안에게 달려들었다. 데미안의 움직임이 더욱 빨라졌다. 동시에 그의 손에 들려 있던 미디아도 무수한 그림자를 허공 속에 뿌렸다.

등 뒤에 있던 강찬휘도 덤벼드는 쥐들을 베며 간간이 보이는 붉은 털을 가진 쥐들을 향해 은으로 만든 유엽비도를 던졌다. 그러나 그때마다 붉은 털의 쥐들은 무리 속에 자신의 몸을 감춰 강찬휘의 비도를 피했다.

얼마나 시간이 지났을까?

두 사람의 옷은 허공에 뿌려진 쥐들의 피로 검붉게 변했다. 데미안은 자신에게 덤벼드는 쥐들을 사정없이 베며 주위를 둘러보았다. 그리고 조금 전 자신이 시전한 블러드 라이트닝의 흔적에서 흘러나온 물이 주위로 퍼진 것을 확인했다.

이미 지면은 흥건하게 젖어 있었다. 그 사실을 확인한 데미안은 재빨리 강찬휘의 손을 잡았다. 강찬휘는 지체없이 허공으로 몸을 날렸다.

허공으로 치솟은 데미안은 양손이 터져 나갈 정도로 마나를 집중시켰다. 그리고는 지면을 향해 손을 뻗었다.

"체인 라이트닝!"

새하얀 번개가 지면으로 떨어졌고, 젖어 있던 지면을 하얗게 물들이며 사방으로 퍼져 나갔다. 그와 동시에 기이한 소음과 함께 쥐들의 몸이 일제히 터져 나갔다.

너무나 갑작스런 공격에 쥐들도 놀랐는지 그 자리에서 미동도 하지 않았다. 단 한 차례의 공격으로 수천 마리의 쥐들이 몰살을 당했지만 쥐들은 여전히 황무지를 덮고 있었다.

자신의 공격이 효과가 있다는 것을 확인한 데미안은 계속해서 체인 라이트닝 스펠을 캐스팅해 펼쳤다. 계속되는 데미안의 공격에 쥐들의 숫자가 빠른 속도로 줄어들기 시작했다.

수천 마리들의 쥐들이 몸이 터져 나가거나 새카맣게 타버렸고,

언제까지나 움직이지 않을 것 같던 쥐들이 천천히 뒤로 물러서기 시작했다.

허공으로 치솟았던 강찬휘가 지면으로 내려오며 뒤로 물러서는 쥐들을 향해 힘껏 양손을 뻗었다.

"극음한령장(極陰寒靈掌)!"

하얀 기류가 전면을 향해 날아가는 순간 하얀 기류에 닿는 모든 것이 꽁꽁 얼어붙었다. 그 모습을 발견한 데미안은 비교적 마나의 소모가 적은 아이스 윈드의 스펠을 캐스팅했다.

"아이스 윈드!"

그러자 데미안의 손에서 뿌연 기류가 전면을 향해 소용돌이치며 날아갔고, 미처 도망치지 못한 쥐들은 그대로 얼어 깨져 나갔다. 게다가 지면이 젖어 있어 발이 얼어붙어 도망치지 못한 쥐들은 공포를 느끼는지 마구 울부짖고 있었다.

그 모습을 발견한 데미안과 강찬휘는 더욱 힘을 내 쥐들을 공격했다.

얼마나 많은 쥐들이 죽어갔는지 몰랐다. 정신없이 공격하던 두 사람은 자신들이 흙 무덤에서 상당히 떨어졌다는 것을 깨달았다. 데미안은 지체없이 파이어 볼을 날렸다.

펑!

작지 않은 소리와 함께 불길이 사방으로 퍼져 나갔다.

자신이 지시한 대로 선주 현의 현령이 미리 지면에 뿌려두었던 기름에 불이 붙어 사방으로 퍼져 나가는 것을 보고 데미안과 강찬휘는 일단 숨을 돌이켰다.

불 속에서 몸부림치던 쥐들은 사방으로 도망치기 시작했다. 그 모습에 데미안은 자신의 명령을 기다리고 있던 선주 현의 현령에게 메시지의 스펠을 캐스팅했다.

"지금부터 열을 센 다음 공격을 시작하시오."

데미안이 나타나기를 기다리던 선주 현의 현령은 갑자기 데미안의 음성이 들리자 소스라치게 놀랐지만, 이내 대기하고 있던 병사들에게 공격 준비를 명령했다. 그리곤 천천히 마음속으로 숫자를 세기 시작했다.

마지막 수를 센 다음 하늘 높이 쳐들었던 현령의 손이 힘차게 내려왔다. 그러자 대기하고 있던 병사들이 일제히 불화살을 쏘았다. 그러자 황무지 일대가 모조리 불바다로 변하였다.

병사들은 작은 병에 기름을 담아 화살에 매단 다음 황무지를 향해 계속 쏘아댔다. 그렇게 1시간 정도가 지나자 대부분의 쥐들은 불에 타 죽었다. 하지만 황무지를 까맣게 뒤덮은 쥐들의 잔해 속에 붉은 털을 가진 쥐들의 모습은 전혀 찾아볼 수 없었다.

데미안과 강찬휘가 정신을 차렸을 땐 이미 400여 마리의 쥐들이 자신들을 포위한 후였다.

눈빛에서 붉은빛이 도는 것이 광기에 휩싸였다는 것을 쉽게 짐작할 수 있었다. 쥐들을 살피던 데미안의 눈에 거의 50센티미터는 넘어 보이는 커다란 쥐가 보였다. 그 쥐는 크기뿐만 아니라 모양도 다른 쥐들과는 달랐다.

온몸에 붉은 털이 덮인 것은 물론 눈과 눈 사이에는 7센티미터 정도의 붉은 뿔이 돋아 있었다. 그리고 그 쥐가 대장인 듯 가장 뒤쪽에서 데미안과 강찬휘를 노려보고 있었다.

"크크크, 잠깐의 방심으로 너희에게 당했지만 이제 너희를 제물로 해 더욱 잔인하게 인간의 마을을 휩쓸어주마."

  그와 함께 쥐들의 움직임이 기민해졌다. 데미안과 강찬휘를 중
앙에 둔 채 둥글게 원을 그리며 돌기 시작했다. 그것도 잠시, 쥐들
의 공격이 시작되었다.

  마나가 주입된 데미안의 미디아는 붉은색으로, 기가 주입된 강
찬휘의 검은 파란색으로 물들었다. 그와 동시에 대장 쥐의 입에서
도 검붉은 연기 같은 것이 흘러나와 데미안들을 포위하고 있던
쥐들의 머리 위를 뒤덮기 시작했다.

  쥐들의 모습은 곧 검은 연기 속으로 사라졌고, 데미안과 강찬휘
역시 연기 속에 파묻혔다. 미디아는 검은 연기 속에서 붉은빛이었
지만 빛나고 있었다. 데미안은 미디아를 든 채 검은 연기 속에서
빠르게 움직이는 쥐들의 동정을 살폈다. 하지만 움직임만 느껴질
뿐 쥐들의 모습은 찾을 수 없었다.

  강찬휘도 쥐들의 움직임이 느껴질 때마다 몇 차례나 유엽비도
를 던졌지만 유엽비도에 맞은 쥐는 한 마리도 없었다. 그 모습에
강찬휘는 더욱 빠른 속도로 유엽비도를 던졌지만 결과는 마찬가
지였다.

  보통 방법으로는 도저히 쥐들을 상대할 수 없다는 것을 깨달은
데미안은 난감한 표정을 짓고 있는 강찬휘의 어깨를 건드렸다. 그
리고는 전면을 향해 미디아를 휘두르며 달려나갔다. 강찬휘는 영
문도 모르면서 데미안의 뒤를 따랐다.

  허공에 그려진 미디아의 궤적에 따라 검은 연기가 갈려졌고, 데
미안과 강찬휘는 그 사이로 재빨리 빠져나갔다. 그리고는 쏜살같
이 앞으로 달려나갔다.

  갑작스런 데미안과 강찬휘의 행동에 잠시 멈칫하던 쥐들은 곳
두 사람의 뒤를 따라 빠른 속도로 달려갔다. 쫓고 쫓기는 추격전

이 한동안 계속되었다.

　조금씩 간격이 벌어지기 시작했을 때, 갑자기 데미안이 걸음을 멈췄다. 그리곤 강찬휘를 향해 외쳤다.

　"강 대협, 멈추지 말고 계속 달리시오!"

　강찬휘는 데미안의 말을 이해할 수는 없었지만 일단 그대로 앞으로 달려가다 데미안과의 거리가 거의 100여 미터쯤 차이가 났을 때 돌아섰다. 그런 강찬휘의 눈에 허공으로 치솟은 데미안과 데미안을 노린 채 포위하고 있는 쥐들의 모습이 보였다.

　막 걸음을 옮기려던 강찬휘의 귀에 힘찬 데미안의 외침이 들렸다.

　"헬 버스트!"

　방원 100여 미터에 달하는 지역에 흙먼지가 순식간에 솟구치며 주위를 온통 휘감았다. 엄청나게 일어난 흙먼지로 데미안의 모습이나 쥐들의 모습을 전혀 식별할 수 없었다.

　긴장하며 그 광경을 바라보던 강찬휘는 데미안의 안위가 걱정이 되어 더 이상 참고 기다릴 수 없었다.

　그 순간 흙먼지를 뚫고 붉은색의 쥐 한 마리가 튀어나왔다. 너무도 갑작스런 일이기에 강찬휘는 잠시 멈칫했을 뿐 그 대장 쥐를 보고도 공격하지 못했다.

　"블러드 라이트닝!"

　시뻘긴 번개가 하늘에서부터 지상으로 내리꽂혔다.

　강찬휘의 눈에 붉은 번개가 대장 쥐의 머리를 꿰뚫는 모습이 마치 눈에 각인될 것처럼 너무도 선명하게 보였다. 번개에 꿰뚫린 대장 쥐는 머리가 새까맣게 타버린 모습으로 비틀거리며 심하게 경련을 일으켰다.

강찬휘는 그 모습을 멍하니 바라보고 있었고, 아직까지 휘몰아치는 흙먼지를 뚫고 데미안이 미디아를 든 채 걸어나왔다. 순간 강찬휘의 눈에는 그런 데미안의 모습이 너무도 당당하게 보였다. 그런 데미안이 모습이 너무나 눈부셔 강찬휘는 미처 대장 쥐가 죽었다는 사실을 깨닫지도 못했다.

데미안은 미디아를 든 채 강찬휘의 곁으로 다가와 그때까지 경련을 일으키고 있는 대장 쥐를 바라봤다. 그리고는 대장 쥐의 머리를 그대로 내려쳤다.

퍽!

미디아가 대장 쥐의 목을 자르고 지면에 틀어박혔다. 미디아에 의해 목이 잘려 나가는 순간 대장 쥐의 몸통이 검은 연기로 변해 공기 중으로 흩어졌다.

데미안은 그 모습을 보고서야 안도의 한숨을 내쉬었다. 그 모습을 발견한 강찬휘는 나머지 쥐들이 어떻게 되었는가를 물어보려 했다. 그러나 데미안의 어깨 뒤로 보이는 모습에 입을 다물었다.

헬 버스트가 펼쳐진 지역은 거의 지면 30센티미터까지 뒤집혀져 있었다. 쥐들은 난도질의 단계를 뛰어넘어 거의 으깨져 있었다. 그 모습에 감탄을 하면서 다시 고개를 돌려 데미안의 얼굴을 바라보았다.

그는 극심한 피곤으로 지쳐 보였다.

사실 이무결을 만나기 전까지라면 데미안의 몸속에 있던 마나의 양으로는 헬 버스트나 블러드 라이트닝을 한 번 펼치는 것이 고작이었다. 그것도 원래 위력의 몇 분의 일에 불과하지만 말이다. 하지만 이무결의 지도를 받은 후 공격할 때 몸속의 마나의 양을 조절해 공격하는 것이 가능해진 것이다. 설사 그렇다 하더라도 연

속적으로 두 번의 공격을 하기엔 턱없이 마나가 부족한 형편이었
다.

"대인, 제가 부축해 드리겠습니다."

"감사합니다, 강 대협."

데미안은 강찬휘의 부축을 받으며 걸음을 옮겼다. 그런 두 사람
의 발 밑에는 새카맣게 탄 쥐들의 잔해가 사방에 널려 있었다.

"이제 어디로 가실 생각이신지요?"

"글쎄요, 일단은 괴수가 나타났다는 정주 현에 가볼 생각입니다
만……."

"제가 따라가도 괜찮겠습니까?"

강찬휘의 말에 데미안은 발걸음을 멈췄다.

"제가 먼저 드리고 싶었던 말씀이었습니다. 하지만 미안해서 그
말씀을 드릴 수 없었는데… 정말 감사합니다."

서로를 바라보는 두 사람의 얼굴에는 미소가 걸렸다.

*   *   *

"그 빌어먹을 지존성모의 총단은 어디에 있다는 것이지?"

"어머! 어떻게 지존성모님께 그런 불경한 말씀을 하실 수 있어
요? 마린님은 그분에 대한 예의도 없으신가요?"

자신은 분명 한마디를 했는데 대드는 월령은 몇 마디를 했는지
셀 수도 없을 지경이었다. 자신에게 바락바락 대드는 월령의 머리
를 단숨에 날려 버리고 싶은 것을 꾹 참느라 마브렌시아는 이를
악물어야 했다.

그런 마브렌시아의 모습을 발견하고야 월령은 그녀가 며칠 전

자신들을 습격한 산적들의 머리를 모조리 으스러뜨렸다는 사실이 떠올랐다. 황급히 추우의 뒤로 숨은 월령의 얼굴은 하얗게 변해 있었다.

"총단은 앞으로도 거의 한 달 이상 가야만 합니다, 마린님."

추우의 조용한 대답에 마브렌시아의 분노는 폭발했다.

"뭐라고? 한 달 이상?"

마치 텔레포트라도 했는지 추우의 눈앞에서 사라진 마브렌시아의 모습은 목련의 앞에 나타났다.

"야! 이 빌어먹을 놈아! 지존성모인지 무엇인지의 총단이 그리 멀지 않은 곳에 있다고 했잖아. 그런데 이게 어떻게 된 일이지? 어디 말을 해보란 말이야!"

"컥, 캑, 캑, 목… 목 좀……"

시뻘겋게 변한 목련의 얼굴을 보고서야 마브렌시아는 그의 먹살을 놓아주었다. 하지만 목련은 한참 동안을 콜록거리느라 아무 말도 하지 않았다.

사실 목련은 기침하는 척하며 열심히 머리를 굴리고 있었다.

마브렌시아가 보기 싫은 것은 사실이지만 자신에게는 그녀를 제지할 실력이나 능력이 없었다. 능력만으로 따지자면 차라리 추우가 훨씬 나았다. 하지만 추우는 지존성모의 제자가 된 지 얼마 되지 않았기에 자신의 힘을 제대로 활용하는 방법을 모르고 있었다.

게다가 일전에 보여준 그녀의 무지막지하고 살벌한 모습이 너무도 선명하게 뇌리에 박혀 있어 과연 추우가 그녀를 막을 수 있을지 의문이 아닐 수 없었다.

화가 난 자신에게 사실대로 이야기할 생각은 하지 않고 잔머리

를 굴리려 하는 목련의 태도에 마브렌시아는 그대로 분노를 터뜨
렸다.

"감히 네가 날 희롱하려 해?!"

마브렌시아는 자신의 바스타드 소드를 뽑아 들고는 검의 옆면
으로 목련을 사정없이 내려쳤다. 그런데 검이 내려친 곳이 묘한
곳이었다.

철썩!

바로 엉덩이였다. 마브렌시아는 마치 잘못을 저지른 아이의 엉
덩이를 때리는 어머니처럼 목련의 허리를 잡고는 사정없이 볼기
를 내려쳤다.

철썩철썩!

이건 망신 중에서도 개망신이었다. 갑작스런 마브렌시아의 행동
에 추우와 월령은 멍한 표정을 지었다. 아무리 특이한 성격의 마
브렌시아라고 하더라도 50이 다 된 목련의 엉덩이를 때릴 줄은 상
상도 못했다.

목련의 엉덩이를 두들기던 마브렌시아는 갑자기 멈췄다.

때릴 만큼 때렸기에 그만둔 것인지, 아니면 때리는 것에 흥미를
잃은 것인지 알 수는 없지만 갑자기 일어선 마브렌시아는 갑자기
동쪽 하늘을 바라보았다.

엄청난 신성력의 폭발이 있었다.

이 정도 신성력의 폭발이라면 인간의 몸에서 뿜어져 나올 수준
의 것이 아니었다. 그렇다면 결론은 한 가지뿐이었다. 신의 능력을
가진 어떤 것으로부터 신성력이 폭발한 것이었다. 지상에서 그만
한 신성력을 가진 것이라면 신의 무기를 제외하곤 존재할 수 없
었다.

"매직 서클!"

순간 마브렌시아의 전면에 검붉은 원이 생겨났고 마브렌시아는 서슴지 않고 들어섰다. 그와 함께 검붉은 원은 순식간에 작아지더니 곧 없어졌다.

그 모습을 지켜보던 추우와 월령은 마브렌시아가 사라진 곳을 멍하게 바라보고 있었고, 목련은 부풀어 오른 엉덩이 때문에 몸을 펴지도 굽히지도 못한 엉거주춤한 자세로 서 있었다. 하지만 자신의 능력으로 어쩔 수 없었던 마브렌시아가 사라진 것이 너무도 기뻐 눈물을 흘리며 웃고 있었다.

제8장
데미안을 찾아서

"지금 저게 뭘 하는 거지?"

"난들 아나?"

사람들은 땀을 뻘뻘 흘리며 열심히 마법진을 만들고 있는 뮤렐을 바라보고 있었다. 태어나 한 번도 마법진을 본 적이 없는 그들이기에 뮤렐이 하는 짓이 신기하기만 했다.

한쪽에서 그 모습은 지켜보던 헥터와 라일은 지금 차이렌이 무슨 짓을 하는 것인지 이해할 수 없었다.

한참의 시간이 지나서야 조금은 엉성하게 보이는 마법진이 완성되었다. 뮤렐이 마법진을 완성하자 헥터와 라일이 그에게 다가왔다. 그리고 그에게 말을 건넸다.

"뮤렐에게 마법진을 만들도록 한 이유가 뭔가?"

"만약의 경우를 대비하기 위해서입니다."

"만약의 경우라니? 그게 무슨 말인가?"

"그 이야기는 잠시 후에 하도록 하죠. 이봐, 뮤렐. 뭐 하고 있어? 어서 시작하자고."

"하지만 전 이제야 겨우 스펠을 외었을 뿐입니다. 파이어 볼도 제대로 만들 줄 모르는 제가 이렇게 높은 싸이클의 마법을 성공시킬 리 없지 않습니까?"

"이봐, 해보지 않으면 모르는 거잖아. 뭐 해? 일단 해보라니까. 내가 도와준다고 하잖아."

차이렌의 음성이 높아지자 뮤렐은 어쩔 수 없이 마법진의 중앙에 섰다.

그 모습을 구경하던 사람들의 눈이 휘둥그레졌다. 젊은이로만 알았던 뮤렐의 입에서 늙은이의 음성과 젊은이의 음성이 번갈아 흘러나왔으니 사람들이 놀라는 것은 당연했다.

뮤렐은 천천히 스펠을 캐스팅했다.

"디텍트 아티펙트."

뮤렐의 눈이 푸른빛에 싸이는 순간 뮤렐의 몸이 천천히 공중으로 떠올랐다. 사방을 둘러보던 뮤렐의 몸이 다시 마법진의 중앙으로 내려선 것은 조금 후의 일이었다. 그런 뮤렐의 옷은 땀으로 흠뻑 젖어 있었다.

"찾은 것이 있는가?"

"미디아에서 느낀 적이 있던 신성력과 비슷한 기운이 남쪽에서 느껴졌어요. 하지만 다른 기운은 전혀 느낄 수 없어요."

"미디아와 같은 기운? 그렇다면 데미안이 남쪽에 있단 말인가?"

"저로서는 확신할 수 없습니다."

"데미안이 확실합니다."

차이렌이 곧바로 말을 이었다.

"신성력이 느껴진 곳이 이곳에서 얼마나 먼 곳인가?"

"그저 희미하게 남쪽이라고 느껴질 뿐, 정확하게 얼마나 먼 곳인지는 알 수 없습니다."

"그래?"

뮤렐의 말에 라일은 무감각하게 대답을 했지만 헥터가 느끼기에는 왠지 쓸쓸한 그의 기분이 묻어 있는 것 같았다.

사람들은 뮤렐이 새로운 것을 보여주기를 기다렸다가 이야기만 하자 곧 흥미를 잃고 뿔뿔이 흩어졌다. 그 모습을 지켜보던 헥터가 입을 열었다.

"조금 전 후일을 대비한다고 했는데 그게 무슨 말입니까?"

"자넨 배도 안 고픈가? 밥이나 먹으러 가세."

"차이렌님도 배가 고프십니까?"

"내가 아니라 뮤렐이란 녀석이 꽤나 지친 것 같아. 식사도 해야 할 것 같고."

뮤렐, 아니, 차이렌은 그 말을 남기고 식당으로 가버렸다. 뒤에 남은 라일과 헥터는 서로의 얼굴을 보고는 곧 차이렌을 따라갔다.

간단하게 요기할 것을 주문한 차이렌은 두 사람이 오기를 기다렸다. 헥터와 라일이 앞 자리에 앉자 차이렌이 라일을 향해 입을 열었다.

"먼저 라일님께 묻고 싶은 것이 있습니다."

"뭔가?"

"이곳 이스턴 대륙에 도착한 후 몸이 이상함을 느끼지 않으셨습니까?"

라일은 자신 몸에 이상이 생긴 것을 설마 차이렌이 알고 있을 줄은 몰랐다.

"자넨 그 이유를 알고 있는가?"

"제 예상이 맞다면 아마 악의 기운 때문일 겁니다."

"악의 기운?"

"깨어진 신의 봉인에서 흘러나온 악의 기운이 이스턴 대륙 전체를 뒤덮고 있기 때문에 라일님께서 그 영향을 받고 계시는 것입니다."

"그럼 라일님께 어떤 부작용이 있는 겁니까?"

"부작용? 후후후."

차이렌은 헥터의 질문에 대답할 생각은 하지 않고 웬일인지 씁쓸한 웃음을 지었다.

"아마 이전보다 검술이 한 단계 이상 높아지셨을 것이네."

"예?"

헥터는 지금 차이렌이 무슨 말을 하는 것인지 이해를 할 수 없었다.

"그게 문제가 됩니까?"

"문제가 되지. 라일님은 저주에 걸린 몸이 아니신가. 저주라는 것이 뭔가? 마법사가 악마에게 자신의 영혼을 팔아 그 힘을 빌려 상대를 해치우는 것이란 말이네. 다시 말하자면 라일님은 악마에게 힘을 빌린 마법사에게 저주가 걸렸기 때문에 악의 기운이 충만한 이 이스턴 대륙에선 본인이 가진 힘이 증폭되지. 하지만 문제는 저주에 걸린 몸이기 때문에 악마에게 당하기도 쉽다는 말이네."

그제야 헥터는 라일에게 생길 수 있다는 문제가 무엇인지 알 수 있었다.

"하지만 자네가 후일을 대비해야 하는 이유는 아직 설명하지 않았네."

"저 역시 라일님의 경우와 거의 마찬가지입니다. 특히 저 같은 경우에는 마법을 익혔기 때문에 감히 악마들에게는 대항할 수 없는 상탭니다."

두 사람은 차이렌의 말을 더욱 이해할 수 없었다. 대체 마법을 익힌 것과 악마가 무슨 상관이 있단 말인가?

두 사람의 얼굴에서 전혀 이해하지 못하겠다는 표정을 발견한 차이렌이 그 이유를 설명했다.

"마법이 어디에서 시작된 것인지 아십니까? …신들의 신성력에 대항하기 위해 악마들이 만들어낸 것입니다."

"예? 제가 알기로는 드래곤들이 만든 것으로 알고 있는데, 아닙니까?"

"글쎄… 물론 전해져 내려오는 이야기가 모두 맞는다고는 볼 수 없겠지만, 이런 이야기가 있네. 세상이 열리고 모든 종족들이 번성했을 때 신과 악마와의 대전이 있었지. 모든 종족들이 신의 편에 섰을 때 유일하게 드래곤만이 악마의 편에 섰다고 하네. 악마는 자신의 부하인 드래곤에게 마법을 선물했고, 그때부터 드래곤들이 마법을 사용할 수 있었다고 전해지네."

"그렇다면 차이렌님의 말씀은……?"

"자네의 생각대로 마법은 원래 악마의 것, 특히 나처럼 뮤렐의 몸에 기생하는 경우 악마를 만나게 된다면 아마 그 자리에서 소멸될 가능성이 크네. 해서 뮤렐에게 미리 마법을 가르친 것이네."

"하지만 마법이라는 것은 짧은 시간에 익힐 수 있는 것이 아니지 않습니까?"

"원래대로 하자면 그렇지. 하지만 그동안 내가 뮤렐을 이용해 마법을 펼쳤기 때문에 아마 뮤렐은 기억하지 못해도 뮤렐의 몸은 기억을 하고 있을 것이네. 그리고 무엇보다 뮤렐에게는 불의 검, 누바케인이 있지 않은가? 뮤렐이 어느 정도의 마법을 익힌다면 누바케인의 사용법을 가르쳐야지."

차이렌의 말에 헥터는 자신이 사태를 너무 간단하게 생각한 것은 아닐까 하는 생각이 들었다. 거만한 데다 무서울 것 없이 행동했던 차이렌이 자신의 소멸까지 생각을 했다면 자신도 단단히 각오를 해야만 한다. 게다가 차이렌이 말한 대로 라일이 만약 악마의 지배를 받게 된다면 무엇보다 큰일이었다.

"일단 식사를 한 후 데미안을 찾도록 하지. 일어나세."

라일의 말에 두 사람은 고개를 끄덕였다.

잠시 후 세 사람은 남쪽으로 방향을 잡고 이동을 하기 시작했다. 하지만 이런 속도로 가다간 평생 데미안의 뒤만 쫓을 것 같다는 생각에 서둘러 여행자용 지도를 하나 샀다.

비교적 정확하다는 주인의 말만 믿고 일단 워프를 하기로 하고 숲으로 들어간 세 사람은 장거리 워프용 마법진을 만들었다. 그리고는 곧 워프를 했다.

*　　　*　　　*

선주 현에서 쥐들을 해치운 데미안과 일행들은 다시 정주(汀洲) 현으로 방향을 잡았다.

정주 현은 태국을 관통해 흐르는 주석강(柱石江)의 하류 쪽에 위치한 조금은 큰 상업 도시였다. 타국에서 들어온 상인들이 태국 내에서 유일하게 장사를 할 수 있는 곳으로, 항상 많은 상인들이 몰리는 곳이었다.

데미안이 두 사람과 함께 정주 현에 들린 것은 바다 괴물이 나타난 지 1년 정도가 지났을 때였다.

데미안은 벽에 붙은 종이에 쓴 글을 열심히 읽고 있었다.

실력있는 용병을 모집합니다.

자신의 무술에 자신이 있으신 분들은 현청(縣廳)에 접수를 하시기 바랍니다.

바다 괴물을 처치하시는 분께는 10만 냥의 황금을 포상금으로 드립니다. 일단 참가만 해도 사례비를 드리겠습니다.

정주 현 현령.

"뭘 그리 보고 계십니까?"

"현령이 용병을 모집하는 모양입니다. 우리도 용병으로 한번 참가해 볼까요?"

"용병 말씀입니까?"

데미안의 말에 강찬휘는 그의 얼굴을 바라보았다. 장난스런 미소를 머금고 있는 데미안의 모습에 강찬휘는 그가 무슨 생각을 하고 있는 것인지 전혀 짐작조차 할 수 없었다.

"대인, 일단 식사부터 하시면서 이야기를 나누는 것이 어떠실런지요?"

"그렇게 합시다."

세 사람은 가까운 식당으로 향했다.

주중천이 음식을 주문하는 동안 데미안은 식당 안을 살폈다. 바다 괴물 탓인지는 모르지만 검이나 갖가지 무기로 중무장한 무인들이 대부분이었다.

데미안은 자신의 옆 좌석에서 침을 튀기며 열심히 떠들고 있는 털보 사내를 주목했다.

"한 달 전 출정 때 조금만 더 공격을 했으면 그 바다 괴물을 죽이고 10만 냥의 상금을 차지할 수 있었는데… 정말 아까웠어. 자네들은 그렇게 생각하지 않나?"

근육 덩어리인 팔뚝이나 건장한 체격을 보면 완력이 상당할 것 같았다. 게다가 구릿빛으로 탄 얼굴이 그의 직업이 어부라는 것을 쉽게 짐작할 수 있게 했다.

"저어, 말씀 좀 묻겠습니다."

데미안의 말에 고개를 돌린 털보 사내와 그의 동료들은 데미안의 아리따운(?) 얼굴에 멍한 표정을 지었다. 잠시 시간이 지나도 사내들이 정신을 차리지 못하자 데미안은 재차 입을 열었다.

"저어, 바다 괴물에 대해서 잘 알고 계십니까?"

"무, 물론이오, 낭자."

혹시나 했더니 역시나 자신을 여자로 착각한 것이다.

"그럼, 설명을 부탁드려도 되겠어요?"

데미안이 가증스럽게도 야들야들한 음성으로 질문을 하자 같이 앉아 있던 주중천이나 강찬휘는 어이가 없었다. 대체 어떤 모습이 데미안의 진짜 모습인지 전혀 짐작할 수 없었다.

"에헴, 바다 괴물이라는 것은 사실 진짜 괴물이 아니라 거대한 대왕 오징어를 가리키는 말이오."

"바다 괴물이 대왕 오징어라고요?"

"그렇소이다. 어찌 된 일인지는 모르지만 바다에서만 사는 거대한 대왕 오징어가 주석강에 나타났단 말이오. 그렇게 큰 대왕 오징어를 난생처음 본 사람들은 바다 괴물이라고 부르며 두려워하지만, 바다에서 잔뼈가 굵은 내가 보기엔 틀림없이 대왕 오징어가 분명했소."

털보 사내의 대답에 데미안은 바다 괴물이라는 것이 뜻밖에 대왕 오징어란 사실에 안도의 한숨을 쉬면서 다시 물었다.

"대체 얼마나 크기에 괴물이라고 부르는 거죠?"

식당 안에 있는 용병들 가운데 바다 괴물에 대한 정보가 부족했던 무인들은 모두 털보 사내의 말에 귀를 기울였다. 사람들이 자신에게 주목하자 으쓱해진 털보 사내는 더욱 큰 목소리로 떠들었다.

"사실 어쩌면 괴물이라고 부르는 사람들의 심정을 난 이해할 수도 있을 것 같소. 머리서부터 발끝까지의 길이가 100미터는 족히 될 것이오. 특히 그 녀석이 가지고 있는 열 개의 다리에 걸리면 강철로 만든 배라도 단숨에 우그러들 것이오. 정말 엄청난 힘을 가진 녀석이었소. 난 두 번 출정을 했는데, 그때마다 그 녀석의 다리에 붙들린 배들이 두 동강 나는 모습을 몇 번이나 보았소. 조금만 불리하면 강물에 온통 시커먼 먹물을 뿜어내고는 도망가는 통에 몇 번이나 허탕을 쳤었소. 흐흐흐, 하지만 이번만큼은 안 될 거요."

데미안이 해맑은 눈빛을 반짝이며 궁금하다는 표정으로 자신을 바라보고 있다는 것을 발견한 털보 사내는 자신 곁에 세워두었던 가죽 뭉치를 펼쳐 보였다. 가죽 안에서 나온 것은 새파랗게 날이

선 10여 자루의 작살이었다. 작살은 그것으로 면도를 해도 될 만큼 예리하게 갈려 있었다.

작살을 보는 순간 데미안은 갑자기 카프의 모습이 떠올랐다. 그러자 죄책감이 떠올랐다. 그가 아니었다면 레오와 데보라의 생명은 틀림없이 구하지 못했을 것이다. 그럼에도 불구하고 그런 그를 벌써 까맣게 잊고 있었다니…….

데미안은 곧 이어 나온 식사를 하는 동안에도 어두운 얼굴을 펴지 못했다. 주중천과 강찬휘는 데미안이 갑자기 우울한 표정을 짓자 영문을 몰라 했다.

식사를 서둘러 마친 데미안은 곧 식당을 빠져나왔고, 자신의 눈치를 살피는 두 사람에게 질문을 던졌다.

"중천, 우리가 그 대왕 오징어를 잡아도 상금을 줄까?"

"예?"

"황금 10만 냥이라……. 상금을 타면 뭘 할까? 강 대협은 생각해 두신 것이 있습니까?"

"예? 그런 생각은……."

"뭘 하면 좋을까?"

접수를 하기 위해 현청으로 향하는 데미안과 변화무쌍한 데미안의 태도에 정신을 차리지 못한 주중천과 강찬휘. 햇살은 그런 세 사람의 머리 위로 따갑게 내리쬐고 있었다.

"정말 접수를 하시겠단 말입니까?"

말을 하는 40대 접수원의 눈매가 가늘어졌다.

등과 허리에 두 자루의 검을 메기는 했지만 너무 가냘파 아무런 힘도 쓰지 못할 것 같아 보이는 데미안이 접수를 하겠단 말이

의심스럽기만 했다. 게다가 뒤에 따라온 주중천은 한평생 글만 읽은 서생 같아 보였다.

"그럼, 접수를 하는 데도 자격이 있어야 한단 말입니까?"

"그, 그런 것은 아니지만……."

"그럼 내가 실력이 없을 것 같아 그러는 겁니까?"

"바다 괴물을 처치하는 것은 남자들도 하기 힘든 일입니다. 하물며 낭자는……."

"보시오, 난 남자란 말이오."

데미안은 갑자기 상의를 풀러 가슴을 드러냈다. 하지만 이미 접수원의 얼굴은 딴 곳을 향한 후였다.

"아, 알겠소이다. 어서 옷을 여미시오."

데미안이 앞섶을 여미자 접수원은 붓을 들고 데미안의 이름을 물었다.

"난 데미안이라고 하오. 그리고 이 사람은 주중천, 그리고 저분은 강찬휘 대협이시오."

"강찬휘? 당신의 이름이 정말 강찬휘란 말이오?"

"그렇소만……."

"조심해서 행동하시오. 사실 이곳에 천우신검 강찬휘 대협이 와 계신단 말이오."

"정말 강찬휘 대협이 이곳에 있단 말이오?"

"물론이오."

접수원과 대화를 나누는 강찬휘의 모습에 데미안과 주중천은 어이가 없다는 듯 쳐다보았다.

"그분이 어디에 계신지 알 수 있습니까? 평소 존경하던 분이라서 평소 꼭 만나뵙고 싶었습니다."

"글쎄요? 다른 사람들도 모두 강 대협을 뵙고 싶어하니 당신까지 차례가 올진 모르겠소. 꼭 만나뵙고 싶다면 주석객잔(柱石客棧)으로 가보시오. 그곳에서 묵고 계시오. 출발은 이틀 후니까 잊지 말고 아침에 오시오."

"고맙습니다."

접수원에게 인사를 하고 나오는 강찬휘의 뒤를 황급히 따라온 데미안은 질문을 했다.

"이게 어떻게 된 일입니까?"

"말씀드리기도 창피한 일이지만 저로 사칭하고 사방에서 사기를 치는 사람이 있는 것 같습니다."

"강 대협으로 사칭하고 다니는 사람이 있단 말입니까?"

"예, 저를 사칭해 금품을 갈취하는 자가 있다는 말을 듣고 그자를 잡으려고 했는데 이제야 만나게 되었군요."

말을 하는 동안 세 사람은 주석객잔에 도착했다. 일반적으로 객잔이란 식사를 할 수 있는 식당과 숙소를 제공하는 여관을 겸업을 하는 곳을 말한다. 일반적인 식당이나 여관보다 규모가 큰 것은 사실이지만 이건 커도 너무 컸다.

총 3층 규모의 건물 정면에는 엄청나게 큰 정문이 보였고, 그 안으로 북적대는 사람들의 모습이 보였다. 데미안들이 객잔으로 다가오자 문 앞에 있던 종업원이 재빨리 그들에게 다가와 허리를 숙였다.

"손님들, 어서 오십시오."

생글거리며 입을 여는 종업원에게 질문을 한 사람은 강찬휘였다.

"혹시 손님 가운데 천우신검 강찬휘 대협이 있소?"

“물론입니다. 며칠 전부터 묵고 계시는데 그분을 만나려고 많은 분들이 투숙하고 계십니다.”

“그분을 만나고 싶은데 지금 만날 수 있겠소?”

강찬휘의 말에 종업원은 곤란하다는 표정을 지었다.

“저어, 사실은 그분께서 사람들과 만나기를 꺼려하셔서 아직 다른 분들도……”

“일단 안내만 해주시오. 나머지는 내가 알아서 하겠소.”

강찬휘의 말에 종업원은 뒷머리를 긁고는 객잔 안으로 세 사람을 안내했다. 객잔 안은 많은 무인들로 북적대고 있었고 서너 명의 종업원들이 정신없이 식탁 사이를 오가며 손님들의 시중을 들고 있었다.

종업원은 세 사람을 뒤뜰로 안내했다. 그곳에는 몇 개의 탁자가 놓여 있고, 작은 연못에는 정자가 서 있었다. 그리고 한 사내가 등을 돌리고 서 있었다.

“저 사람이 강찬휘 대협이시오?”

“그렇습니다.”

“그럼, 저 사람이 강찬휘 대협이라는 것은 어떻게 알았소?”

“그야 저분께서 본인의 이름을 말씀하셔서 알게 된 것입니다.”

“수고했소.”

강찬휘는 종업원에게 은 한 냥을 건네주었고, 종업원은 눈부시게 빠른 동작으로 돈을 받아 호주머니에 집어넣고는 다시 식당으로 향했다.

종업원이 사라지고도 한참 동안 강찬휘는 움직일 줄 몰랐다. 데미안과 주중천은 그런 강찬휘를 그저 바라볼 뿐이었다. 잠시 후 주중천은 정자를 향해 걸음을 옮겼다.

누군가 자신을 향해 다가오는 것을 발견한 사내는 곧 몸을 돌려 강찬휘를 맞이했다.

"실례하겠소이다."

"뉘신지……?"

"내가 알기로 귀하께서 천우신검 강찬휘 대협이라고 알고 있는데 내 말이 맞소?"

강찬휘의 말에 사내의 얼굴이 굳어졌다.

"그걸 귀하가 묻는 이유는?"

사내의 질문에 강찬휘는 조금은 딱딱하게 굳은 얼굴로 미소를 지었다.

"후후후, 놀라운 일이지만 나도 강찬휘란 이름을 가지고 있소. 게다가 별호마저도 천우신검이라고 불리고 있소."

"당신이 천우… 신검……?"

"그렇소이다. 그 점을 귀하는 어떻게 생각하오?"

당황하리라 생각했던 상대의 태도는 뜻밖에 차분했다. 그런 사내의 모습은 강찬휘의 입장으로서는 의외가 아닐 수 없었다.

"언젠가는 이런 날이 올 것이라고 생각을 했었소."

30대 중반으로 보이는 사내는 얼굴만 보면 도저히 누군가를 사칭해 사기를 치는 사람으로는 보이지 않았다. 조금 갸름한 얼굴은 보기에 고생을 많이 한 사람은 아닌 것 같았다.

"잠깐 앉으시겠소?"

사내의 말에 강찬휘와 데미안, 그리고 주중천은 그와 마주 보고 앉았다. 그리고 사내가 입을 열기를 기다렸다.

사내의 입을 연 것은 한참 후의 일이었다.

"먼저 내 소개부터 하겠소. 난 조운령(趙雲零)이라고 하오. 그리고 내 고향은 이곳에서 멀리 떨어진 곡창(曲彰)이란 곳이오. 사계절 아름다운 풍경이 보이는 곳이지요. 그리고……"

사내, 조운령은 잠시 말꼬리를 흐렸다. 세 사람은 그가 다시 입을 열기를 기다렸다.

"평화롭던 마을에 암운이 드리워지기 시작한 것은 지금으로부터 1년 반 전의 일입니다. 갑자기 마을의 모든 수원(水源)이 마르기 시작한 겁니다. 마을의 중심에 흐르던 강물이 마른 것은 물론 시냇물, 하다못해 계곡 안의 옹달샘까지 모두 말라 버렸습니다."

세 사람은 그가 무슨 말을 하려는 것인지 몰랐지만 일단 계속 들어보기로 했다.

"결국 물을 찾아 마을을 떠나는 사람이 속출하게 되었지만 그들은 결코 마을을 떠날 수 없었습니다. 그 이유를 아십니까? 마을 사람들은 이미 독에 중독되어 마을을 떠나서는 단 한 시간도 살 수 없었기 때문입니다."

"마을 사람 전체가 중독이 되었단 말입니까?"

"그렇습니다. 중독이 되지 않은 사람들이 마을 전체를 조사해보고서야 그 이유를 알 수 있었습니다. 마을로 유입되는 모든 물에 독을 가진 개구리가 있는 것을 발견했습니다. 사람들은 발견될 때마다 개구리들을 없애긴 했지만 개구리는 끊임없이 나타났습니다."

"그럼 이전까지는 그런 개구리가 나타난 적이 없었습니까?"

주중천의 질문에 조운령은 고개를 끄덕였다.

"비록 저의 고장에 산이 많기는 하지만 그런 개구리가 나타난 적은 한 번도 없었습니다."

"이봐, 아직 당신이 왜 사기를 쳤는지 그 이유를 말하지 않았잖

아. 어서 그 이야기를 해봐."

데미안의 반말에 조운령이 쳐다보자 주중천이 재빨리 그의 신분을 설명했다.

"이분은 천주순찰사신이시오. 귀하처럼 곤란한 경우를 당하는 사람들을 찾아 그 문제를 해결해 주시는 분이시오."

"그럼, 말씀드리겠습니다. 마을 사람들 가운데 이상하게도 저만 중독이 되지 않았습니다. 해서 제가 마을 사람들의 약과 그 독 개구리들을 없애줄 사람들을 찾아 세상으로 나오게 되었습니다."

"그럼 약값과 독 개구리들을 없애줄 사람을 구하기 위해 다른 사람들에게 사기를 쳤단 말인가?"

"내 말을 믿을 수 없겠지만 내 입으로 강찬휘 대협이라고 한 적은 없었소. 무슨 이유 때문인지는 모르지만 사람들이 날 강 대협이라고 오해를 해 스스로 금품을 준 것이오."

"그래도 자신이 강 대협이 아니라는 것을 밝혔다면 사람들이 돈을 줬을 리 없잖아."

"그 점에 대해서는 할 말이 없습니다. 하지만 신음 속에서 죽어가는 마을 사람들이 생각나 그 돈을 받고 말았습니다. 그동안 제가 저지른 죄에 대해서는 벌을 달게 받겠습니다. 하지만 고통에 시달리고 있는 저희 마을 사람들을 구해주십시오."

자리에서 일어난 조운령은 데미안 앞에 무릎을 꿇고 머리를 숙였다.

"어, 왜 이래? 사과받을 사람은 내가 아니고 여기 계신 강 대협이라고. 어서 일어나. 나참, 강 대협, 어서 일어나라고 좀 해주십시오."

"일어나시오, 어서."

강찬휘가 조운령의 손을 잡고 일으켜 세웠다.

"그대는 무공을 아는가?"

"가전무공을 약간 익혔습니다만 성취가 보잘것없습니다."

그러나 데미안이 보기에 그의 실력이 그의 말처럼 보잘것없는 것 같지는 않았다. 비록 검을 들고 있지는 않았지만 그의 전신에서는 잘 벼려진 검처럼 빈틈이 보이지 않았던 것이다.

"어쨌거나 강 대협께 피해를 입힌 것은 사실이니 그에 합당한 벌은 받아야지. 그렇지 않습니까, 강 대협?"

웃으면서 말하는 데미안의 태도에 강찬휘는 떨떠름한 표정을 지었다. 자신의 생각으로는 조운령을 용서했으면 했다. 그가 사리사욕을 챙길 욕심으로 사기를 쳤다면 모르지만 다른 사람을 위해 스스로를 희생한 것이 아닌가? 그를 벌하기보다는 용서했으면 하는 것이 그의 솔직한 심정이었다. 하지만 데미안이 그를 벌하겠다면 어쩔 수 없는 일이었다.

"대인의 뜻대로 하십시오."

여전히 편치 않은 표정을 짓고 있는 강찬휘를 보면서 데미안은 딱딱하게 굳은 표정으로 말을 이었다.

"그대, 조운령은 들어라. 그대는 천하의 고매하신 인격을 가진 강찬휘 대협을 사칭해 뇌물성 금품을 수수한 사건을 저질렀다. 인정하는가?"

"인정합니다, 대인."

"그대의 악질적인 죄목에 대한 합당한 형벌을 내리겠다. 그대는 독 전문가와 의사, 그리고 치료에 필요한 약을 구입해 지금 즉시 고향으로 돌아가라. 마을 사람들의 치료에 필요한 인력과 약은 내가 즉시 구해주겠다."

“대, 대인……”

“그런 표정 지을 필요 없다. 그대는 마을에 환자가 없어질 때까지 그들을 위해 봉사를 해야 한다. 알겠는가?”

“며, 명심하겠습니다, 대인.”

조운령은 다시 데미안의 앞에 무릎을 꿇고 머리를 숙였다. 정자의 바닥은 그가 흘린 눈물로 조금씩 젖어갔다.

“중천, 그에 대한 조치를 취해주시오.”

“알겠습니다.”

데미안이 벌을 내리겠다고 할 때까지만 하더라도 조바심을 내던 주중천은 데미안이 내린 형벌(?)에 만족하는지 웃음을 감추지 못하는 얼굴로 대답했다. 그 모습을 발견한 데미안은 주중천에게 못마땅하다는 표정으로 입을 열었다.

“중천, 난 지금 이 사람에게 어마어마한 형벌을 내렸단 말이오. 그런데 그렇게 웃으려 한다면 다른 사람이 오해하지 않겠소?”

“죄, 죄송합니다, 대인.”

주중천의 사과를 듣고서야 데미안은 강찬휘에게 미안한 듯 입을 열었다.

“참, 강 대협의 의견을 구하지 않고 제 마음대로 처리해서 죄송합니다.”

“아닙니다, 대인. 전 대인의 판결이 아주 마음에 듭니다.”

“다행이군요. 그대는 뭘 하는가? 고향까지의 길이 멀다면서 어서 출발할 준비를 하지 않고.”

“대인, 감사합니다. 정말 감사합니다. 제가 살아 있는 한 이 은혜는 꼭 갚도록 하겠습니다.”

“알았으니 어서 가보게.”

데미안의 손짓에 물러가는 조운령과 주중천의 모습을 바라보며 강찬휘는 흡족한 미소를 지었다. 그 역시 데미안이 안색을 굳힐 때만 하더라도 조운령에게 큰 벌을 내리는 줄 알았다. 하지만 데미안의 뒷말에 자신도 모르게 만족한 미소가 머금어졌다.

비록 데미안의 나이가 어리다고는 하지만 모든 일을 공평하게 처리하고, 어려운 사람을 도울 줄 아는 마음이 너무나 자신의 마음에 들었다.

"이번 일은 강 대협께도 일말의 책임이 있습니다."

"예? 그게 무슨 말씀이십니까, 대인?"

"강 대협께서 워낙 세상에 이름을 날리셨기에 이런 일이 생긴 게 아닙니까? 후후후."

그제야 데미안이 농담을 한 것이라는 걸 안 강찬휘는 자신도 모르게 쓴웃음을 지었다.

"만약 세상 사람들이 대인의 존재를 알았다면 아마 저보다 더 하면 더했지 덜하지는 않았을 겁니다. 특히 여자들은 모두 대인에게 연서(戀書)를 보내고, 한 번이라도 대인을 만나기 위해 목을 맬 겁니다."

강찬휘의 말에 이번에는 데미안이 쓴웃음을 지었다. 강찬휘는 모르겠지만 왕립 아카데미에 다니던 시절 페인야드에 사는 많은 여성들이 데미안에게 연서를 보냈었다. 지난 시절을 추억하는 것은 노인들에게나 어울리는 행동이라고 하지만 그 시절이 그리운 것은 사실이었다.

데미안이 상념에 빠져 있을 때 강찬휘가 조용히 입을 열었다.

"대인, 저쪽에 앉아 있는 낭자들이 보이십니까?"

상념에서 깨어난 데미안은 강찬휘가 가리킨 곳을 바라보았다.

그곳에는 하얀 옷을 입은 젊은 여인 셋이 그림처럼 조용히 앉아 있었다.

뮤란 대륙에서 보았던 신녀의 복장과 비슷해 보였다. 손목을 덮을 정도로 긴 소맷자락이나 뮤란 대륙의 옷감보다 조금은 두꺼워 보이는 것이 조금 다를 뿐이었다.

하지만 데미안의 관심을 끈 것은 그것이 아니었다. 자신의 등에 메고 있던 미디아가 부르르 떨 정도로 강력한 신성력이 그녀들에게서 느껴진 것이다.

미디아가 반응을 보일 정도로 강력한 신성력을 그녀들이 보유하고 있거나, 그것이 아니라면 그녀들에게 신의 무기에 필적할 만한 어떤 아티펙트가 있다는 말이었다.

갑자기 그녀들에게 호기심이 생겼다.

"강 대협, 혹시 저 여인들이 누군지 아시겠습니까?"

"글쎄요?"

"제가 가진 이 검이 반응할 정도라면 예사 여인들이 아닌 것 같습니다. 그녀들이 가진 신성력도 상당한 것 같고 말입니다."

"지금 신성력이라고 하셨습니까?"

"예. 뭐, 생각나는 것이 있습니까, 강 대협?"

강찬휘는 자신의 생각을 정리한 다음 데미안에게 설명했다.

"제가 소문에 들은 이야기 중에 몇 해 전부터 왕국 전역을 돌아다니며 마물들을 퇴치하는 세 분의 신녀들이 계시다는 소문을 들었습니다. 혹시 저분들이 그 신녀 분들이 아닌지 모르겠군요."

설명을 하는 강찬휘의 얼굴에는 존경심이 어려 있었다. 처음엔 가볍게 생각했던 데미안은 강찬휘의 태도를 보고는 곧 생각을 고쳤고, 다시 한 번 그녀들을 살폈다.

가장 머리를 길게 기른 여인이 그녀들 가운데에서 가장 나이가 많아 보였다. 이십 대 중반 정도로 보이는 그녀는 무척이나 조용한 성격인 듯 행동하는 모든 것이 차분해 보였다.

그런 그녀와 마주 보고 앉아 있는 여인은 이십 대 초반으로 보이는 여인으로 뭐가 못마땅한지 부은 얼굴을 하고 있었다. 그리고 그녀 곁에 앉아 있는 여인은 아직 여인이라고 부르기엔 어려 보이는 십대 후반의 소녀였다. 그녀는 연신 무슨 이야기를 옆의 여인에게 하고 있었고, 대꾸를 하는 이십 대 초반의 여인은 고개를 연신 흔들고 있었다.

세 여인 모두 좀처럼 찾아보기 힘든 대단한 미녀였다.

무슨 생각을 했는지 정자에서 내려온 데미안은 그녀들에게 다가갔다. 데미안이 갑자기 다가오자 경계를 하던 세 여인은 데미안의 얼굴을 보고 멍한 표정을 지었다.

자신들보다 더 아름답게 생긴 사내, 데미안.

데미안은 여전히 여자들에게 막강한 위력(?)을 발휘하는 자신의 얼굴에 속으로 쓴웃음을 지으면서도 겉으로는 화사한 미소를 지었다.

"실례합니다만, 혹시 여러분들께서 마물들을 퇴치하고 계시다는 그 세 신녀 분들이 아니신지요?"

"맞습니다만, 무슨 일이신가요?"

"그럼 세 분이 그분들이 맞군요. 이렇게 만나뵙게 되어 진심으로 영광이라 생각합니다."

부드러운 음성으로 가볍게 허리를 굽힌 데미안의 모습에 세 여인은 아무런 말도 하지 못했다.

"고통받는 사람들을 위해 그렇게 힘든 일을 하신다니… 정말 존경스럽습니다."

"아닙니다. 당연히 해야 할 일을 했을 뿐입니다."

가장 나이가 많은 여인이 일어서자 동생들로 보이는 두 여인도 자리에서 일어섰다.

"괜찮다면 합석을 해도 되겠습니까?"

"물론 환영이에요."

언니로 보이는 여인이 대답을 할 사이도 없이 막내로 보이는 소녀가 대답했다. 어쩔 수 없이 언니로 보이는 여인이 데미안에게 자리를 권했다.

"이쪽으로 앉으시지요."

"일행이 있는데……."

"그분도 부르시지요."

데미안의 손짓에 다가온 강찬휘는 세 여인에게 포권지례를 했다.

"실례를 하겠습니다. 소생은 강찬휘라고 합니다."

"그렇다면 천우신검이란 명호를 가지고 계신 그 강 대협이십니까?"

"소생의 졸호를 기억해 주시다니 영광입니다."

"아닙니다. 오히려 저희들이 천하에 영명을 날리고 계신 강 대협을 만나뵙게 되어 영광입니다."

"전 데미안이라고 합니다."

"대미안?"

역시나 여인들이 자신의 이름을 대미안(大美顏)이라고 발음하자 데미안은 속으로 나직하게 한숨을 쉬었다.

"저희는 자매로 원령(元玲), 원화(元火), 원미(元美)라고 합니다.

모두 무극의신께 귀의한 몸들입니다."

"지금 무극의신이라고 하셨습니까?"

"그렇습니다만……?"

"혹시 라페이시스란 말을 들어보셨습니까?"

데미안이 조금은 다급하게 질문을 하자 원미가 당연하다는 듯 고개를 끄덕였다.

"물론이에요. 대륙의 북쪽에 있는 환국, 수국, 한국에서는 무극의신을 그렇게 부르는걸요."

"그렇다면 혹시 사람을 찾을 수 있습니까?"

"누구를 찾으시는지……?"

"죄송하지만 대륙의 어디에 있는지는 모릅니다. 이름은 로빈이라고 합니다. 라페이시스의 사제입니다."

"특징은 없나요?"

"나이는 15세, 키는 165센티미터니까 다섯 자 다섯 치 정도가 되겠군요. 얼굴에는 주근깨가 가득한 소년이니까 찾는 것은 어렵지 않을 겁니다. 그리고 그 소년은 치유의 구슬을 가지고 있습니다."

"예? 치유의 구슬이라고요?!"

데미안의 말에 세 여인은 소스라치게 놀랐다. 데미안은 그녀들이 놀라는 이유를 대략 짐작을 했지만 내색하지는 않았다. 오히려 옆에서 그 모습을 지켜보던 강찬휘가 더 놀랄 지경이었다.

"무극의신의 총단과 지부(支部)를 이용하면 말씀드린 그 소년을 찾을 수 있겠습니까?"

그때까지 놀람에서 깨어나지 못하던 원령은 겨우 정신을 차리고 대답했다.

"치유의 구슬은 전설에서만 나오는 이야기로만 알았는데 실재

로 존재할 줄은 상상도 못했습니다. 저희 무극의신의 총단과 지부
가 대륙 전체에 퍼져 있는 것은 사실이지만 그 소년을 찾을 수 있
을지는 장담할 수 없군요. 잠시만 저희를 보호해 주시겠습니까?"

원령의 말을 이해할 수는 없었지만 데미안은 조급한 마음에 얼
른 고개를 끄덕였다.

그 모습을 본 세 여인은 각자 품 안에서 주먹만한 구슬을 꺼내
자신 앞에 내려놓았다. 그 구슬을 발견한 데미안은 깜짝 놀랐다.
그녀들이 내놓은 것은 바로 골리앗을 움직이는 힘의 근원인 영혼
의 구슬이었기 때문이다.

대체 그녀들이 어떻게 영혼의 구슬을 가지고 있는 것인지는 모
르지만, 그렇다면 미디아가 감응을 할 정도의 신성력을 가진 것이
이해가 갔다. 신의 대리인이라고 불렸던 신인의 능력으로 만들어
진 영혼의 구슬이라면 그 정도의 신성력을 가진 것이 당연한 일
이기 때문이었다.

세 개의 구슬을 자신 앞에 내려놓은 세 여인은 서로의 손을 잡
은 채 조용히 눈을 감았다. 그리고는 알아들을 수 없을 정도로 나
직한 음성으로 주문을 영창했다. 시간이 지날수록 영혼의 구슬에
서는 밝은 빛이 뿜어져 나와 세 여인의 몸으로 스며 들어갔다.

강찬휘는 그 모습을 신기한 듯 바라보았다. 그리고 데미안은 소
식을 알 수 없었던 일행들에 대한 정보를 얻을 수 있을지 모른다
는 생각에 그녀들에게서 눈을 뗄 수 없었다.

그러는 동안 주중천이 돌아왔다. 데미안과 강찬휘가 난생처음
보는 여인들과 합석해 있자 잠시 어리둥절한 표정을 지었지만 곧
그들에게 다가왔다. 그리고 신비한 빛에 싸여 있는 세 여인의 모
습을 발견했다.

주중천이 막 입을 열려 했을 때 그녀들이 눈을 떴다.

"일단 가까운 지부에 연락을 했습니다. 곧 대륙 전체에 그분에 대한 수색이 시작될 겁니다."

"정말 고맙습니다. 세 분의 은혜는 정말 잊지 못할 겁니다."

데미안의 인사에 세 여인은 그저 고개를 끄덕일 뿐이었다.

"세 분께서는 바다 괴물 때문에 오신 겁니까?"

제9장

바다 괴물의 출현

"그렇습니다. 바다 괴물 때문에 사람들이 고통받는다고 해서 왔습니다."

원령의 대답에 데미안과 강찬휘 등은 고개를 끄덕였다. 역시나 예상대로였다.

"하지만 저희들이 도움이 될지 모르겠어요."

"참, 그보다 그 영혼의 구슬은 어디서 구하신 겁니까?"

"영혼의 구슬이라니, 이 구슬을 말씀하시는 건가요?"

영혼의 구슬을 품에 집어넣으려던 원령은 데미안의 질문에 구슬을 바라보며 반문했다.

"그걸 모르셨습니까? 그건 골리앗의 심장에서 가장 중요한 물건입니다."

"골리앗의 심장? 골리앗이 뭔가요?"

"에… 골리앗이란, 그러니까 쇠로 만든 거대한 무사인데 그것을 움직이게 하는 근원적인 힘을 제공하는 것이 바로 그 영혼의 구슬입니다."

데미안을 제외한 나머지 사람들은 데미안의 말을 전혀 이해하지 못했다. 그도 그럴 것이, 태어난 뒤 골리앗을 단 한 번도 본 적이 없었기 때문이다.

"저희들이 가지고 있는 이 구슬은 어렸을 때 저희가 자주 놀러 갔던 뒷산 동굴에서 얻은 것이에요. 사방 벽에는 여러 가지 그림과 글이 잔뜩 쓰여진 곳이었어요. 그리고 이 구슬이 있던 곳은 그 동굴의 지하였어요."

원령의 말에 데미안은 그곳이 혹시 신인의 신전이 아닐까 하는 생각이 들었다. 만약 던전이 맞다면 이스턴 대륙에 있는 신의 봉인에 대한 단서가 있을지도 모르는 일이었다. 그 생각이 들자 어딘가에서 헤매고 있을 데보라와 동료들을 하루라도 빨리 만나야겠다는 생각이 들었다.

"그곳이 어딘지 저에게 말씀을 해주실 수 있으신지요?"

"물론입니다. 하지만 그곳은 너무 위험해, 어린 시절 저희들이 다치지 않고 이 구슬을 얻은 것은 정말 무극의신의 가호가 함께 하셨기 때문일 거예요."

"저도 비슷한 곳을 가봤지만 정말 위험한 곳이었습니다. 그보다 그 구슬을 잠시만 보여주시겠습니까?"

"예."

원령이 내민 구슬을 받아 든 데미안은 찬찬히 살펴보았다. 영혼의 구슬이 틀림없었다. 하지만 알아낼 수 있는 것은 그뿐이었다. 곰곰이 생각을 하던 데미안은 곧 플레임을 불렀다.

"부르셨어요, 데미안님?"

"이 구슬을 살펴보겠니?"

"메탈 시터의 심장이군요. 예언의 신인 트로니우스님의 기운이 느껴지는데요?"

"예언의 신인 트로니우스의 신관이 만든 메탈 시터의 심장이라고?"

"틀림없어요. 드미트리우스님과 가깝게 지내시던 트로니우스님의 신관이신 파이리구스님에게서 느껴지던 기운이 확실히 맞아요."

플레임은 원령이 내놓은 구슬 위에 걸터앉아 다리를 까닥거리며 대답했다.

"혹시 이 구슬에도 너처럼 영혼이 있어?"

"아쉽지만 이 구슬이나 다른 구슬들은 단순히 마나를 모아놓은 구슬일 뿐이에요. 다만 트로니우스를 모시던 신관께서 본인의 신성력까지 집어넣었기때문에 신성력을 느낄 수 있는 것이에요."

겨우 엄지손가락만한 크기의 플레임이 연신 허공을 날아다니며 데미안과 이야기를 나누는 모습은 너무나 신기해 세 여인은 언제까지나 그 모습을 지켜보고 있었다.

＊ ＊ ＊

갑자기 허공에서 검붉은 구멍이 생기더니 붉은 머리를 가진 여인 하나가 빠져나왔다. 여인은 마치 신이라도 되는 양 허공에 둥둥 든 채 사방을 둘러보고 있었다.

자신의 신성력, 지각 능력이 맞다면 이 장소가 분명했다. 분명 이 장소에서 엄청난 신성력이, 그것도 연달아 두 번의 폭발이 일어났다. 하지만 막상 도착하고 보니 아무것도 없는 거대한 황무지였다.

지상으로 내려온 마브렌시아는 신경을 써 주위를 둘러보았다. 그러나 역시 아무것도 보이는 것이 없었다.

그럼 벌써 데미안 일행이 이곳을 떠났단 말인가? 그런 생각이 들자 분통이 치밀어 도저히 참을 수가 없었다. 진작 드라시안을 없애야 했다. 그랬다면 자신이 벌써 몇 개의 신의 무기를 획득했을지도 모르는 일이었다.

마브렌시아가 막 분통을 터뜨리려는 순간 음산한 음성이 들렸다.

"네가 내 자식을 죽인 놈이냐?"

비록 드래곤이 성별이 없다고는 하지만 이렇게 선정적인 옷차림과 육감적인 몸매를 보고도 어떻게 '놈'이란 호칭을 하는 것인지 이해할 수 없었다.

며칠 전 있었던 산적들과의 뜻 깊은 만남을 떠올리며 마브렌시아는 돌아섰다. 그런 그녀의 눈에 검붉은 물결이 보였다. 아니, 그렇게 보이는 것은 쥐 떼였다.

가장 앞쪽에서 자신을 노려보고 있는 커다란 쥐를 노려보며 마브렌시아는 어이없다는 표정을 지었다.

"지금 나에게 말을 한 것이 너냐?"

"그렇다."

"감히 쥐새끼 따위가 드래곤인 나 마브렌시아에게 버르장머리 없이 대항을 하려고 해? 호호호호!"

황무지의 하늘로 마브렌시아의 웃음소리가 퍼졌다. 그리고 그 웃음이 그쳤을 땐, 이미 그녀는 완전히 쥐들에게 포위를 당한 뒤였다. 하지만 마브렌시아는 개의치 않았다.

자신이 쥐들에게 포위가 되었다고 겁을 먹는다는 것은 말도 안 되는 소리였고, 설사 포위가 되었다고 하더라도 이 정도의 쥐 떼는 단숨에 몰살시킬 능력이 그녀에게는 있었다.

"그래, 내가 죽였다면 어떻게 하겠느냐? 감히 드래곤인 나에게 덤비기라도 하겠다는 말이냐?"

"그대가 드래곤이라는 것이 조금 의외이기는 하지만 이제 곧 오실 지하르트님을 위해 그대는 죽어줘야겠다."

마브렌시아는 지금 대장 쥐가 지껄인 소리를 도저히 믿을 수 없었다. 감히 쥐새끼 따위가, 또 자신이 드래곤이라는 것을 알면서도 저런 소릴 할 수 있다니…….

마브렌시아가 분노를 느끼는 순간 그녀는 이미 캐스팅을 끝냈다.

"죽어라! 파이어 버스트!"

순간 그녀를 중심으로 거의 50여 미터가 눈 깜짝할 사이에 불바다로 변했다. 하지만 레드 드래곤인 마브렌시아가 이 정도로 화를 풀 리 만무했다. 연속해서 파이어 볼과 파이어 윌Fire Wall을 캐스팅해 무자비하게 쥐들을 공격했다.

그런 마브렌시아의 행동은 한동안 계속되었다. 하지만 마브렌시아는 자신이 지금 공격하고 있는 쥐들이 보통 쥐가 아니라는 것을 잊고 있었다. 아니, 알고는 있었지만 신경을 쓰지 않았는지도 몰랐다.

"윈드 오브 블레이드Wind of Blade!"

칼날 같은 바람이 황무지를 휩쓸고 지나갔다. 온몸이 산산조각이 나 사방으로 날려가는 쥐들의 모습을 보며 마브렌시아는 만족스런 미소를 지었다.

그 순간이었다. 무엇인가가 자신을 향해 날아오는 것을 느낀 마브렌시아는 깜짝 놀라며 황급히 방어 마법을 펼쳤다.

"드래곤 실드Dragon shield!"

펑!

비록 큰 충격은 아니었지만 자신이 상대에게 그런 공격을 허용했다는 것이 너무나 수치스러웠다. 고개를 돌려보니 붉은 털을 가진 쥐 수십 마리가 모여 있는 모습이 보였다.

"파이어 애로우Fire Arrow!"

붉은 쥐들을 향해 수백 발의 불화살이 날아가 꽂혔다.

쾅쾅쾅!

마브렌시아는 자신의 공격이 성공했을 거라는 것을 믿어 의심치 않았다. 하지만 자신의 공격에 죽은 붉은 쥐는 겨우 서너 마리에 불과했다는 사실을 그녀는 미처 몰랐다.

쾅—!

잠깐 방심한 사이 마브렌시아는 큰 충격을 받고 비틀거리며 몇 걸음이나 옆으로 움직여야만 했다. 어느새 모였는지 백여 마리의 쥐들이 모여 마브렌시아에게 기를 발출한 것이었다.

머리끝까지 분노가 치민 마브렌시아는 더 이상 참을 수 없었다.

"폴리모프 디솔루션!"

순간 마브렌시아는 거대한 몸을 드러냈고, 그녀의 머리가 하늘로 향하는 순간 엄청난 포효가 터져 나왔다.

"우와~ 아아앙~! 메가 파이어 버스트!"

순간 마브렌시아의 몸 주위로 엄청난 불길이 치솟더니 나선형을 그리며 주위로 엄청나게 빠른 속도로 퍼져 나갔다. 쥐들도 이번만큼은 피할 수 없었는지 엄청난 숫자의 쥐들이 불 속에서 버둥거리다가 쓰러져 갔다.

"픽싱 타깃 매직 미사일!"

천여 발의 매직 미사일이 사방을 향해 날아갔다. 매직 미사일이 떨어진 곳은 작은 폭발을 일으키며 수십 마리의 쥐들을 산산조각 냈다. 그러나 마브렌시아는 만족하지 못한 듯 다시 서너 번 캐스팅을 해 연속적으로 마법 공격을 펼쳤다.

마브렌시아가 갑자기 왼쪽 다리에 따끔한 느낌을 받은 것은 바로 그때였다. 고개를 내려 확인을 하니 붉은 쥐 몇 마리가 자신의 비늘을 갉고 있는 모습이 보였다.

드래곤의 공격만 아니라면 어떤 공격이든 퉁겨내었던 자신의 비늘이 무참히 깎여져 나가고 있었다. 붉은 쥐들은 마브렌시아의 비늘에 구멍을 내는 것에 만족하지 않고 그녀의 드러난 살을 마구 물어뜯었다.

"매직 미사일!"

당장 수십 발의 매직 미사일이 그녀의 앞발에서 뿜어져 나와 붉은 쥐들을 산산조각 냈다. 하지만 그녀의 상처에선 보기에도 선명한 선혈이 흐르고 있었다.

이에 마브렌시아의 분노가 폭발했다.

"기가 드래곤 파이어Giga Dragon Fire!"

순간 마브렌시아의 몸에서 뿜어져 나온 새하얀 불꽃이 지상의 모든 것을 태우며 주위로 무섭게 퍼져 나갔다. 퍼져 나간 가공할 불길은 지면과 바위마저 녹였다. 마치 불의 신이 노해 지상을 불바다로 만든 듯 보였다.

황무지를 뒤덮고 있었던 쥐 떼들은 미처 피할 사이도 없이 재로 변해 버렸다. 그리곤 이내 허공으로 증발해 버린 듯 어디에도 그 모습을 찾아볼 수 없었다.

거만한 모습으로 그 모습을 바라보는 마브렌시아의 눈에는 희미하게 피곤함이 묻어 있었다. 비록 마법이 주위에 있는 마나를 이용한 것이라고는 하더라도, 마법을 격발시키기 위해서는 자신의 몸속에 있는 마나를 사용해야만 했다.

문제는 워낙 파괴력이 강하기에 자신의 몸에 있는 마나의 소모량도 상당할 수밖에 없었다는 것이다. 사실 지금까지는 마나의 소모를 느끼게 할 정도의 상대가 아직까지는 없었다. 하지만 이번만은 달랐다.

거의 두 시간 가까이 마구 마법을 사용하고 보니 드래곤인 마브렌시아 역시 서서히 지치는 것을 느낀 것이다. 차라리 덩치가 커다란 상대라면 브레스를 뿜든 육탄전을 벌이든 자신이 있었지만, 지금처럼 수백만 마리에 달하는 쥐 떼에게는 거대한 자신의 신체가 아무런 효력도 볼 수 없었다.

불길이 휩쓸고 지나간 황무지는 반들반들하게 윤이 난 것이 거울 같았다. 다시 인간의 몸으로 폴리모프를 하려던 마브렌시아의 눈에 거울처럼 반짝이는 지면을 뚫고 머리를 내미는 붉은 쥐 떼의 모습이 보였다. 마법의 기운을 느낀 대장 쥐의 명령에 따라 모두 지면 속으로 순식간에 파고든 것이었다.

그 모습을 발견한 마브렌시아는 자신도 모르게 움찔했다. 지상으로 올라온 붉은 쥐 떼는 언뜻 보아도 수천 마리는 족히 되어 보였다.

쥐의 숫자를 생각하면 당연히 드래곤인 몸체에서 상대를 해야 하지만 워낙 붉은 쥐의 동작이 빨라 조금만 방심하면 조금 전처럼 다리를 물어뜯기는 상황이 반복될 것이었다. 그렇다고 인간의 몸으로 폴리모프를 한다고 해도 문제였다.

인간의 몸으로는 9싸이클의 마법을 펼칠 수 없었다. 7싸이클까지의 마법이 고작이었다. 게다가 쥐 떼를 상대할 수 있을 만큼의 검술 실력을 가지고 있는 것도 아니었다.

물론 도망을 갈 수도 있지만 그것은 레드 드래곤의 자존심상 도저히 있을 수 없는 일이었다. 세상에 드래곤이 쥐가 무서워 피하다니…….

잠깐 그런 생각을 하는 동안 마브렌시아는 붉은 쥐 떼에게 완전히 포위를 당했다. 마브렌시아는 당황하며 스펠을 캐스팅했다.

"파이어 애로우!"

백여 발의 불화살이 붉을 쥐들을 향해 날아갔다. 자신의 공격이 성공하리라 예상했던 마브렌시아의 기대와는 달리 붉은 쥐들은 눈부신 속도로 피했다. 그리고는 2, 3백 마리씩 모여 일제히 마브렌시아를 향해 입을 열었다. 그러자 수십 줄기의 검붉은 광선이 마브렌시아를 향해 날아들었다.

마브렌시아는 황급히 날개를 펄럭거리며 허공으로 떠올랐지만 완전히 피할 수는 없었다.

펑펑— 퍽—!

몇 군데에서 섬광과 함께 폭발음이 들렸고, 그 가운데 한줄기 광선이 마브렌시아의 오른쪽 날개를 통과해 구멍이 뚫리더니 곧 더욱 크게 찢겨져 나갔다. 마브렌시아의 날갯짓이 잠시 멈칫하는 사이 그녀의 몸은 다시 지상으로 떨어졌다.

자신의 날개에서 이는 통증을 참지 못한 마브렌시아는 자신과 가장 가까운 곳에 있던 쥐들을 향해 힘껏 브레스를 내뿜었다. 마브렌시아의 입에서 쏟아져 나온 브레스에 직격당한 쥐들은 미처 피할 사이도 없이 증발해 버렸고, 쥐들이 다시 모이는 순간 육중한 마브렌시아의 꼬리가 붉은 쥐들을 덮쳤다.

쾅!

자욱한 흙먼지와 함께 수십 마리의 쥐들이 완전히 으스러졌다. 마브렌시아는 밟아 죽이기로 결심을 했는지 브레스를 뿜으며 붉은 쥐들을 마구 공격했다.

갑작스런 마브렌시아의 행동에 쥐들은 당황했는지 이리저리 몰려다닐 뿐 공격다운 공격을 하지는 못했다. 그 모습에 마브렌시아는 더욱 힘을 내 브레스를 내뿜었다.

붉은 쥐들의 숫자가 빠르게 줄어들자 대장 쥐가 명령을 내려 한곳에 모이게 했다. 저들이 마지막 공격을 하려 한다는 것을 짐작한 마브렌시아는 남아 있던 마나를 긁어모아 힘껏 브레스를 내뿜었다.

"크아아앙~!"

모여들던 붉은 쥐들은 순식간에 사라졌고, 그 모습에 마브렌시아에게 달려들던 대장 쥐는 날카로운 마브렌시아의 앞 발톱에 걸려 허공에서 갈가리 찢겼다. 마브렌시아는 다시 한 번 브레스를 내뿜어 붉은 쥐들을 공격했다.

불이 붙을 만한 것이 아무것도 없건만 황무지는 10여 미터까지 불길이 치솟고 있었다. 곳곳에 비늘이 깨진 마브렌시아는 잠시 그 모습을 보고 있다가 곧 스펠을 캐스팅했다.

"매직 서클!"

마브렌시아의 몸은 순식간에 사라졌다.

*　　　*　　　*

거의 100여 명이 모여 웅성거렸다.

각양각색의 옷과 무기를 든 사내들이 모여 누군가를 기다리고 있었다. 그들 가운데는 데미안 일행과 원령 세 자매가 섞여 있었다.

금방이라도 바다 괴물을 잡을 것처럼 거들먹거리는 사내가 있는가 하면, 마치 유람이라도 떠나려는 듯 화려한 옷을 걸치고 온 자들도 있었다. 또 며칠 전 객잔에서 만난 적이 있던 어부가 자신의 친구들과 대화를 나누고 있는 모습도 보였다.

데미안은 모인 사람들을 보며 걱정스런 표정을 짓고 있었다. 그 모습을 본 강찬휘가 그 이유를 물었다.

"걱정스러운 일이 계십니까, 대인?"

"다름이 아니라 저 사람들 때문입니다."

데미안이 바라보던 곳을 본 강찬휘는 그가 왜 걱정스러운 표정을 짓고 있는지 이해할 수 있었다.

그들의 눈길이 머문 곳에는 나이 어린 청년 몇 명이 한껏 떠들며 웃고 있었다. 십대 후반에서 이십 대 초반으로 보이는 청년들이 가지고 있는 무기는 실용적인 무기라고 하기보다는 장식품에 더 가까운 무기들이었다. 게다가 고생이라고는 별로 해보지 않은 듯 뽀얀 피부나 굳은 살 하나 없는 손이 데미안의 눈살을 찌푸리게 했다.

그들의 모습에 강찬휘의 눈살도 가볍게 찌푸려졌다. 어디에든 나서기 좋아하는 자들이 있기 마련이다. 하지만 대부분 그런 자들은 피해 인원을 늘리는 데 동조를 할 뿐 쓸모가 없었다. 그들과 일행이 되었다는 것 자체가 위험을 초래하는 일이 될 수 있는 것이다.

　그러는 사이 오십 대 후반으로 보이는 정주 현의 현령이 몇 명 비대한 상인과 모습을 드러냈다.

　"잠깐 여기를 주목해 주시오. 난 이곳 정주 현의 현령인 백리천(百里天)이라고 하오. 이렇게 여러분을 모신 것은 다름이 아니라 정주 현에 출몰한 바다 괴물을 퇴치하기 위해서입니다. 솔직히 말해 바다 괴물 때문에 무역으로 버텨 나가는 저희 현은 파산하기 일보 직전입니다. 그런 이유로 우리 현에서는 꼭 바다 괴물을 처치해야만 합니다."

　좀처럼 자신들의 이야기를 꺼내지 않자 곁에 서 있던 상인 가운데 하나가 헛기침을 했다. 그러자 다른 상인들도 일제히 헛기침을 터뜨렸다. 백리천은 어쩔 수 없이 그들을 소개했다.

　"여러분께 여기 계신 분들을 소개하겠소이다. 이분들은 우리 정주 현에 계신 상인들로 현상금으로 건 황금 10만 냥의 대부분을 출자하시었소. 이분들께서도 여러분들께서 부디 바다 괴물을 처치해 주시길 간절히 바라고 있습니다. 여러분들은 이제 네 대의 배에 나뉘어 승선을 하고 바다 괴물이 자주 출현하는 곳으로 이동을 하게 됩니다. 부디 여러분들이 바다 괴물을 처치해 주시기를 손꼽아 기다리겠습니다."

　백리천의 모습에서는 현령으로서의 권위는 조금도 찾아볼 수 없었다. 데미안이 보기에 바다 괴물에 의한 피해가 상당히 심한 것 같았다.

　"지금 호출하는 사람부터 배에 오르시기 바랍니다."

　스케일 메일을 걸친 호장의 호출에 따라 사람들은 미리 준비된 배에 승선했다. 데미안과 일행들은 세 신녀들과 함께 세 번째 배에 승선을 했다.

　승선을 하고 보니 상선(商船)을 전함(戰艦)으로 급히 개조해 만든 듯 보였다. 주위를 둘러보던 데미안의 눈에 이상한 물건이 보였다.

　속이 비어 있는 강철 기둥 같은 것이 서너 곳에 가로놓여 있는 것이 보였다. 하지만 그것이 무엇에 쓰는 물건인지 도무지 알 도리가 없었다.

　데미안이 뭔가를 유심히 바라보자 주중천이 입을 열었다.

　"뭘 그리 유심히 바라보십니까?"

　"이곳에서는 배의 기둥을 강철로 만드오?"

　데미안이 손으로 가리킨 것을 본 주중천이 가볍게 웃음을 지으며 설명했다.

　"저건 화포(火砲)라는 겁니다."

　"화포?"

　"그렇습니다. 화약의 힘으로 폭탄을 날리는 겁니다."

　"폭탄? 폭탄은 또 뭐요?"

　"에~ 폭탄이라는 것은 화약의 힘을 빌어 날리는 철환(鐵丸)을 말하는데, 철환의 속엔 작약(炸藥)이 가득 차 있어 충격을 받으면 폭발하게 되어 있는 겁니다."

　"화약은 뭐고, 작약은 또 뭐요?"

　데미안의 질문이 끝날 생각을 하지 않자 결국 주중천이 설명할 수 있는 범위를 벗어났다. 하는 수 없이 주중천은 화포를 담당하고 있는 포수(砲手)를 불렀다.

　"당신들은 왜 화포 주위에서 얼쩡거리는 거요?"

　데미안의 얼굴에 놀라던 포수는 곧 자신의 임무를 기억해 내고는 두 사람을 향해 따지듯 물었다. 주중천은 잠시 주위를 둘러보

다가 은밀하게 포수에게 자신의 관원패(官員牌)를 슬쩍 보여주었
다. 관원패를 본 포수는 곧 주중천을 향해 허리를 숙이려고 했다.

　재빨리 포수를 제지한 주중천은 입을 열었다.

　"여기 계신 이분께 화포의 원리에 대해 최대한 자세히 설명을
드리게."

　"화포는 화약의 힘을 빌어 작약이 가득 든 철환을 날리는 물건
입니다."

　"그 화약이라는 것은 어떻게 만드오?"

　"초석, 목탄, 유황을 일정 비율로 섞어 폭발력을 일으키도록 만
든 검은 가루입니다. 저희는 그것을 화포의 가장 안쪽에 집어넣고,
다시 작약을 가득 채운 철환을 집어넣습니다. 그런 다음 도화선에
불을 붙이면 불꽃이 화약을 폭발시키고, 바로 그 힘이 철환을 멀
리 날아가도록 만든 것입니다. 하지만 가장 중요한 것이 화약과
작약인데, 어떤 비율로 섞는지는 비밀이라 전 알지 못합니다."

　"얼마나 멀리 나가오?"

　"사정 거리는 집어넣는 화약의 약에 따라 다른데 최대 사거리
는 200여 미터 정도입니다. 하지만 보통 100미터에서 150미터를 유
효 사거리로 하고 있습니다."

　말이 100에서 150미터이지, 활이나 마법이 아니면 멀리 떨어져
있는 적을 처치할 방법은 전무했다. 게다가 활의 사거리는 50에서
100미터에 불과하지 않은가? 만약 바람이라도 부는 날이면 그 적
중률은 형편없이 떨어지는 것이 사실이었다. 게다가 마법 역시 사
거리가 멀어봐야 30에서 50미터였다.

　정말 대단한 발명품이 아닐 수 없었다.

　데미안이 화포를 보며 감탄을 금치 못하고 있을 때 네 척의 배

는 바다 괴물이라고 불리는 대왕 오징어가 자주 출몰한다는 지역으로 출발하고 있었다.

원령 등 세 자매는 불어오는 강바람에 머릿결을 휘날리며 담소를 나누고 있었다. 그러면서도 원령은 흘깃거리며 강찬휘의 모습을 엿보고 있었다. 그런 원령의 모습을 아는지 모르는지 강찬휘는 데미안의 곁에 붙어 담소를 나누고 있었다.

네 척의 배가 일렬로 늘어서 강을 내려간 지 1시간 정도가 되었다. 물결을 흐름 탓인지, 아니면 그렇게 배를 조종한 것인지는 모르지만 선두로 나섰다.

오랜 시간 동안 아무런 일도 일어나지 않은 탓인지 술을 마시는 사람도 있었고, 구석에서 잠을 청하는 사람도 있었다.

데미안은 이무결이 알려준 구결에 대해 강찬휘와 대화를 나누고 있었다. 마나를 이용한 파괴력에서는 단연 데미안이 앞서지만, 세부적인 활용이나 무공에 대한 전반적인 이해에서는 단연 강찬휘가 뛰어났다. 게다가 강찬휘는 오랫동안 많은 무인들에게서 도전을 받았고, 그런 대결을 통해 얻은 경험이 충분히 축적되어 있었다.

데미안은 강찬휘와의 대화를 통해 간접 경험을 충분히 할 수 있었다.

상대가 한 명인가, 아니면 소수인가, 그도 아니면 다수인가에 대한 대응이 달라질 수밖에 없었다. 게다가 상대의 무기가 가벼운가 무거운가, 또 장병(長兵)인가 단병(短兵)인가에 대한 대응도 다를 수밖에 없었다. 또 계절에 따라, 지형에 따라, 시간에 따라, 하다못해 불어오는 바람까지 고려한 대응에 데미안은 놀라움을 감출 수 없었다.

이제껏 자신은 상대의 능력을 고려해 본 적도 없었고, 강찬휘가 말한 주변 사항 같은 것은 단 한 번도 생각해 본 적이 없었다. 그의 말처럼 자신이 여태껏 무사한 것이 다행이란 생각이 들었다.

저녁 시간이 되자 강의 하구 쪽은 노을로 온통 벌겋게 변했다. 기분 탓인지는 모르지만 얼마 전 보았던 핏물이 배어 나올 듯 보였던 석양과 흡사해 불길하게만 보였다.

상념에 잠겨 있던 데미안은 주중천의 말에 깨어났다.

"대인, 앞의 배가 좀 이상하지 않습니까?"

그리고 보니 한참 앞서 가던 앞 배와의 간격이 점점 줄어들고 있었다. 배끼리의 간격이 30미터로 줄어들었을 때였다. 갑자기 앞 배에서 바다 괴물을 발견했을 때 올리기로 했던 흰 깃발이 올라왔다.

"바다 괴물이 나타났다. 모두 무기를 들어라!"

"조심해라!"

풍덩!

커다란 닻이 내려지고, 바람을 한껏 머금었던 돛이 순식간에 내려졌다. 사람들이 배의 난간으로 달려가는 모습을 보며 데미안도 바다 괴물을 맞을 준비를 했다. 하지만 강물은 여전히 잔잔히 흐르고 있었고, 바다 괴물은 그 어디에도 보이지 않았다.

대체 어디에 괴물이 나타난 것인지 사람들이 궁금해할 때, 갑자기 물속에서 신전의 기둥 서너 개를 합친 것 같은 하얀 다리가 솟아올랐다. 그리고는 뒤에서 따라가던 세 척의 배 중 가장 좌측 배의 중간 돛대를 사정없이 후려쳤다.

쾅! 우지직!

"모두 피해라!"

"위험해!"

그 모습을 발견한 사람들은 일제히 비명 같은 소리를 지르며 다른 사람들에게 주위를 주었지만, 부러진 돛대는 사정없이 사람들의 머리 위로 떨어져 내렸다. 누가 먼저라고 할 것도 없이 사람들은 비명을 질렀고, 부러진 돛대에 깔려 너무나 허무하게 목숨을 잃은 사람이 한둘이 아니었다.

바다 괴물의 다리는 남은 두 개의 돛대마저 부러뜨린 후 소리도 없이 물속으로 사라졌다. 너무나 순식간에 일어난 일이라 나머지 세 배의 사람들은 그 모습을 멍하니 바라보고만 있을 뿐이었다.

그들의 모든 신경이 잠시 다른 배에 신경을 쏟는 사이 다시 앞 배에서 커다란 비명이 들렸다. 거대한 서너 개의 다리가 물에서 솟구쳐서는 그대로 배를 휘감은 것이다. 당황한 사람들은 일제히 달려들어 바다 괴물의 다리를 마구 공격했지만 표피에 묻어 있는 찐득찐득한 체액 때문에 무기들은 미끄러지기만 할 뿐 바다 괴물에게 타격을 입힐 순 없었다.

우지직!

강철 같은 다리들이 조여들자 당장 배는 비명을 지르며 으깨지기 시작했다. 당황한 몇몇 사람은 그대로 바다에 뛰어들었지만, 그들은 영원히 물 위로 떠오를 줄 몰랐다.

그 모습을 발견한 데미안은 도저히 그대로 가만히 있을 수가 없었다. 재빨리 비행 마법을 캐스팅한 데미안은 거의 반쪽이 나기 직전인 앞 배로 날아갔다.

단숨에 30미터를 날아간 데미안은 배를 온통 휘감고 있는 여섯 개의 다리를 발견했다. 그리고 은은하게 물속에 잠겨 있는 바다 괴물, 대왕 오징어의 모습을 확인할 수 있었다. 정말 커도 징그럽게 큰 오징어였다.

자신도 모르게 체인 라이트닝의 스펠을 캐스팅했던 데미안은 곧 스펠을 해제해야만 했다. 물에 빠진 사람 때문에 체인 라이트닝을 쓸 수 없었던 것이다.

갑판에 내려선 데미안은 우선 레이피어에 마나를 주입시키고는 대왕 오징어의 다리를 향해 힘껏 찔렀다. 하지만 그뿐이었다. 기둥 같은 다리는 여전히 배를 조이고 있었고, 어쩌다 다리에 있는 빨판에 빨려 들어간 사람들은 순식간에 몸 안의 피를 빼앗기고는 죽음을 맞이했다.

만약 이 괴물이 대왕 오징어가 분명하다면 사람의 피를 빨 이유가 없지 않은가. 생각을 마친 데미안은 다리에 박혀 있던 레이피어를 힘껏 치켜 올렸다.

스윽—!

희미한 소리와 함께 잘려진 상처에서는 우윳빛 피가 흘러내렸다. 하지만 배를 휘감은 다리는 여전히 풀릴 줄 몰랐다.

우지직!

결국 배는 맥없이 두 동강이 나버렸고, 재빨리 비행 마법을 캐스팅한 데미안은 한 손에 두 사람씩 네 사람을 매단 채 자신의 배로 돌아왔다. 앞 배에서 살아남은 사람은 단지 네 명뿐이었다.

그 모습에 사람들은 기가 막힌다는 표정을 짓고 있을 때 이번엔 데미안이 탄 배의 우측 배가 대왕 오징어에게 당했다. 당장 배가 두 동강 난 것은 아니지만 조정타인 키가 박살이 나 그 자리에서 꼼짝도 할 수 없었다.

"이래선 사람들의 피해가 너무 심하오. 선장! 선장은 어디 있는가?”

데미안의 외침에 배의 선장이 모습을 드러냈다. 누군가에게 데미안의 신분에 대해 들었는지 공손한 태도를 취했다.

“부르셨습니까, 대인.”

“강의 하류에 강바닥이 낮은 곳이 있소?”

“있기는 합니다만…….”

“그럼 지금 즉시 그쪽으로 배를 몰도록 하시오.”

“예? 그게 무슨 말씀이신지……?”

“그대는 대인의 말씀을 듣지 못했는가? 어서 배를 그쪽으로 몰도록 하라!”

관리 특유의 강압적인 음성에 선장은 아무 말도 하지 못하고 강의 하구 쪽으로 키를 틀었다. 데미안의 배가 두 동강이 난 배 사이를 관통해 하구 쪽으로 흘러 내려갔다.

고물 쪽에서 유심히 무엇인가를 찾던 데미안은 곧 눈빛을 반짝였다. 그리고는 미리 준비해 두었던 두 개의 작살을 들고 그대로 물속으로 집어던졌다. 대체 데미안이 무슨 짓을 하는지 몰라 하던 사람들은 곧 이어 자신들의 눈앞에 드러난 광경에 벌린 입을 다물지 못했다.

촤아아아—

요란한 소리와 함께 물방울이 사방으로 날리며 갑자기 주위가 어두워졌다. 사람들의 두려움이 가득 섞인 눈길이 향한 곳에는 엄청난 크기의 무엇인가가 물 위로 드러나 있었다. 다름 아닌 대왕오징어의 머리였다. 그리고 그 머리의 가운데에는 두 개의 작살이 박혀 있었다.

촤아아아!

데미안이 타고 있는 배를 향해 새하얀 몇 줄기의 물보라가 일
며 무엇인가가 빠른 속도로 다가왔다. 그것이 대왕 오징어의 다리
라는 것을 직감한 데미안은 서둘러 스펠을 캐스팅했다.

"프리징 애로우!"

순간 30여 발의 얼음 화살이 데미안의 주위에 생겼다. 그리고는
데미안의 손이 가리키는 방향을 향해 날아갔다. 프리징 애로우는
배를 향해 다가오던 대왕 오징어의 다리에 틀어박혔다.

대왕 오징어가 잠시 움찔하는 사이 배와 대왕 오징어와의 간격
은 더욱 벌어졌다. 그 모습에 대왕 오징어는 움직이지도 못하는
두 개의 배는 내버려 둔 채 데미안이 탄 배를 빠른 속도로 뒤쫓았
다.

그 모습을 본 데미안은 그제야 안도의 한숨을 내쉬었지만, 다른
사람들은 달랐다. 물론 바다 괴물이 대왕 오징어란 사실을 모르고
있던 사람도 있었지만 대부분의 사람들이 알고 있었다. 그리고 자
신들의 능력으로 충분히 처치할 수 있을 것이라고 생각을 했기에
이번 출정에 참가한 것이다.

하지만 이제 자신들의 능력으로는 대왕 오징어의 몸에 상처를
내기는커녕 살아 돌아가기도 힘들다는 것을 분명히 알았다. 자신
이 탄 배가 멀쩡하다는 사실을 천지신명께 감사를 드리고 있었는
데 데미안의 멍청한(?) 행동 때문에 대왕 오징어의 표적이 되어버
린 것이었다.

이젠 살아 돌아간다는 것이 틀렸다는 것을 깨달았으니 사람들
이 그냥 있겠는가? 우락부락한 덩치를 가진 사내 서넛이 엄청나
게 커다란 도끼를 치켜들고는 데미안을 향해 다가갔다. 그러나 데
미안은 그런 주위의 사정을 아는지 모르는지 고물에 서서 자신들

의 배를 쫓아오는 대왕 오징어를 노려보고 있었다.

"이게 무슨 짓들이오. 어서 무기를 내려놓으시오."

"당신은 비켜. 저 멍청한 녀석 때문에 우리가 죽게 생겼는데 그 냥 참으란 말이야?!"

"맞아, 저 자식을 때려죽여야만 해!"

"그래서 저 괴물 오징어에게 주자고! 혹시 그럼 마음이 풀려 우리는 살려줄지도 모르잖아."

"그래, 그렇게 하자."

몇 명이 떠들어대자 다른 사람들까지 동조를 했다. 데미안이 탄 배는 순식간에 살기로 가득 찼다. 데미안의 등 뒤에 강찬휘와 주중천, 그리고 원령 세 자매가 버티고 서 있었지만 데미안은 여전히 미동도 하지 않았다.

강찬휘는 무기를 든 채 다가오는 사람들의 모습을 보며 난처한 얼굴 표정을 감추지 못했다. 데미안이 파손된 배의 사람들을 구하기 위해 스스로 위험을 자초했다는 것조차 짐작하지 못하는 사람들을 이해할 수 없었다. 그런 데미안의 마음을 모르는 것까진 괜찮았다. 하지만 자신들만 살겠다고 데미안을 죽이려 하다니… 도저히 사람들을 용서할 수 없을 것 같았다.

"강 대협, 저들을 막지 마십시오."

고개도 돌리지 않은 데미안의 말에 강찬휘는 어쩔 줄 몰랐다. 물론 그의 능력을 의심하는 것은 아니었다. 하지만 불안한 생각이 드는 것도 사실이었다.

돌아선 데미안의 얼굴은 마치 얼음을 깎아 만든 듯 냉기가 풀풀 날리고 있었다. 그런 데미안의 모습을 처음 본 세 자매는 소름이 오싹 돋았다. 그렇기는 다가오는 사내들 역시 마찬가지였지만 그들은 자신들의 숫자를 믿었다. 또 곱게만 생긴 데미안에게 자신들을 막을 무술 실력이 있다는 것도 믿을 수 없었다.

"그 말을 들으니 스스로 죽을 짓을 했다는 것을 아는 모양이구나."

"그래, 우리를 원망하지 말라고. 네가 그런 짓을 하지만 않았다면 우리는 무사히 빠져나갈 수 있었는지도 모르잖아."

"맞아, 멍청한 짓만 하지 않았다면 결정적인 기회를 잡아 저 괴물을 처치할 수 있었는지도 모르는데. 네 녀석이 그 모든 걸 망쳐 놓았으니 책임을 져야지."

사내들은 데미안의 얼굴을 보느라 그의 손이 언제부터인가 새파란 방전을 일으키고 있다는 것을 발견하지 못했다.

"다 떠들었는가?"

"아니, 이놈이!"

"체인 라이트닝!"

짜짜짜짝—!

귓전을 자극하는 소리와 함께 데미안의 손을 떠난 번개는 사내들이 들고 있는 무기를 향해 날아갔다. 번개가 무기에 닿는 순간 사내들은 자신 눈앞이 새하얗게 변하는 것을 느껴야만 했다.

단 한 마디의 비명도 없이 쓰러지는 사내들의 모습에 주중천과 강찬휘는 감탄의 표정을, 세 자매는 염려와 실망의 표정을 지었다. 설마 데미안이 사내들을 모두 죽일 줄은 몰랐기에 실망은 더욱 심했는지도 몰랐다.

재빨리 쓰러진 사내들에게 다가간 원령은 그들의 상태를 살펴보았다. 그런데 이미 죽었으리라 생각했던 사내들은 모두가 단지 기절을 했을 뿐 살아 있다는 것을 알고 놀람을 감추지 못했다.

놀라운 솜씨를 보인 데미안에게 고개를 돌렸을 땐 이미 데미안은 여전히 자신들의 배를 쫓아오는 대왕 오징어를 노려보고 있었다.

*　　　　*　　　　*

허공에서 갑자기 흐릿한 모습이 보이더니 갑자기 세 사람이 허공에 모습을 드러냈다.

사건 조사를 위해 황무지에 들렀던 선주 현의 현령은 갑자기 허공에서 사람이 나타나자 혼비백산할 정도로 놀랐다. 호장이 재빨리 현령의 앞을 가로막자 동행했던 20여 명의 병사들이 일제히 창을 내밀고는 잔뜩 긴장했다.

차이렌은 자신들이 모습을 드러내는 곳마다 사람들이 긴장한 채 자신들을 향해 무기를 겨누는 통에 미칠 지경이었다. 물론 근육뿐인 헥터나 머리 위까지 가죽으로 가린 라일을 경계하는 것이라면 이해하지만 자신까지 적대시하는 것은 정말 참을 수 없었다. 사실 멍청하기 이를 데 없는 뮤렐의 얼굴을 보면서 어떻게 창을 겨눌 수 있는지 사람들의 생각 자체를 이해할 수 없었다.

천천히 지상으로 내려온 세 사람은 선주 현의 현령과 그의 부하들보다는 데미안의 흔적을 찾기에 여념이 없었다. 하지만 그런 세 사람의 눈앞에 펼쳐진 광경은 잠시 동안 데미안에 대한 생각이 나지 않도록 만들었다.

설마 지상에 태양이라도 떨어졌단 말인가?

거울의 표면처럼 반짝이는 들판을 바라보는 라일과 헥터는 대체 무엇이 황무지를 이렇게 만든 것인지 이해할 수 없었다. 그동안 뮤렐이 장거리 워프를 연습하느라 조금 늦기는 했지만 단 하나의 구릉도 없는 것이 틀림없는 황무지가 맞았다. 여행용 책자에는 풀 한 포기 자랄 수 없는 황무지라고만 소개가 되었을 뿐, 이렇게 반짝거린다는 말은 그 어디에도 없었다.

그런 반면 차이렌은 뮤렐이 등에 메고 있던 누바케인의 검집으로 표면을 깨뜨려 그 조각을 유심히 살폈다. 그 모습에 라일이 입을 열었다.

"뭐 이상한 것이라도 보이는가?"

"제가 본 것이 틀림없다는 이곳에 엄청난 불이 났던 것 같습니다. 그것도 한 번이 아닌 세 번이나 말입니다."

"세 번? 하지만 이곳에는 불이 붙을 만한 것이 아무것도 없지 않습니까?"

"태울 것이 아무것도 없는 황무지에서 불이 났다? 그것도 세 번씩이나? 뭔가 자연스럽지 않군."

"잘 보셨습니다. 확실히 자연스럽지 않은 일이지요. 하지만 전 자연스럽지 않은 일을 너무나 자연스럽게 저지르는 존재를 알고 있습니다."

차이렌의 말에 라일과 헥터는 동시에 뮤렐의 얼굴을 바라보았다. 그리고 차이렌은 그런 두 사람의 기대에 부응했다.

"그렇습니다. 바로 드래곤입니다. 그리고 아무것도 없는 이 황무지를 세 번이나 태울 수 있는 존재는 레드 드래곤뿐입니다. 이 정도 능력을 발휘할 수 있으려면 적어도 2,000살은 지난 레드 드래곤 같습니다."

"설마, 그렇다면……?"

"흐음."

"틀림없습니다. 데미안이 그렇게 찾고 있던 레드 드래곤 마브렌 시아가 벌인 짓이 확실합니다."

장담하듯 말하는 차이렌의 음성에 라일과 헥터는 얼어붙은 듯 아무 말도 할 수 없었다.

차이렌의 말대로라면 마브렌시아가 이 이스턴 대륙으로 왔단 말이지 않은가? 그녀가 온 이유는 묻지 않아도 뻔한 일이었다. 현재 자신들이 가지고 있는 신의 무기를 탈취하려는 것이 분명했다. 머리가 굳은 듯 아무 생각도 할 수 없었다.

한참의 시간이 지난 다음 입을 연 사람은 라일이었다.

"흔적으로 보아 언제 생긴 일인가?"

"제가 본 것이 틀림없다면 바로 어제 생긴 일입니다."

"어제? 으음, 마브렌시아보다 우리가 먼저 데미안을 찾아야 하 네."

"라일님, 저기 있는 자들 가운데 한 명을 잡아와 주시겠습니까?"

차이렌의 말에 라일은 두말하지 않고 걸음을 옮겼다.

자신들로서는 전혀 알아들을 수 없는 말로 중얼거리던 세 사람들 가운데 가장 꺼림칙한 기분이 들게 만들었던 사내가 자신들 쪽으로 다가오자 병사들은 바짝 긴장했다. 하지만 라일의 눈은 병사들의 뒤편에 숨어 있는 현령에게로 향해 있었다.

자신들 앞에 있던 라일의 몸이 갑자기 흐릿해지더니 사라져 버리자 병사들은 깜짝 놀랐다. 그리고 다시 병사들이 정신을 차렸을 때 이미 라일의 손에 현령이 잡혀 있었다.

"어서 현령 대인을 구해라!"

호장의 외침에 병사들은 일제히 함성을 지르며 라일과 헥터에게 달려들었다. 두 사람이 병사들을 상대하는 동안 차이렌은 뮤렐에게 윽박지르고 있었다.

"뭘 하고 있어?! 어서 이 작자의 기억을 추적해 데미안에 대한 기억이 있는지 알아봐야 할 것 아니야?!"

"잠깐만 기다려 주세요. 스펠을 기억해 내야 알아볼 것 아닙니까?"

"나참, 살다가 너처럼 머리가 딱딱한 녀석은 처음 보겠다. 어서 스펠을 캐스팅 안 해?!"

"맞다, 잠깐만 기다리세요. 리멤버런스 체이스!"

순간 현령의 머리 위에 올려져 있던 뮤렐의 손이 푸른색의 마나에 휩싸였고, 현령은 잔뜩 겁에 질린 눈으로 자신이 왜 이런 꼴을 당해야 하는지 생각했지만 알 수 없었다.

잠시의 시간의 지나고 호장과 이십여 명의 병사들은 모조리 기절해 지면에 널브러졌다. 그와 거의 비슷한 시기에 뮤렐의 눈이 떠졌다.

"라일님, 기뻐해 주십시오. 데미안이 이곳을 지나갔던 모양입니다."

"그래? 그럼 어디로 갔는지 알 수 있겠는가? 마브렌시아가 쫓고 있는 것이 분명한 이상 반드시 우리가 먼저 데미안을 만나야만 하네."

"잠시만 기다리십시오. 뮤렐, 잘 보도록 해라. 레피드 인텐시브 렝귀지Rapid Intensive language!"

차이렌은 눈부신 속도로 스펠을 캐스팅했다. 그리고 잠시 시간이 지난 후 뮤렐의 입에서는 유창한 이스턴 대륙의 언어가 튀어나왔다.

"데미안의 행방에 대해 아는 대로 말해라."

"그럼, 귀하들은 사신 대인과 아는 사이시오?"

"절친한 사이라고 할 수 있지."

"아마 대인께서는 정주 현으로 가셨을 겁니다."

"정주 현?"

"예, 서남쪽으로 약 50킬로미터쯤 떨어진 곳에 정주 현이 있습니다. 강과 인접해 있어 찾기는 쉬우실 겁니다."

"고맙다. 그리고 부하들은 곧 깨어날 테니 너무 걱정하지 않아도 될 거야."

차이렌이 어깨를 툭 치는 순간 현령은 움찔했고, 그사이 세 사람의 모습은 감쪽같이 사라졌다.

제10장

라일과의 만남

"포수는 어디 있는가? 어서 화포를 이동해 저 괴물 오징어를 겨누어라."

데미안의 말에 구석으로 몸을 피했던 네 명의 포수가 조심스럽게 데미안 일행에게 다가왔다. 그리고는 네 문의 화포를 이동해 나란히 늘어놓았다. 그리고는 빠른 속도로 철환을 장전했다.

"세 분께서는 충격에 대비해 주시기 바랍니다. 그리고 강 대협과 중천도 준비를 해주시오."

데미안의 말에 다섯 사람은 긴장한 얼굴을 했다.

붉게 물들었던 노을은 어느샌가 사라지고 주석강엔 소리없이 어둠이 내리고 있었다. 대왕 오징어와의 거리도 조금씩 가까워져 이젠 40미터도 채 떨어지지 않은 상태였다.

"선장, 선장이 말한 하구엔 언제쯤 도착하는가?"

"이제 얼마남지 않았습니다. 지금의 속도라면 10분 정도 지나면 도착할 것입니다."

"하구에 도착하게 되면 선장은 기절해 있는 저자들을 깨워 신속하게 배를 떠나도록 하라."

"명심하겠습니다, 대인."

선장이 다시 조타실로 들어가는 것을 본 데미안은 명령을 기다리고 있던 포수들에게 지시를 내렸다.

"그대들은 언제든 화포를 발사할 수 있도록 만반의 준비를 하라."

"이미 준비해 놓았습니다."

준비가 모두 끝난 것을 확인한 데미안은 이번엔 원령에게 입을 열었다.

"혹시 알고 계신 공격 주문이 있습니까?"

"저희가 알고 있는 것은 대부분 수비 위주라 공격 주문은 알지 못해요."

"그럼 물을 얼릴 수는 있습니까?"

"그 정도는 할 수 있습니다."

"됐습니다. 그럼 제가 신호를 보내면 세 분께서는 저 괴물 오징어를 힘껏 얼려주시기 바랍니다."

"하지만 저희가 과연 저렇게 커다란 오징어를 얼릴 수 있을진 자신이 없어요."

"얼리지 못해도 상관없습니다. 잠시만이라도 멈칫하게 만들 수 있다면 그것으로 충분합니다."

"알겠어요."

원령의 대답을 들은 데미안은 강찬휘를 바라보았다.

"선주 현에서 쥐들을 상대할 때 강 대협께서 극음의 성질을 가

진 무공을 사용하시는 걸 본 적이 있습니다. 제 기억이 맞습니
까?”

“예, 한령기공(寒靈奇功)을 익히고는 있습니다만…….”

“제 계획은 이렇습니다.”

데미안은 자신의 계획을 강찬휘에게 설명했다. 그의 계획을 들은 강찬휘는 지금으로는 그보다 나은 계획이 없을 것 같았다. 사실 그도 비슷한 생각을 하고 있었다. 강찬휘가 자신의 계획을 찬성하자 데미안은 주중천에게 지시를 내렸다.

“중천은 최대한 화포와 포수들을 보호하도록 하시오.”

“명심하겠습니다, 대인.”

모든 준비가 끝난 것을 확인한 데미안은 여전히 자신들의 뒤를 쫓아오는 거대한 대왕 오징어의 모습을 노려보았다.

빠른 속도로 강을 따라 내려가던 배가 갑자기 무엇에 걸렸는지 둔탁한 소리와 함께 심하게 요동을 쳤다. 그와 동시에 선장이 큰 소리로 외쳤다.

“배가 모래톱에 걸렸습니다!”

선장의 외침을 듣는 순간 데미안은 세 신녀에게 신호를 보냈다. 동시에 포수들에게 사격 명령을 내렸다.

쾅쾅쾅—!

요란한 소리와 함께 네 문의 화포가 일제히 불을 뿜었고, 거리가 가까운 탓인지 네 발의 철환은 정확히 대왕 오징어의 머리에서 폭발을 일으켰다. 거대한 체격을 자랑하던 대왕 오징어도 폭발의 충격은 이길 수 없었던지 거대한 머리를 휘청거렸다.

그와 동시에 모래톱에 걸렸던 배 주위로 빠르게 얼음이 얼어갔다. 강찬휘도 세 자매를 도와 전력을 다해 한령기공을 강을 향해

발사했다.

데미안은 대왕 오징어의 주의가 자신에게 쏠리도록 비행 마법을 써 허공에 뜬 채 마법 공격을 퍼부었다. 이전 같으면 마구잡이로 공격을 했을 테지만 이무결과 강찬휘에게 배운 대로 최소의 공격으로 최대의 효과를 볼 수 있는 급소를 공격했다.

"매직 미사일!"

수십 발의 매직 미사일이 대왕 오징어의 머리와 다리의 결합 부분에 있는 눈을 향해 날아갔다. 그러나 대왕 오징어의 움직임도 만만치 않았다. 거대한 다리를 들어 자신의 눈을 향해 날아온 매직 미사일을 간단히 막은 것이다.

"프리징 애로우!"

다시 수십 발의 얼음 화살이 대왕 오징어를 향해 날아갔다. 대왕 오징어는 역시나 자신의 다리를 들어 막았지만 이번은 조금 전과 상황이 달랐다. 빠른 속도로 날아가던 얼음 화살들이 갑자기 허공에서 방향을 틀어 물 위로 드러나 있는 대왕 오징어의 머리를 향해 날아간 것이다.

퍼퍼퍼퍽—!

작은 소음을 내며 얼음 화살은 한곳을 향해 집중적으로 틀어박혔다. 대왕 오징어의 피부가 너무 미끈거리기는 했지만 10여 발의 얼음 화살이 한곳을 파고들며 1미터는 족히 되어 보이는 상처를 냈다. 그리고는 주위를 빠르게 얼려갔다. 전체 크기를 생각해 보면 극히 작은 부분이지만 대왕 오징어는 심한 통증을 느끼는 것 같았다.

자신의 예상이 맞아떨어진 것을 확인하며 데미안이 잠시 방심한 사이 물속에서 무서운 속도로 두 개의 다리가 허공으로 치솟았다. 데미안은 자신을 향해 날아오는 다리를 보고 대체 대왕 오징어가 무슨 방법으로 자신을 공격할지 궁금했다.

데미안의 근처까지 뻗은 다리에 붙은 수많은 빨판이 활짝 열리는 순간 데미안은 자신의 몸이 대왕 오징어의 다리로 너무나 간단히 끌려 들어가는 것을 느끼고는 황급히 빠져나오려 했다. 하지만 그것은 데미안의 착각이었다.

괴물의 입처럼 매달려 있던 수많은 빨판에서 빨아들이는 힘은 엄청난 것이었다. 다급해진 데미안은 체인 라이트닝을 캐스팅하고는 빨판이 매달려 있는 다리를 향해 힘껏 손을 내뻗었다.

수없이 붙어 있던 빨판 가운데 일부가 체인 라이트닝에 의해 타버리기는 했지만 빨아들이는 힘은 조금도 줄어들지 않았다. 데미안은 놀란 가슴을 진정시키고는 미디아를 뽑아 들었다. 그리고는 빨판을 향해 힘껏 휘둘렀다.

"윌 오브 블러드Wheel of blood(혈륜)!"

미디아의 끝에서는 서른여섯 개의 크고 작은 붉은 환(環)이 튀어나왔고, 환들은 갖가지 궤적을 그리며 다리를 향해 날아갔다. 그리고는 대왕 오징어의 다리에 붙어 있던 빨판을 잔인하게 짓이겼다.

대왕 오징어의 다리를 향해 끌려가던 데미안은 재빨리 빨판이 짓이겨진 곳을 밟고는 그대로 박차며 몸을 날렸다. 그리고는 다리에서 조금 떨어진 곳으로 몸을 피했다.

대왕 오징어는 자신의 공격이 무위로 돌아가자 분노가 치미는 듯 엄청난 크기의 다리를 마구 휘두르며 데미안을 공격했다. 그러는 사이 대왕 오징어의 주위는 급속하게 얼어갔다.

원령이나 원화가 그저 조금 땀을 흘리는 정도인데 반해 막내

원미는 옷이 흠뻑 젖을 정도로 땀을 흘리고 있었다.

"미야, 조금만 더 힘을 내도록 해."

대답할 기운도 없는지 원미는 고개를 끄덕였다.

힐끗 세 신녀들의 모습을 본 데미안은 다시금 공격할 준비를 했다.

"아이스 랜스Ice Lance!"

순간 허공에 길이 3미터는 족히 될 얼음 창이 그 모습을 드러냈다. 데미안은 신중한 모습으로 겨냥을 하고는 그대로 얼음 창을 던졌다.

수십 미터에 이르는 자신의 다리에 비해 너무나 작기에 무시를 한 것인지, 아니면 미처 발견하지를 못한 것인지는 모르지만 대왕 오징어는 여전히 데미안을 향해 길다란 두 다리를 휘둘렀다. 데미안이 던진 창은 두 다리를 피해 대왕 오징어의 머리 중 가장 윗부분에 날아가 꽂혔다.

얼음 창이 꽂힌 곳은 빠른 속도로 얼어붙었다. 성에가 하얗게 내려앉은 모습이 육안으로도 식별할 수 있었다. 그 모습을 발견한 데미안은 지체없이 주중천에게 외쳤다.

"중천, 저 괴물의 머리 부분을 향해 화포를 발사하시오."

데미안의 지시에 주중천은 다시 포수들에게 명령을 내렸고, 네 문의 화포는 거의 비슷한 순간에 불을 뿜었다.

쾅쾅쾅!

철환이 대왕 오징어의 머리 윗부분에 작렬하는 순간 강물을 얼리고 있던 강찬휘와 세 자매도 대왕 오징어의 주위를 얼리는 데 성공했다. 하지만 더욱 단단하게 얼리기 위해 잠시도 손을 쉬지 않았다.

검은 연기에 싸여 있던 대왕 오징어의 머리에서 연기가 사라지는 순간 데미안은 군데군데 패이고 찢겨져 나간 상처를 확인할 수 있었다. 화포의 위력은 자신의 예상보다 훨씬 뛰어났다. 데미안은 몸부림치는 대왕 오징어의 모습을 보며 재차 아이스 랜스의 스펠을 캐스팅했다. 그리고는 대왕 오징어의 머리를 향해 서너 개의 얼음 창을 힘껏 던졌다.

빠른 속도로 날아가던 얼음 창은 대부분 머리에 적중했지만 몇 개는 다리에 틀어박혔다. 다리가 잠시 멈칫하는 것을 발견한 데미안은 미디아를 뽑아 들고 얼어붙은 다리를 향해 힘껏 휘둘렀다.

"윌 오브 블러드!"

이번엔 미디아의 궤적을 따라 커다란 붉은 환 하나가 데미안의 머리 위에 모습을 드러냈다. 그리고는 미디아가 가리키는 곳을 향해 날아갔다. 그리고는 조금 전 아이스 랜스가 틀어박혀 단단하게 얼어붙은 곳을 정확히 강타했다.

쾅!

폭음과 함께 10여 미터는 족히 될 대왕 오징어의 다리가 잘려 나갔다. 잘려 나간 다리는 세 신녀가 얼려놓은 얼음 위에 떨어져 무섭게 꿈틀대고 있었다. 또 상처를 입은 다리의 나머지 부분도 고통을 느끼는지 요동을 치고 있었다.

하지만 얼마 지나지 않아 잘려져 나간 부분에서 무서운 속도로 다리가 자라기 시작해 짧은 시간 내에 원래의 모습으로 복원을 마쳤다. 엄청난 재생력이었다.

역시 다리보다는 머리 쪽을 먼저 공격하는 것이 맞을 것 같았다. 재생력이 뛰어난 트롤의 경우만 봐도 다른 부분의 재생은 뛰어나지만 머리만큼은 재생이 되지 않는다는 것을 분명히 알고 있

기 때문이었다. 다만 문제는 대왕 오징어의 몸체가 너무 커 제대
로 된 타격을 줄 수 있느냐 하는 것이었다.

데미안과 대왕 오징어가 일진일퇴를 거듭하는 동안 대왕 오징
어의 몸 주위는 완전히 얼음으로 포위가 되었다. 그제야 자신이
얼음에 포위되었다는 것을 안 대왕 오징어는 그 자리에서 몸을
피하려고 했지만 몸 주위에 얼어붙은 얼음 구멍이 너무 협소해
제대로 움직이기도 힘들었다.

"더스트 오브 아이스Dust of Ice!"

갑자기 들려온 음성과 함께 주위의 온도는 급격히 낮아져 갔다.
그와 함께 하늘에서 흰 눈 같은 것이 떨어졌다. 그러나 특이한 것
은 대왕 오징어 주위로만 내린다는 것이었다.

틀림없는 마법이었다. 데미안은 갑자기 가슴이 두근거렸다. 주
위를 두리번거리던 그의 눈에 작은 배를 타고 있는 두 사람의 모
습이 보였다. 분명히 라일과 헥터였다. 그렇다면……?

"프리징 애로우!"

다시 백여 발의 얼음 화살이 대왕 오징어의 머리 부분을 강타
했다. 그 모습에 데미안은 기쁨을 감출 수 없었다.

"블러드 라이트닝!"

외침과 동시에 데미안의 미디아에서는 붉은색의 번개가 대왕
오징어의 머리를 향해 날아갔고, 너무나 간단하게 대왕 오징어의
머리를 관통했다. 대왕 오징어의 머리에는 1미터는 족히 되어 보
이는 구멍이 뚫렸지만 무서운 속도로 재생이 시작되고 있었다. 하
지만 재생이 완성되기도 전 라일의 외침이 들렸다.

"크로스 포스 오브 소드!"

외침과 동시에 데미안에게 공격당했던 곳에 십자형의 마나가

날아와 꽂혔다. 상처는 미처 아물 사이도 없이 더욱 찢겨져 나갔다. 40미터에 이르는 거대한 몸이 요동을 치자 강물 전체가 출렁였다. 그러나 대왕 오징어에 대한 인간들의 공격은 끝난 것이 아니었다.

"타링 빔Charring Beam!"

순간 헥터가 들고 있던 둥근 방패에서 붉은색 광선이 날아와 대왕 오징어의 찢겨진 상처를 직격했다. 상처는 당장 새까맣게 타들어갔다.

대왕 오징어는 사방에서 몰아치는 공격에 정신을 차릴 수 없었다. 도망을 치려고 해도 자신의 몸 주위로 얼어붙은 얼음 때문에 제대로 움직이기조차 힘들었다. 대왕 오징어는 갑자기 몸을 꼿꼿하게 세웠다. 그리고는 배를 향해 먹물을 내뿜었다.

그 모습을 발견한 원령은 재빨리 동생들과 강찬휘 앞으로 나서며 영혼의 구슬을 내밀고 큰 소리로 외쳤다.

"제마밀막(制魔密幕)!"

순간 원령의 앞에는 뿌연 색을 가진 반월형의 막이 생겼다. 재빨리 언니의 곁으로 다가온 원화와 원미도 원령의 어깨에 손을 얹고는 힘을 보태었다. 더욱 커진 방어막 위로 대왕 오징어의 먹물이 쏟아졌다.

대왕 오징어의 먹물은 원령이 만들어낸 방어막을 뚫지 못하고 튕겨져 나갔다. 하지만 배 위로 쏟아진 먹물은 무서운 속도로 갑판을 태웠다. 미처 피하지 못한 포수들 가운데 두 명이 처절한 고통 속에서 몸부림치다 목숨을 잃었다. 그러나 문제는 그것이 아니었다.

갑판으로 뿌려진 먹물 가운데 일부는 화포 위로 떨어져 화포를 녹이고 있었다. 그러나 원령 등 세 자매나 강찬휘는 대왕 오징어의 공격을 막느라 미처 그 사실을 깨닫지 못하고 있었다.

강철을 녹이던 먹물은 화포 안에 장전되어 있던 철환마저 녹이기 시작했다.

쾅— 쾅쾅쾅—!

뒤에서 요란한 폭발음이 들림과 동시에 강찬휘는 세 자매의 뒤를 가로막고 모든 내공을 끌어올려 반탄강기(反彈罡氣)를 만들었다. 그러나 워낙 창졸지간(倉卒之間)에 벌어진 일이라 강찬휘는 폭발을 완전히 막을 수 없었고, 강찬휘와 세 자매는 폭발의 폭풍을 이기지 못해 배 밖으로 떨어졌다.

얼음 위로 떨어진 원령은 갑자기 일어난 일에 무엇이 어떻게 된 것인지 정신을 차릴 수 없었다. 하지만 본능적으로 자신의 동생들을 찾았다.

다행히 원화와 원미는 정신을 잃은 것뿐 상처는 어디에도 보이지 않았다. 고른 숨을 내쉬고 있는 동생들의 모습에 안심하던 원령은 강찬휘를 찾았다.

자신들과는 조금 떨어진 곳에 쓰러져 있는 강찬휘의 모습을 발견하고 다가간 원령은 참혹하기 이를 데 없는 그의 모습에 자신도 모르게 비명을 질렀다. 철환의 폭발을 직접 가로막은 탓에 그의 전신에는 수많은 철환 조각이 박혀 있었다. 동시에 그가 왜 이런 모습이 된 것인지 원령은 충분히 짐작할 수 있었다.

재빨리 강찬휘의 맥을 짚은 원령은 신중하게 강찬휘의 상세를 진찰했다. 안타깝게도 강찬휘의 맥은 금방이라도 끊어질 듯 미약하기만 했다. 자신과 동생들만 아니었다면 강찬휘가 이렇게 다칠 리 만무했다는 것을 알기에 원령의 마음은 더욱 조급해졌다.

일단 강찬휘의 몸 곳곳에 박혀 있는 철환 조각을 제거하는 것이 먼저였다. 원령은 서둘러 품에서 작은 가죽 주머니를 꺼내 펼쳤다. 그리고는 날카롭게 갈린 작은 삭도(削刀)를 꺼내 상처 주위의 옷을 잘라냈다. 그리고는 빠른 손놀림으로 철환 조각을 빼내었다.

큰 조각은 손쉽게 제거할 수 있었지만 작은 것들은 살 속에 박혀 있어 상처를 벌리지 않고는 철환 조각을 제거할 방법이 없었다. 이미 원령의 손과 소매는 강찬휘의 몸에서 흘러나온 선혈로 시뻘겋게 물들어 있었다. 하지만 더 이상 망설일 시간이 없었다.

이를 악문 원령은 상처 부위에 날카로운 칼을 갖다 댔다.

팟!

뜨거운 선혈이 원령의 얼굴과 옷에 튀었지만 원령은 개의치 않고 작은 철환 조각을 찾아 제거했다. 재빨리 상처를 봉합한 후 또 다른 곳의 상처를 살폈다.

잠시 후 원령은 넝마가 된 옷을 걸치고 있는 강찬휘 곁에서 가쁜 숨을 몰아쉬었다. 강찬휘는 미약한 호흡을 하고 있을 뿐 꼼짝도 하지 않았다. 창백한 안색을 바라보는 원령의 눈에는 걱정스러움이 가득했다.

갑자기 들려온 폭발음에 고개를 돌린 데미안의 눈에 힘없이 날아가는 세 신녀와 강찬휘의 모습이 보였다. 그때, 잠시 한눈을 파는 사이 대왕 오징어의 다리가 데미안을 덮쳤다.

엄청난 충격을 받은 데미안은 선혈을 뿌리며 수십 미터를 날아가 강물 속으로 떨어졌다.

난생처음 물에 빠진 데미안은 황급히 물 밖으로 나가려고 필사적으로 손발을 저었지만, 그저 마음만 앞설 뿐 그의 몸은 조금도 떠오를 줄 몰랐다. 극도의 분노와 참을 수 없는 고통, 숨을 쉴 수 없는 답답함이 데미안의 뇌리를 지배하는 순간 데미안은 하나의 구결을 떠올리고 있었다.

지옥재림(地獄再臨).

순간 데미안의 몸에서 뿜어져 나온 붉은색 마나가 주위의 물을 밀어내기 시작했다. 그리고는 천천히 수면 위로 떠오르기 시작했다.

물속으로 빠진 데미안이 걱정이 되어 데미안이 있는 곳으로 배를 몰려던 헥터의 눈에 붉은 마나에 휩싸인 채 떠오르는 모습이 보였다. 데미안의 무사함에 안도의 한숨을 쉬던 헥터의 눈에 데미안의 옷이 찢겨져 나가는 것이 보였다. 순간 헥터는 타이시아스와의 대결이 떠올랐다.

"차이렌님, 어서 피하십시오!"

말과 함께 헥터는 황급히 배를 뒤로 몰았고, 차이렌은 헥터의 외침에 영문도 모른 채 뒤로 물러섰다.

허공 높이 치솟았던 데미안이 멈추었을 땐 그의 몸을 가리고 있던 옷은 어디론가 날아가 버린 후였다. 그런 데미안의 몸은 마치 뱀의 비늘 같은 것이 빽빽하게 뒤덮고 있었다. 미디아를 쳐든 데미안의 눈에는 오로지 흰색 동공뿐이었다.

"헬 버스트!"

데미안의 몸을 가리고 있던 붉은색 마나가 옅어진다고 느낀 순간 대왕 오징어의 몸은 사정없이 잘려 나가기 시작했다. 수십 미터에 이르는 두 다리는 물론 물 밖에 드러나 있던 거대한 머리에도 수없이 많은 상처가 생기기 시작했다.

공포를 느꼈는지 대왕 오징어는 도망치려고 몸부림을 쳤지만 자신의 몸을 짓누르는 괴상한 힘 때문에 꼼짝도 할 수 없었다. 불과 1분도 안 되는 시간 만에 그렇게 데미안 일행을 괴롭히던 대왕 오징어는 완전히 저며진 채 사람들의 눈에서 사라졌다.

여전히 허공에 떠 있는 데미안의 모습을 헥터와 라일, 그리고 차이렌은 걱정스러운 눈으로 바라보고 있었다. 저번의 경험으로 미루어 보면 지금 데미안은 제정신이 아닌 것이 틀림없었다.

일행들이 초조한 마음으로 데미안을 바라보는 것과는 달리 원령은 공포에 질려 데미안을 바라보고 있었다. 데미안이 헬 뭐라고 외치는 순간 대왕 오징어의 몸이 저절로 잘려져 나간 것이다. 손톱만한 크기에서 몇 미터는 족히 될 듯 보이는 다리 조각들이 자신의 주위에 떨어져 꿈틀거리는 모습은 도저히 현실의 일이라고는 믿을 수 없었다.

대왕 오징어를 완전히 산산조각 낸 데미안은 천천히 지상으로 내려왔다. 그리고는 강찬휘 쪽으로 걸음을 옮겼다. 그런 데미안의 모습에 원령은 너무 공포에 질린 나머지 그가 나체란 사실조차 깨닫지 못하고 있었다.

강찬휘의 몸 곳곳에 선혈이 묻어 있고, 또 기절해 있는 상태이기는 하지만 숨이 고른 것이 위험에서 벗어난 것을 확인하고서야 데미안은 앞으로 거꾸러지듯 쓰러졌다.

재빨리 데미안 곁으로 다가온 라일은 데미안이 무사하다는 것을 알고는 자신의 검은 가죽 망토를 풀어 데미안의 몸을 가려주었다.

그렇지 않아도 공포에 질려 있던 원령은 라일이 살아 있는 사람이 아니란 사실을 깨닫고는 그대로 기절하고 말았다. 그 모습에

헥터는 데미안과 강찬휘를 안았고, 세 자매는 차이렌이 마법으로
들어 올린 후 강변을 향해 이동했다.

*   *   *

샥!
미약한 소리와 함께 허공으로 퉁겨졌던 살덩어리가 사뿐히 지
면에 내려섰다. 어둠 속에서 새파랗게 빛나는 두 개의 눈동자에는
자신이 왜 이곳에 있는 것인지 모르겠다는 빛이 역력했다.
짙은 어둠에 싸여 있건만 환하게 보이는지 잠시 주위를 두리번
거렸다. 그러자 코끝에 희미하게 인간의 냄새가 났다. 그것도 아는
사람, 아니, 자신에게는 아주 특별한 의미를 주는 사람의 냄새라는
것을 깨달았다.
"데미안 냄새다."
데미안의 체향(體香)이 흐릿한 것으로 보아 오래전에 이곳을
지나갔던 모양이었다. 하지만 한 번 냄새를 맡은 이상 그가 아무
리 먼 곳에 있다 하더라도 찾을 수 있다.
데미안을 생각하자 레오의 몸은 순식간에 여인으로 변했다. 냄
새를 발견한 이상 그, 아니, 그녀의 생각은 조금이라도 빨리 데미
안을 만나야겠다는 생각뿐이었다.
생각은 길었지만 행동은 빨랐다.
레오는 희미하게 빛이 들어오는 통로를 곧 발견했고, 지체없이
그곳을 향해 달려갔다. 잠시 동굴 안을 살핀 레오는 별다른 위험
을 느끼지 못하자 빠르게 달려나갔다. 1킬로미터를 달려가자 곧
밝은 빛이 비치는 동굴 입구에 도착했다.

　동굴은 비탈의 중간에 위치하고 있었고, 아래쪽으로는 통행로와 빽빽하게 우거진 숲이 보였다. 밖으로 나온 레오는 여러 가지 냄새와 섞여 데미안의 체향이 희미해진 것을 알고는 세심하게 데미안의 냄새를 찾았다. 그리고는 동쪽을 향해 빠르게 달려갔다. 태국의 수도 봉안이 있는 곳이었다.

*　　　　*　　　　*

　몽롱한 기분이 들었다.
　마치 몸속에 있던 모든 힘이 사라진 것처럼 손가락 하나 까딱할 수 없이 무기력하기만 했다. 눈도 뜨지 못하는 데미안의 귀에 사람들의 대화가 들렸다.
　"그렇게 무시무시한 모습은 난생처음이었어요."
　"많이 놀라셨겠군요."
　첫 번째 음성은 원령의 음성이 분명했지만 두 번째 들린 음성은 누구의 음성인지 가물가물했다.
　"설마 대미안 대인께 그렇게 놀랄 만한 능력을 가지고 계신 줄은 몰랐기 때문에 더욱 놀란 것 같아요."
　"데미안님의 능력은 같이 있었던 저희들도 짐작하지 못할 정도이니 만난 지 얼마 되지 않는 여러분들의 놀람이 어느 정도일지 짐작이 갑니다."
　어디선가 들었던 기억이 나는 음성이었다. 그리고 보니 뮤렐의 음성이었다. 뮤렐 로완스, 한데 뮤렐이 어떻게 이스턴 대륙의 말을 아는 것이지? 데미안은 혼란스런 머리를 정리하기 힘들었다.
　"참, 그 강 대협이란 분의 상세는 어떤가요?"

"다행히 목숨과는 상관이 없어요. 하지만 부상 정도가 심해 한동안 요양을 하셔야 할 것 같아요."

"그렇군요."

강찬휘가 무사하다는 것을 안 데미안은 안도의 한숨을 내쉬며 다시 잠 속으로 빠져들었다.

데미안이 다시 눈을 떴을 땐 천장에 그림자가 일렁이는 것이 보였다. 고개를 돌리고 보니 헥터와 라일이 테이블에 앉은 채 무슨 이야기를 주고받고 있었고, 다른 사람들의 모습은 보이지 않았다.

몸에 힘이 없는 것은 여전했다. 입 안이 바싹 말라 갈증을 느낀 데미안은 작은 음성으로 헥터를 불렀다.

"헥터……"

"데미안님, 정신이 드십니까?"

"물… 물… 좀……"

"잠깐만 기다리십시오."

컵에 물을 따라 온 헥터는 데미안의 몸을 일으켜 주고는 입에 컵을 조심스럽게 갖다 대었다. 몇 모금의 물을 마신 데미안은 다시 침상에 누웠고, 헥터와 라일이 다가오자 일단 그동안의 안부를 물었다.

"스승님, 그동안 잘 계셨습니까?"

"나야 별일없었다마는 너에겐 많은 일들이 있었던 것 같구나."

"예, 사실 4개월 전에 도착한 저는……"

"4개월 전이라고? 으음, 자세한 이야기는 차이렌에게서 들어야겠지만 우리가 이곳에 도착한 것은 겨우 12일 전이었다. 게다가 나와 헥터, 그리고 차이렌이……"

라일이 하는 말을 들은 데미안은 그들이 다른 곳에 떨어졌다는 것은 이해할 수 있었지만 겨우 12일 전에 도착했다는 말은 쉽게 이해할 수 없었다. 어떻게 같이 출발해 자신만 먼저 도착할 수 있단 말인가?

"별일없으셨다니 다행이군요."

데미안의 말에 라일은 어떻게 말을 해야 좋을지 몰랐다. 하지만 그 일에 대해 결정을 내릴 사람은 데미안이기에 일단 그에게 말을 하기로 결심했다.

"데미안, 마브렌시아가 이스턴 대륙에 있는 것 같다."

"예? 무슨 말씀이십니까? 뮤란 대륙에 있어야 할 마브렌시아가 어떻게……?"

"어떻게 된 일인지 알 수는 없지만 마브렌시아가 이스턴 대륙에 있는 것은 확실한 것 같다. 그것도 네 곁에 말이다."

라일은 그 말과 함께 자신과 차이렌이 선주 현의 황무지에서 발견한 것을 설명했다.

라일의 말에 데미안은 순간 멍해졌다. 그러나 그와는 반대로 그의 얼굴은 무섭게 굳어졌다. 마브렌시아와 카르메이안을 찾으려고 할 때마다 생기는 일 때문에 그들을 찾는 일을 뒤로 미루어왔는데 마브렌시아가 이스턴 대륙에 있다니…….

"그리고 마브렌시아가 이곳에 있는 이유는……."

"신의 무기 때문입니까?"

"아마도 그럴 것이라 판단된다."

"역시 드래곤은 탐욕스런 동물이군요."

그 말을 하는 데미안의 음성은 싸늘한 냉기가 느껴졌다. 그것도 잠시, 데미안은 라일에게 다른 사람의 행방을 물었다.

"그렇다면 데보라나 로빈, 그리고 레오의 행방은 모르시겠군
요."

"만약 그들이 우리처럼 흩어졌다면 고생이 꽤나 심할 텐데……."

"참, 그보다 어쩌면 우리가 봉인해야 할 곳에 대한 단서를 찾을
수 있을지도 모르겠습니다."

그리고는 세 자매에게서 들었던 이야기를 해주었다. 라일이 곰
곰이 생각을 해보았지만 데미안의 말처럼 그곳이 신인들의 던전
일 가능성이 컸다. 게다가 예언의 신인 트로니우스의 신관이 세운
곳이라면 앞날에 대한 예언일 가능성이 더욱 컸다.

"일단은 네가 몸을 추스르는 것이 우선이다. 네 몸이 낫는 대로
먼저 그곳을 찾아보는 것이 좋을 것 같다."

라일과의 대화가 끝나자 데미안은 헥터의 손을 꼭 잡았다.

헥터와는 굳이 대화를 나누지 않아도 그저 이렇게 손을 잡고
있는 것만으로도 충분했다. 헥터의 생각도 그런지 아무 말 없이
두툼한 손으로 데미안의 손을 꼭 잡아주었다.

〈 8권에 계속 〉

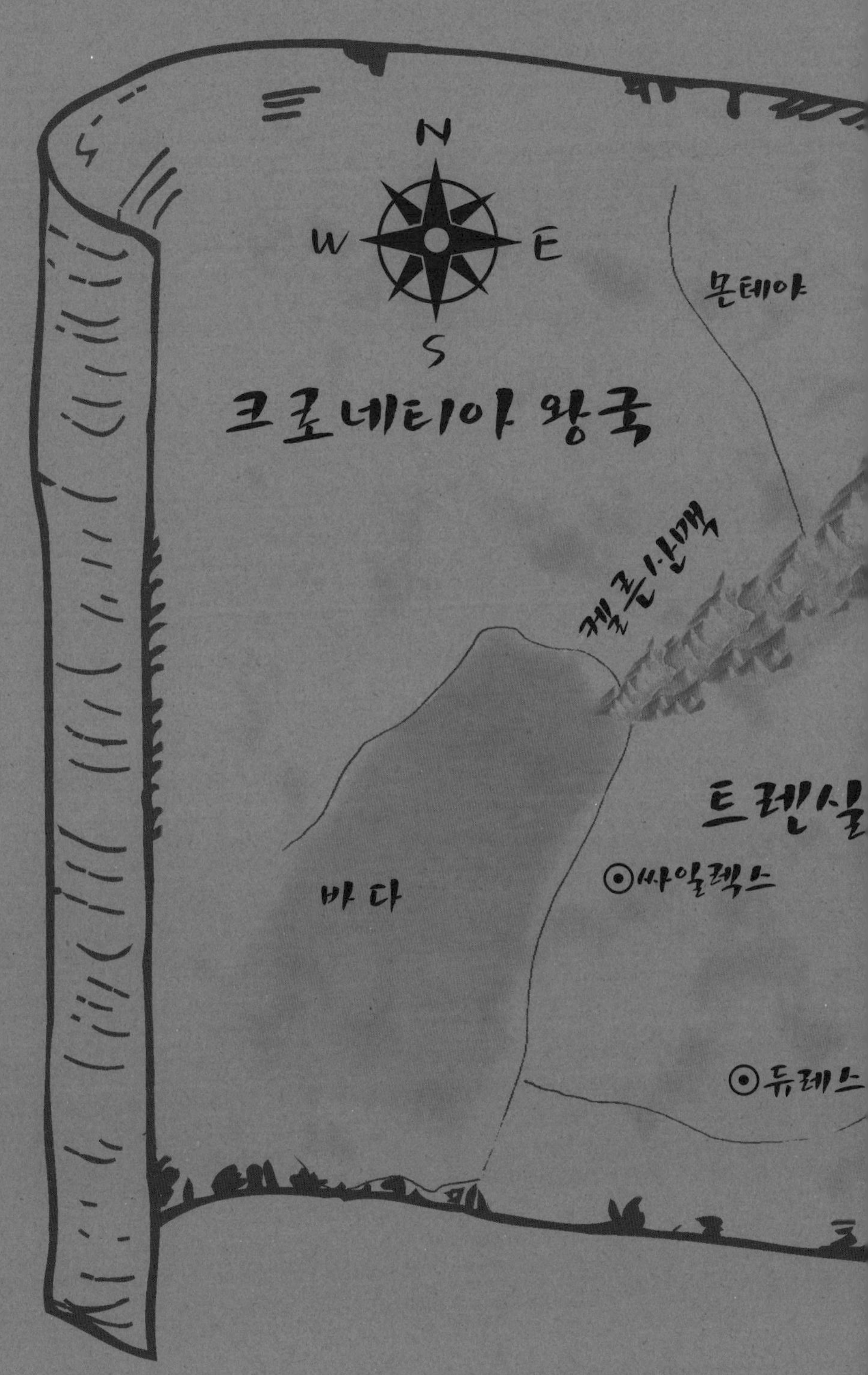

N
W E
S
크로네티아 왕국
몬테아
켈론산맥
트렌실
바다
◎싸일렉스
◎듀레스

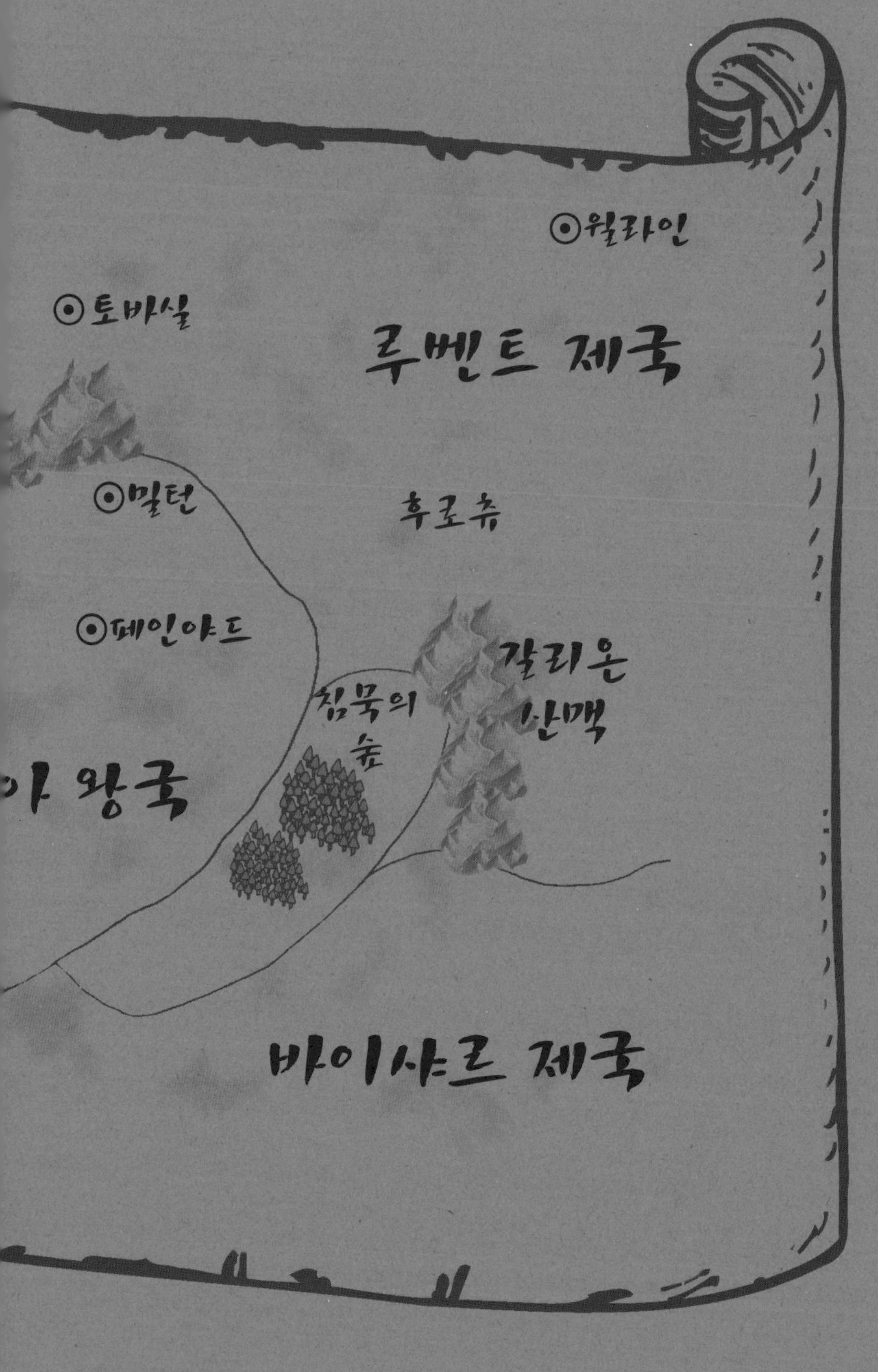

⊙월라인
⊙토바실
루벤트 제국
⊙밀턴
후로슈
⊙페인야드
갈리온 산맥
침묵의 숲
아 왕국
바이샤르 제국